八剑十六侠

陆士谔 ◎ 著

民国武侠小说典藏文库·陆士谔卷

中国文史出版社

海上奇才陆士谔(代序)

二十世纪初到四十年代，上海滩出现了一位奇才，他精通医道，医德高尚，曾被誉为上海十大名医之一；他著作等身，医学专著四十余种，各类小说一百余种，是当时享有盛誉的名作家。这位奇才就是陆士谔。

陆士谔，名守先，字云翔，号士谔，用过多个笔名：沁梅子、儒林医隐、珠溪渔隐、梦天天梦生、云间龙、云间天赘生、路滨生、龙公等。晚清光绪四年（1878年）生于江苏青浦珠街阁镇（今上海市青浦区朱家角镇）一个书香家庭。九岁起，跟随青浦名医唐纯斋学医，前后共五年。十四岁到上海一家当铺做学徒，不久辞退回家，在朱家角一边行医一边大量阅读医书和各种"闲书"。二十岁再到上海行医，因业务清淡，遂改业租书，购置一大批读者欢迎的小说，日间以低价出租，晚上潜心研读这些小说，不但能维持生计，而且渐渐悟出写作诀窍，先写些短篇，试着投稿报馆，竟获一再刊登。他写兴更浓，由短篇而中篇，由中篇而长篇，有些还印成单行本，风行一时。此时他认识了小说界前辈海上漱石生孙玉声，孙玉声知道他做过医生，对医道有研究，劝他重开诊所。他听从劝告，此后坚持一边行医，写医学专著和有关掌故，一边撰写小说，直到1944年因中风不治在上海家中逝世，享年六十六岁。

陆士谔一生整理、编注、创作医著和医文四十余种，对清代名医薛生白（1681—1770）、叶天士（1666—1745）的医案钻研极深，编注过《薛生白医案》《叶天士医案》《叶天士手集秘方》等重要著作，自著十余种，最重要的是《医学南针》初、二集，其业师唐纯斋为之作序，赞他"以预防为主医学，极深研几，每发前人所未发"，"以新说释古义，语透而理确"。他以所学理论行医，悉心诊治，常能妙手回春。1925 年，一位广东富商请其出诊，为奄奄一息、众名医束手的妻子治病，经过半个月的诊治，病人霍然而愈。富商感激涕零，登报鸣谢一个月，陆士谔的医名由此大振。在沪行医期间，陆士谔以其精湛的医术、高尚的医德，被誉为上海十大名医之一。

　　陆士谔以医为业，业余还创作了百余种小说。为陆士谔研究付出过艰辛努力的田若虹教授给予高度评价："陆士谔的小说全面地反映了晚清民国时代的社会面貌、重大事件，笔触遍及政治、外交、文化、经济、军事等各个方面，展现了封建末世的一幅真实画图。""他以强烈的愤怒抒发了对社会官场魑魅魍魉的谴责与鞭笞，以感情充沛的笔锋表现了对反帝爱国志士的赞扬与尊敬，用热情洋溢的话语描述了其理想中的新中国。这一切憎爱分明的情感，铭记着时代的苦难痕迹，闪耀着陆士谔在十九世纪末、二十世纪初那个特定的历史阶段与时代同脉搏、与人民共呼吸的真挚情感。同时也热切地表达了其欲挣脱'衰世'腐败黑暗的社会及卑污风气，挣脱束缚、压抑之环境，追求美好自由新境界的愿望。他对现实的愤怒与对未来的追求融汇交织其中，感情激烈而奔放，语言辛辣而犀利，文风格调亦具有时代精神的特征。在封建制度大崩溃之前夕，陆士谔等近代小说家们的那些充满激情的篇章、声情沉烈的创作颇具现实意义。"①

　　———————————

　　① 见田若虹：《陆士谔小说考论》，上海三联书店 2005 年 7 月初版。

陆士谔的小说不仅数量多，而且题材极为广泛，田若虹教授将其分为社会小说（52种）、武侠小说（22种）、历史小说（10种）、医界小说（3种）、笔记小说（18种）、科幻小说（2种）和纪实小说（即时事小品110则），共七类。正因为认识到陆士谔小说的社会价值，1988年起，先后有十余家出版社重印了一般读者较难看到的陆士谔小说，如《新孽海花》《血泪黄花》《十尾龟》《荒唐世界》《社会官场秘密史》《最近上海秘密史》《商场现形记》《新水浒》《新三国》《新野叟曝言》《清史演义》《清代君臣演义》《清朝秘史》《八大剑侠传》《血滴子》等十余种，其中最著名的是《新上海》《新中国》和《八大剑侠传》《血滴子》。

　　撰于1909年的《新上海》深刻揭露了清末上海十里洋场种种光怪陆离的"嫖、赌、骗"丑恶现象，竭力描写，淋漓尽致。1997年，上海古籍出版社将其与李伯元的《官场现形记》、吴趼人的《二十年目睹之怪现状》等一起列入"十大古典社会谴责小说"。1910年，又撰《新中国》，小说以第一人称写作，以梦为载体，作者化身陆云翔，描述梦中所见：上海的租界早已收回，建成了浦江大铁桥、越江隧道和地铁……2009年12月，为配合宣传2010年上海办世界博览会，有出版机构重印了这部小说，国内外媒体也纷纷报道，极大地提高了陆士谔的知名度。

　　陆士谔还以清初社会现实为背景，从1914年到1929年，十六年中写出二十余种武侠小说：《英雄得路》、《顾珏》（以上为文言短篇，分别载于《十日新》杂志和《申报·自由谈》）；《八大剑侠传》（原名《八大剑仙》）、《血滴子》（又名《清室暗杀团血滴子》）、《七剑八侠》、《七剑三奇》、《小剑侠》、《新剑侠》（以上后合编为《南派剑侠全书》），《红侠》、《黑侠》、《白侠》、《三剑客》（以上后合编为《北派剑侠全书》），《雍正游侠传》、《今古义侠奇观》、《江湖剑侠》、《八剑十六侠》、《剑声花影》（原名《侠女恩仇记》）、《飞行剑侠》、《古今百侠英雄传》、《新三国义侠》、《雍正剑侠奇案》、《新梁山英雄传》、《续小剑侠》（以上为白话长篇，多由上海时还书局出版）。

这些小说中的人物，出场最多的是康熙、雍正时的八大剑侠，即路民瞻、曹仁父、周浔、吕元、白泰官、吕四娘、甘凤池和了因和尚（俗家名吴天巍），他们是南明延平王郑成功部下，明亡后，存反清复明大志，在各地行侠仗义，扶危济困，名震天下。书中由正面转为反面的人物是年羹尧和云中燕（"血滴子"暗器发明者），起初也行侠惩恶，后来却创办血滴子暗杀团，帮胤禛夺得皇位，最后被雍正卸磨杀驴，下场悲惨。陆士谔笔下这两组人物故事当时吸引了无数读者，不仅小说一再重印（《八大剑侠传》《血滴子》竟印到21版），而且被改编成京剧连台本戏和电影《血滴子》，红极一时。受其影响，在陆士谔原著的基础上，稍后出道的民国武侠北派五大家之一的王度庐，1948年写出《新血滴子》（又名《雍正和年羹尧》）。至1950年代，香港武侠名家梁羽生发表《江湖三女侠》，吕四娘、白泰官、甘凤池和了因的形象更为生动；台湾武侠名家成铁吾更写出350万字的巨著《年羹尧新传》，使原本笔法相对平实质朴的故事奏出了华彩乐章。

最后值得一提的是陆士谔1915年3月19日发表于《申报·自由谈》的文言笔记小说《冯婉贞》，记载了1860年英法联军火烧圆明园时，北京民女冯婉贞率领数十年轻村民痛击联军，杀死近百名敌军，成为近代民族英雄的杰出代表。此文1916年被徐珂略作修改后收入《清稗类钞》，二十世纪六十年代又被收入中学范文读本。

2014年起，中国文史出版社陆续推出了"民国武侠小说典藏文库"和"民国通俗小说典藏文库"两大系列丛书，先后整理、重印了还珠楼主、白羽、郑证因、朱贞木、平江不肖生、徐春羽、望素楼主、顾明道、刘云若、张恨水、冯玉奇、赵焕亭、李涵秋等作家的全部或大部分小说，深受读者欢迎，并获研究者的好评，此番又将重印陆士谔的大部分武侠小说，从《八大剑侠传》到《飞行剑侠》，共 15 种，真是功德无量！望文史社编辑诸君再接再厉，将建修两大文库的宏伟工程进行到底，使这份珍贵的文学遗产永久传存于世间！

林　雨

2018 年 12 月于上海

目　　录

1

序

士谔诊余之暇，极喜谈。因医工生涯，日与病人周旋，营营于寒热表里，斤斤于补泻温凉，极劳极苦极沉闷。目所见多憔悴之色，耳所闻唯呻吟之声，使不谈以舒吾襟怀，则我身久已酿成郁症，故士谔之爱谈，即自服陈皮郁金也。

谈不喜鬼狐，以说太无根，听之乏味；谈不喜利禄，以利禄熏心，实窒灵机。所寓之庐，与甘凤池故宅，只隔一水。而谈友王君又藏有周浔手绘之墨龙、路民瞻之苍鹰，故所谈以剑师侠客事为多。流风遗韵，故老相传，有其人有其事，虽未必尽确要，未必尽诬也。

荆人李德珍，雅有同好，客至辄煮茗以助谈兴。夕阳既下，诊病归来，谈友辄不速而至。风雨之日，谈友不至，则伏案编撰以示荆人。荆人读之而喜，余亦陶然。晚则一灯相对，荆人读仲景《伤寒论》，余则编撰剑侠事，甚相得。一日如是，三百六十日，无不如是。积久成帙，故《八大剑侠》之后，继以《血滴子》《七剑八侠》，今又撰此书。昼遇疑难之症，则通宵翻阅医籍，研求愈之之术，始辍编撰。然难症月不遇一二，故谈之日多，撰之日多，辍之日甚少也。书成，命之曰《八剑十六侠》，并叙其缘起于首。

中华民国十年夏历四月初五日
青浦陆士谔序于松江医寓

第一回

凤凰山张公成仁
杭州城王侠义愤

词曰：

> 叹人生不久长，恨光阴骏马忙，百年几度春风扬。才脱了儿童的形象，早做了爹娘的模样。嘴上胡须，放得几时，已经半白；鬓边头发，长得几日，忽地皆苍。多少的美貌红颜，不多时尽变了个奇形怪状。过新年菜花满地，略转眼新谷登场。一日时辰，只好梳头吃饭；终年算计，无非觅食寻粮。更有那经官犯法，自寻烦恼；又有那遭丧得病，天与凄凉。只得几年精力，反抛了一半时光。往常时百算行谋，满头汗出；忽一日三长两短，两脚冰凉。劝世人且快活几时，饶人一步，不要等那钟鸣漏尽，懊悔凄惶。

这一首道情词，是清朝雍正年间一个吴江名医徐灵胎作的。这位先生名大桩，晚号洄溪。老人为叹康雍乾三朝人情变幻，世事风云，朝无忠正之士，世多奸佞之徒，以致剑侠风行，救溺解悬，少舒人民之困苦，终以侠少奸多，一剑何能遍及？遂发动菩提心，撰

1

出这一首道情来，唤醒痴迷。其实奸诈之徒，哪里唤得醒？要是真能唤醒，八剑十六侠，早都如闲云野鹤，不复流连在浊世了。

却说大清自顺治帝入关定鼎燕京而后，年年征伐，岁岁用兵，兴朝的将帅，个个是起翦颇牧，西诛闯献，南灭福唐，一二十年工夫，中华大地一片静荡，已全是大清疆土。顺治帝在位一十八年，为了一桩什么事，忽然敝屣万乘，出家为僧，传位于太子康熙皇帝。

这位康熙皇帝真是福如东海，寿比南山，自古帝王都不及这朝天子。才一登位，那积年巨患的大明永历帝恰被平西王吴三桂在缅甸地方拿住，川黔滇桂，悉报荡平。台湾的延平王郑成功又恰于是年病卒，心腹积患，一日尽除。康熙帝的福气，大也不大？

这一年是康熙三年九月初七日，浙江杭州地方凤凰山前，绝早就有地保带了四个杂夫，持着扫帚打扫法场。辰牌时候，仁和、钱塘两县，各带了快班、皂班、壮班三班衙役，坐轿而来，照料一切。两位县尊亲到演武厅中，监视役人布置，陈设案桌座椅，安放纸墨笔砚。

布置才毕，就见一匹白马如飞而来，马上骑着一个晶顶官员，却是巡抚部院的巡捕官，奉巡抚的谕来此巡视法场。巳牌时候，就闻得远远的掌号之声，一队队兵，都是弓上弦，刀出鞘，作对而来。长枪队、大刀队、钢叉队、刀牌队、蜈蚣旗、飞虎旗，步伐整齐，都到法场。带兵的是一员右营守备，明盔亮甲，坐在马上，威风凛凛，杀气腾腾。指挥兵丁，把法场围作一个圈儿，宛如一座圆墙。此时瞧热闹的人已经人山人海，万头攒动，涌动如潮。

一到午初，锣声响处，报说人犯来了，就见马队、步队、弓箭队、大旗队，刀斧手、捆绑手、刽子手，簇拥着三个犯人到来。那犯人倒都骑着马，两个捆绑着，一个并不捆绑。散着的那个四十四五岁年纪，绑着的两人，约有三十左右。后面押着的是一文一武两

2

个大员。文是杭州府知府，武是抚标中军参将。

犯人将到法场，仁钱两县的民壮，早都拿着藤条，驱逐闲人。抽赶了半日，才让开一条甬道来。进了法场，下马坐地。那散着的犯人便索纸笔，要赋绝命诗。杭府便令给予纸笔。只见他气度从容，顷刻成诗三首。从人呈进演武厅，杭府接来瞧时，只见上写着：

义帜纵横二十年，岂知闰位在于阗？
桐江空系严光钓，笠泽难回范蠡船。
生比鸿毛犹负国，死留碧血欲支天。
忠贞自是孤臣事，敢望千秋青史传。

国亡家破欲何之？西子湖头有我师。
日月双悬于氏墓，乾坤半壁岳家祠。
惭将赤手分三席，特为丹心借一枝。
他日素车东浙路，怒涛岂必尽鸱夷？

何事孤臣竟息机？鲁戈不复挽斜晖。
到来晚节惭松柏，此去清风笑蕨薇。
双鬓难容五岳住，一帆仍向十洲归。
叠山迟死文山早，青史他年任是非。

杭府瞧了绝命诗，正欲讲话，听得鸣锣喝道之声，却是浙江全省提刑按察使到了。这位臬台奉了巡抚部院之命，到此监斩。众官接入演武厅坐定，忽有衙役上来禀称，有民人张文嘉、万斯大，扛抬酒肴，要进法场来活祭，听候大人的示下。

按察使道："准他活祭，闲人不许放进。"

3

就见兵丁围着的人墙放开一线，活祭的人挤了进来。瞧热闹的人要跟涌上来时，早吃壮班一阵藤条抽退。

张文嘉、万斯大一进法场，就瞧见三个犯人都插着白布斩旗，上标着斩犯海寇一名字样。张、万两人不禁惨痛刺心，挂下泪来。那散着的犯人倒笑道："某不肖，有负故乡父老二十年之望，死有余罪，倒蒙二位如此厚情，使某等愈益增愧了。"

一时就见演武厅中走下一个晶顶武官来，喝道："午时三刻已到，臬台大人吩咐开刀行刑。"军士立把活祭的人赶出圈外，此时马队将士就在人墙圈外，加鞭飞马兜跑。众兵丁齐声喊呐摇旗，火炮一轰，钢刀起处，鲜血进冒。霎时之间，三个人犯都已斩讫。按察使杭州府仁钱两县参将都司守备文武各官步马各队，霎时间全都散去。

瞧热闹的人却偏不肯散，围拢来瞧看尸身。只见两个绑缚的尸身，直挺挺矗立不倒，绑索都断在地下。两个刽子手都向他跪倒叩头。一人道："方才行刑时，光他们一振臂，绑缚的索子就断了，真好气力。"

此时法场中一尸横躺，两尸挺立，一地的鲜血，染得草都红了。众人见了这个样子，都觉惨然。内中却恼起了一位英雄。

这位英雄姓王名征南，字咸来，乳名叫作瑞伯，浙江宁波人氏，以乳名行世，世人都呼他为王瑞伯，没一个提及他表字的。这王瑞伯膂力绝人，武艺出众，他的拳技是内家张三丰嫡派，灵活便捷，活似一只猴子。年纪一十九岁，生就的忠肝义胆，侠骨柔肠，最喜揽管不相干的事务。

当下王瑞伯瞧见两个刽子手跪在地上，只是磕头，心下又好笑又好气，问道："你们两个尽拜他做什么？我问你，今天被杀这三个人是好人？是坏人？"

刽子手道："谁不知道这三位都是好人，我们吃了公门饭，也叫

4

没法奈何。"

王瑞伯道："果然是奉上差遣，但是你们都不会告病的么？"遂向众人道："两国相争，势不两立。杀呢，原没什么不可。这样的大忠臣，很不该诬他做海寇，世界上竟没有纲常气节了？"道声未绝，两个挺立的尸身忽地齐都扑倒。众人无不纳罕。

看官你道这三个被杀的是谁？原来那个散着的姓张，名煌言，表字苍水，是大明朝的兵部尚书，起兵浙江，力图恢复，屡败屡战，曾与延平王郑成功联师北上，杀入长江，攻下镇江、瓜洲，径上徽宁，连下数十郡县，东南大震。顺治帝几欲御驾亲征，后因郑成功兵败南京，大清将帅四面兜拿，当城关乡镇盘查紧急当儿，这位张尚书孤零零一个儿，乔扮作教书先生模样，独行千里，竟会逃出天罗地网，回到舟山故乡，鸣角招兵，再图恢复。清朝屡次招降，许以重爵厚禄，张公屡次拒绝。到郑延平病殁之后，张公知道兴复无望，还驻林门，散兵南田，隐居悬山岙中。

这悬山岙孤悬海中，地极荒脊，绝少人烟。不过山南有汉港可通船只，北面是峭壁巉岩，人不能行走。张公结茅以居，跟随的人只有参军罗子木、门生王居敬、侍者杨冠玉、将卒数人、舟子一人而已。罗子木名纶，曾隶郑延平部下，不很投机，奉父改投张公。路上遇着清兵，格斗坠水。等到救起，父已被缚。思出奇计救父，竟难如愿，呕血几死。张公勉以立功报仇，遂相依不去。杨冠玉是宁波鄞县人氏。王居敬字畏斋，是黄岩人。

张公隐居在悬山岙中，自谓与人无患，与世无争。偏偏宁波提督张杰还不肯轻轻放手，募得张公故校，叫他投身瀛州普陀寺，装作行脚僧模样，侦探张公踪迹。恰好张公告籴之人到来，故校瞧见，就跟他招呼。那告籴之人共是三个，见此人是老友，又做了和尚，并不疑心，就天南地北攀谈起来。故校乘其不备，嗖地拔出一柄明亮亮冷森森的钢刀来，抓住一个，把刀搁在他肚子上，喝道："你要死，却是要活？"

那人道："朋友，我从来不曾得罪了你。"

故校道："你若要死，休说张煌言去向。你若要活，实对我说张煌言在哪里。"

那人道："我认你是个朋友，原来你是个卖主降清的不义之徒。"

故校听他辱骂，举刀一挥，咔嚓挥为两段。余下两人，一个惊得移脚不动，瘫在地下，一个怒得扑身过来，飞起右脚就是一腿。故校闪过，举刀回砍。究竟有家伙的便宜，战不三合，一刀砍张兵于地下。故校抢步过去，抓起瘫在地下的那人，把钢刀向他脖子只一搁，喝道："你不说，他们两人就是你的榜样。"

那人惊道："我实说就是了。张公住在北峃茅屋里，但是休想拿得着他。张公蓄有两头灵猿，常川在峃守望。船在十里外，灵猿望见，就升树悲鸣。张公听得，就好早早防备。"

故校禀过提台，带领精兵五十人乘夜半时光，攀萝附葛，从山背而入，把张公并子木、居敬、冠玉三人，尽都拿住，解到宁波。

提台张杰派轿迎入衙门，置酒相待，举杯道："等公已久。"

张公道："父死不能葬，国亡不能救，死有余罪，只求速死而已。"

张提督遣官护送入省，出宁波城登舟危坐。夜半，篷下有唱《苏武牧羊》曲的，张公披衣而起，叩舷和之。唤唱曲的人来，酌酒与饮，道："你也是有心人，吾志已定，你不必多虑。"问他姓名，知是防卒史丙。

船过钱塘，在船中拾得一笺，上写着"此行莫作黄冠想，静听先生正气歌"。张公笑道："这也是王炎午后身呢。"

到了杭州，相待也还不薄。到九月初七日，才成了仁。

欲知后事如何，且听下回分解。

第二回

阮春雷私祭张公
万斯大纵谈楼怪

话说王瑞伯发了几句义愤的话，子木、冠玉两个忠骸同时仆地，众人无不纳罕。一时张文嘉、万斯大走来，欣然道："我们已经禀准官府，准许我们备棺成殓张公了。"

王瑞伯就问："二位与张公认识的么？"

二人道："素不认识，不过我们敬佩张公忠义，是个旷世人豪，不忍不出来收殓他。"

王瑞伯道："此种义举，让我也得一分，很不该你们二位全占了去。"

张文嘉询问姓名，王瑞伯照实回说。张文嘉惊道："英兄不就是浙东大侠王瑞伯么？"

王瑞伯道："我就是宁波王瑞伯。"

张万两人大喜，当下三个人醵金办了衣衾棺椁，把张苍水、罗子木、杨冠玉三个忠骸殓了起来。王瑞伯主张就替他择地埋葬。于是就在南屏山麓，择了一块地，把张公葬了。子木、冠玉都衬在那里。葬毕，王瑞伯向张、万两人道："张公葬在此间，很是为湖山生色呢。"

当下，万斯大邀留瑞伯到家小住，瑞伯不肯。万斯大道："英兄怎地见外，明是不肯认我做朋友了。"瑞伯见他留得殷勤，只得允下。

万斯大、张文嘉都是当地富商，事业做得很大。当下万斯大立刻叫人到客店将王瑞伯的行李搬了来家，留他住下。

这王瑞伯是生性好动的人，一到更深人静，他就要飞身出外，侦察一切，并且本领高强，身段伶俐，高来高去，走脊飞檐，不用穿得夜行衣服。这夜，瑞伯推窗出外，纵身上屋。抬头见月影已西，一天的薄云，其明如水，隙里漏出二三疏星，闪闪发光。越脊而行，踏瓦无声，轻如飞燕，矫若游龙。出了万宅，忽然发念到南屏山去瞧瞧张公新茔。晚钟嘡然，一声声吹向耳中来，迎着钟声迤逦而行，一时已到。却见灯烛煌煌，有人在那里祭拜呢。

王瑞伯心下纳罕，走近瞧时，见是两个人，一个是涌金门测字相面的，招牌上自称是云游子，一个是卖伤药的王道人。瑞伯走路声轻，二人没有觉着，只顾跪拜。瑞伯站在他们背后，等候拜罢了，轻声喝道："你们胆敢私来祭拜，被我拿着了，到当官告去。"

二人大惊，回头见是王瑞伯，笑道："私祭有罪，私葬如何？"

瑞伯道："原来二位也是有心人，失敬得很。"就山麓草地上坐下，询问姓名，才知这两人就是轰名当世的皖中大侠。那个测字相面的云游子，姓阮名春雷，做过兵部职方司，才兼文武，拳技极精。那个卖伤药的王道人，名叫王寅生，是个六合武生，弓马娴熟，善使一柄长枪，有神出鬼没之能。

顺治十六年，清兵三路入云南，捉拿永历帝，台湾延平王郑成功同了舟山兵部尚书张煌言，会师大举北上，以援云南。舟楫蔽江而上，旗开得胜，马到成功。瓜洲、镇江相继克复，直扑南京城下。张公率师到芜湖，势如破竹，连克四府三州二十二县，清将彭某引兵五百，从镇江败归六合，六合士民闭城不纳。阮春雷恰好到六合，王寅生同了文生、夏志宏、徐三峰，率众执香迎入，主持城守的事。阮春雷发号施令，布置井井。

过了两日，有芜湖大盗刘青海，引了一百二十人来六投降。春雷唤他入城，问刘青海有何本领，刘青海回说最精的是藤牌，其余长短家伙十八般武艺，倒也颇知一二。说着就脱去长衣，把带来的藤牌短刀执在手中，左手持牌，右手执刀，就庭中滚舞起来。忽东忽西，进退疾徐，倒也圆熟合法。

刘青海又把带来的一百二十人，都各持了刀牌，请阮春雷阅操。但见牌列如堵，一声令下，忽然分作两队，滚舞而前，向月台包抄而来。又一个令，滚舞疾退，退到公生明将近。刘青海突下一令，百廿个兵士，顷刻叠牌如山，瞧得王寅生等喝彩不迭。

刘青海面有得色，笑向春雷道："阮公有了我们这一支兵，可以高枕无忧了。"

阮春雷只是笑，一言不发，遂脱纱帽置几上，自起舞牌。只见他低昂进退，身隐不见，只见一个藤牌滚来滚去，在庭中飞舞。瞧得刘青海等都呆了。一时舞毕，挂牌于壁，笑向刘青海道："献丑献丑。"徐徐戴上纱帽，瞧他时，面不红气不喘。

刘青海不禁大为叹服道："阮公真是神人。"

阮春雷笑道："些些末技，何足称道。我要起兵攻打滁州，君等肯同去一走么？"

刘青海道："我们诚心从公，赴汤蹈火，在所不辞，凭公差遣是了。"

于是阮春雷点起人马，配齐器械，即日起马，迤逦望滁州进发。刘青海带了一百二十名藤牌兵从征。行抵滁州，凤泗道亲自督众出城迎敌。阮军竖着大纛，徐徐前进。城上突发一炮，轰然一声，阮军中执大纛的那将就中炮跌倒，死于非命。顿时全军失色。阮春雷勃然大怒，手持大刀，骤马突出，把大刀左右飞舞，一片刀光，宛如雪片，刀锋所及，鲜血直迸，霎时之间斫死清军五十余人。清军发一声喊，一齐败入城去，紧闭城门，坚守不出。阮军在城外破口大骂，清军只是不理。

阮春雷向刘青海道："清军坚守不出，其气已馁，我当飞跃上城，公等即为我继，城可破也。"

刘青海道："这么高的城，怕飞跃不上么？"

阮春雷道："我自有法子。"

当下阮春雷取了两个大钉，跃过城壕，把大钉钉壁而登，众兵呼噪跟上。清将见阮春雷如此奋勇，不敢迎敌，弃城逃走，滁州遂破，被阮军所得。

春雷得了滁州，一面出示晓谕人民，谕以本州业已光复，居民毋得惊扰，标着大明永历十三年的正朔，一面命王寅生持檄至天长。天长百姓也开城迎降，正是：重振大明新气象，扫除异族陋衣冠。

滁州城中，正在欢欣歌舞，谋划军事发展，忽地警报传来，说郑延平王在南京大败，崇明伯甘辉、将军潘庚钟等尽都战死，延平王已经退出长江，清军截住张兵部后路，正派人招降张公。接着又报大队清军将次到了，韦巡按动折奏称六合拒兵献城，天长杀官献城，仪真逐官献城，已都请旨屠城呢。众人大惊，阮春雷知道事不可为，随即穿扮起公服来。只见他头戴乌纱，身穿红袍，脚蹬粉底朝靴，拱手向众人道："我阮春雷从此与诸君永别了。"说了这一句话，迅步飞奔，一口气奔到龙津桥下，把纱帽红袍朝靴尽都脱去，扑通向河中只一跳，投入了水，却偷偷地泅水而逃。从此藏过本来面目，借着测字相面浪游江湖。

那王寅生便走到乡庄，连连呼酒，酣饮极醉，悲歌慷慨，把妻子尽都杀死，穿了短甲，着了草鞋，执了一柄枪飞马而逃。清将派兵追捕，只捕了个空。王寅生便扮作老道模样，借着卖伤药藏身。

两人在绍兴地方不期而遇，遂在浙东一带，干点子侠义勾当，隐姓埋名，并未现过真名。本年七月，得着张公被擒之信，急忙赶到宁波，见提督张杰待遇张公，很是优礼。生恐张公志意不坚，在路上时就暗教防卒史丙唱那《苏武牧羊》曲，又暗地投诗舱中。张公拾得的诗笺，就是阮春雷干的呢。

张公成仁之后，阮春雷与王寅生原商议要买棺成殓忠骸，不意这个义举被王瑞伯等夺了去。挨到夜静更深，阮春雷王寅生便备了香烛、纸锭、酒肴等品，到南屏山下张公坟前，狠狠地哭祭一番。谁知又被王瑞伯撞见了。

当下三位侠客道出姓名，彼此都很钦慕。因谈起张公，阮春雷道："张公仗剑起义，跋涉海隅，部卒只有三百人，历年几近二十载，痛厓门之流离，私草文山之檄，愤钱镠之玩愒，再投罗隐之诗，迨至呇树鸣猿，信乎异类。荒岛赠鹿，诚格皇天，这么忠义的人，自古以来，能有几个呢？"

王瑞伯因问荒岛赠鹿是怎么一回事。阮春雷道："张公起兵时光，原佐着监国鲁王，彼时被风漂到一个荒岛上，夜梦一个金甲神道：'赠君千年鹿，十九年之后还我。'醒来果然得着一头苍鹿，做了鹿脯，遇到绝粮时光，吃一块就能够三五日不饥。今年七月，籴人一去不来，张公占课大凶，徘徊假寐，忽又梦见金甲神，言十九年之约已到，千年鹿该还我了。醒来正与王居敬讲说，清兵已到，就此被拿。"

王瑞伯道："此事近于怪谈，我总不敢深信。"

王寅生道："英兄现在不是耽搁在万斯大家中么？万家现有着妖怪，可以立刻往瞧，如何可以不信？"

11

王瑞伯道："万家有妖怪么？"

阮春雷道："怎么没有，不过不在一个宅里罢了。万家有东西两宅，万斯大是东宅，妖怪却在他西宅里，你回去问万斯大就知道了。"

王瑞伯很是心疑，当下别了阮王两人，回到万宅，心思其异，一夜不曾合眼。次日万斯大进来，瑞伯问他，万斯大道："这事很奇，是敝族西房的事，寒舍共是东西二房，都是先曾祖传下的。先祖一支是万东房，一支是万西房，联椽异宅，各辟着门户出入。现在这个怪是出在西宅里，已经六七年了。住在西偏楼上，能够跟人讲话，一口中州白，只是瞧不见他的形状，不知是男是女。三年前，后街沈姓丢掉一个四岁的男孩，城里城外找了个遍，影踪全无，只道是匪徒拐去了，楼中的怪忽然告人说此孩前生是他的儿子，现在领回团聚。沈姓备了香烛到西楼哀求，怪只许送回暂与一见，等到沈姓回家，孩子已在房中了，衣服都很华丽，说在一处读书，穿吃都很舒服。隔了一夜，依然摄了去。百求放还，终不答应。以后便每月送回一次，任你用刀剑、周易、桃梗、符箓等物，再也镇压不住。"

王瑞伯道："这真是亡国的妖孽，可引我去瞧瞧？"万斯大应允。早饭之后，万斯大就引了王瑞伯到西宅来。

欲知后事如何，且听下回分解。

第三回

万西房供设仙人坛
王侠士侦探周家宅

话说万斯大同了王瑞伯到万西房，径自登楼，见楼上陈设很是精雅，恰有一个四十来岁的男子，在那里正点香烛问事呢。瑞伯且不作声，静静地窥视。忽闻履声橐橐，自西而东，一时东边的椅子，无故自移，有声吱吱然，好似有人坐下来似的，只是再也瞧不见形影，心下很是纳罕。

此时点香烛的那人，已把香烛点好，只见他向上跪下，虔虔诚诚叩了四个头。忽听得空中发言道："周福泉，你要知道这一件事的究竟，先献上八百两银子来。就这么一对小小的香烛，磕下几个不值钱的头，要我告知你，天下哪有这种便宜的事？"

那叫周福泉的回道："你已经成了神仙，要银子来何用？我知道你必是妖精鬼怪，快给我离了这里，不然我就要请法官来治你，你仔细着。"

就听得空中大声道："周福泉，你在我跟前敢撒野么？你强占某人产业，欺骗某人钱财，你对于你侄儿媳妇怎么样？你的侄儿到哪里去了？你与王二谋计的是什么事？你打量我都不知道么？你干下这种昧心事，我给你说了出来，怕你立刻就要捉到官里去呢，你还敢假充正经人。"

只见那周福泉闻言大骇，顷刻抱头鼠窜而去。王瑞伯心下疑惑，遂坐下问道："周福泉到底有怎的昧心事，请你说给我听听。"

空中答道："这个未便告知你。"

王瑞伯道："不肯说也罢，你到底是什么神仙，能够隐身不见？"

空中道："我的来历很大，我乃南海观世音的徒弟。"

王瑞伯道："你的身体何来？是人是怪？是胎生呢？卵生呢？湿生化生呢？"

空中并不回答，瑞伯再四追问，空中忽作怒声道："你太无礼，你前生不过是一头黄狗罢了。"

瑞伯遂与谈论别事，空中也随问随答，渐谈渐远。瑞伯指案上茶碗道："仙人也能取这个么？"

空中回言有何不能，遂见案上茶碗自己移动。瑞伯说话时，早取钢刀在袖中，现在见茶碗移动，出其不意举刀就斫，如着空虚，却见鲜血滴地，听得空中道："怎么伤我手指？王瑞伯，我终当报答你，你防着就是了。"

万斯大替瑞伯委是担忧，瑞伯却依然谈笑自如。回到家中，瑞伯就问："方才那个周福泉，万兄认识么？"

万斯大道："认识的，此人是最刁钻不过的刁人，家业偏又很大，从前清军到杭，本城绅士商议守城，挨户劝饷，他哥哥周清泉捐了一大注银子，福泉非但分文不出，倒偷偷地到清营投降，许为内应。后来清军入城，他就得了个云骑尉职衔。现在戴着晶顶，摇摇摆摆，居然是绅士了。平日倚势欺人，鱼肉乡里，霸占人家财产，吞没人家田亩，真是极平常的事。他哥哥周清泉倒是个安分良民，在外经商，劳碌了半世，挣下偌大一份家业。偏是善良天偏不佑，偏是刁恶天偏保佑。那一年杭州大疫，周清泉夫妇都染了疫，相继

14

病殁，剩下一个八岁孩子周润生，福泉就借照顾为名，代管家政。福泉的老婆马氏，绰号叫老虎，四邻六亲平素本来畏她的虎威，现在清泉已死，又谁愿为了这不相干的孤儿白得罪现成的财主？而况是姓周的欺姓周的，本不与外人相干，因此一任福泉夫妇尽情挥霍，没一个出来问话。"

王瑞伯道："人情世态到处如此，真是可叹。"

万斯大道："福泉夫妻两口子倒待孤儿润生刻苦得很，稍拂其意，鞭挞立至。假着训诲之名，行他摧残之实，不教他读书，也不许他亲戚人家走动。现在润生已经长大娶了亲，福泉忽然许他出外经商，今年三月里备了资本，叫无赖王二做伴，到福建经商去了。"

王瑞伯道："经商是正经事，怎么不派个正经人，倒叫个无赖做伴？"

万斯大道："王二这厮原是江山毛廿一的伙计，在清河客店中跟人打架，一失手打死了人，犯了人命。毛廿一叫他避避风头，才到杭州来投奔周福泉的。"

王瑞伯道："原来他是毛廿一手下的人，毛廿一手下哪里会有好人？这毛廿一是江山的一霸，诨名叫作江山王，在清河镇上开设着大客店，凡浙闽两省往来仕宦官商，总在他家歇马投宿，一切度岭的兜舆、过江的船只，都由他一人主持，哪怕你一日之间要数千夫子，他都可以立刻办到。江山地方几乎没一家没一人不听从他的号令，他在那里行凶霸道、鱼肉善良，很为一方之害。王二在他手下，自然也是个坏东西。现在周福泉叫他做伴，哪里会有好事情干出来？我要问你一句话，他们春季出门之后，有过消息没有？"

万斯大道："不很仔细。"

王瑞伯道："四邻六亲既然都不管，闲人倒又不能不出来管理了。"当下就问明了周福泉的住址。这夜三更之后，万籁无声，王瑞伯换上一身青衣密纽小袄、甩裆大裤，头上青布包头，脚上青布跳鞋，腰间紧束一条青绸汗巾，背上插一柄飞风纯钢倭刀。浑身上下一黑如墨，推窗出外，纵身上屋，走脊飞檐，一道黑光奔向周福泉家来。

亥时已到，跃墙而入，施展飞檐走脊之能，爬伏在大房之上。揭开屋瓦，见屋中绛蜡高烧，日间瞧见的那个周福泉，同一个暴眼高颧的黄脸婆娘对面坐着。只见那婆娘道："偏这小蹄子心肠都是铁打的，再也诱她不动，你可有什么好法子？"

周福泉笑道："可知一家人也有几等的，即如是你，从前年轻时光，不必说得现在四十左右的人了，论理也该退兴的了。却偏人老心不老，一夕都不肯放松，我简直有点子对付你不下，真应了俗语三十易过四十难熬的话。只是你从前三十岁时光，也不曾容易过。她是你的同胞侄女，也是你们马府上的人，年纪这么轻，偏又这么贞节，不是一家人也有几等的么？"

那婆娘道："人家跟你商量正经事，你倒又打趣我起来了。"

原来这周福泉志在并吞兄产，见侄儿润生年长，心想缔姻别家，将来行动必生纠葛，就替他定了内侄女马秀娘为妻。这马秀娘人极聪明，生得又很美丽，润生平时的困苦约略闻知一二，已经代为不平，结婚之后黑幕尽揭，愈益因怜生爱，因此夫妇十分恩爱，姑媳时起龃龉。马氏因她不肯走一条路，便把秀娘渐渐厌恶起来。

一日为了一件什么事，马氏与秀娘又拌起嘴来。马氏气道："我和你叔叔两个辛苦了好几年，经营大房的遗产，皆为同气连枝，推辞不得，不然这种有罚无赏的事，谁愿意去干？现在润生虽然是成了亲的人，还是不谙世故，一味的孩子气，你叔叔几回要卸责，是我再三劝着，叫他熬点子辛苦，帮几年。现在你这么不明大体，不知好歹，我可也不劝了，我们决然要回去了。"

马氏这一番话，无非是要挟秀娘，要她不敢违拗自己的意思。不意秀娘正色道："叔婶两大人的劳心，谁人不知？我们也很感激，但是他年轻不懂世故，叔叔婶子很该设法教导，使他练习练习才好。要不然他一辈子再不会有阅历通达的日子，叔叔婶子难道为了我们就劳心一辈子不成？"

马氏见秀娘言语柔中带刚，很是锋芒，遂道："你的话很是，我原要润生出门经商，叫他接着他老子的旧业，练习练习，就为你两口子是新婚，不忍分离，才没有开口。现在既是你的主意，以后可不要懊悔。俟与你叔叔商议了，就可以束装就道。"

于是马氏与福泉商议，端正银子五百两，叫王二充了伴当，陪润生到福建去经商。却暗嘱王二，叫他半途中结果润生性命，五百银子即充作谢仪。王二听说有五百两银子，喜出望外，自然满口应允。

次日马氏向秀娘道："润生娇生惯养，从来没有出过门，现在爬山越岭地独行千里，你叔叔哪里放心得下？恰好王二要到福建去贩货。这王二是老出门，又是个最老实最正经的人，跟你叔叔是多年至交，再可靠没有的，经你叔叔央恳王二，叫润生跟他合伙。一来路上有了照应，二来跟他学习点子经商，免得亏本。第一回出门，多少总要求点子利市。现在王二已经应允。他择定后日长行，你可替润生赶紧备办行李，别耽误了行期。"

秀娘是个明决女子，知道此回出门，有关将来大局，少不得忍爱割情，替润生收拾行囊一切。但是喁喁私语，百嘱千叮，两口子已经谈了两夜。到动身的时候，秀娘直送出大门之外，离绪萦回。到望不见了背影，兀是呆立着不肯进来。

从此之后，杳无影息。福泉夫妇快活异常，总道润生安抵鬼门关上了。马氏便学那《珍珠衫》上的卖婆，趁着没人的时候，半真半假，常把些风情话来引逗秀娘。在马氏心中，以为润生飘零他乡，无论是生是死，永无回家之日。只消秀娘春心荡动，不难夺节改醮。那么大房之产业可以永久并吞，高枕无忧了。无奈秀娘心志坚定，任她浪语百挑，丑态万状，终是不闻不见，心中唯想润生经历此番阅历之后，识见干才，必与从前大异，那么满天重雾，一旦冰消，便能收回主权，自振门庭，因此倒很安闲自在。

这日周福泉因恐润生回，与自己大有不利，遂虔诚备了香烛到万西房叩问楼仙，偏偏被仙人揭了他的底，又偏偏那好管闲事的王瑞伯恰在旁边。这夜更深夜静，自然走脊飞檐找上他来了。周福泉夫妇在房中讲的话，被屋上的王瑞伯全部偷听明白。

欲知后事如何，且听下回分解。

第四回

盗真券小创恶霸
撞假柩大破奸谋

却说王侠士瑞伯伏在屋面上，侦探了一会子，也侦探不出什么鬼蜮行为，便越脊蹿瓦，向里飞行。行到秀娘房间，屋面之上揭瓦张看，只见秀娘家常打扮，乱头粗服，已是倾城。挑灯独坐，正在那里想什么呢。半晌见她长叹一声，挂下泪来。

王瑞伯瞧着不忍，盖好了瓦，才待回身，忽见屋面上一条黑影，自北而南，走得飞一般快。身影伶俐，那活泼矫健，竟与自己不相上下。心中纳罕道："这是谁呀?"才待赶上，听得下面嚷道："有了贼了，失窃哩! 失窃哩!"

王瑞伯知道就是瞧见的那个夜行人干的，且跟随着嚷闹的声音走去，在屋面上踏瓦西行。行到一所两明一暗的所在，听得嚷闹之声，就在暗的屋子里发出，却有两三个人声音，揭开屋瓦瞧时，见周福泉夫妇都在那里，还有一个十三四岁的小丫头。周福泉开着抽屉，精神贯注地正找什么呢。马氏问丢去了什么没有，福泉也不回答。

马氏问小丫头："你在哪里瞧见的贼子?"

小丫头道："我从隔巷里出来，不知怎么绊了一跤，爬起身见这里的门洞开着，屋中有了亮，进屋子一瞧，账台的抽屉也开了，账簿纸张乱堆了一桌子，才嚷起来的。"

只见周福泉道："哎呀不好了！"马氏问怎么，周福泉道："旁的东西都不短，谢老五的借契一纸，并抵来的房单两纸都不见了。谢老五用西湖上房子三进向我抵借银子三百两，契上写明按月三分利息，当时被我先扣了一年的利息，契上却没有注明。上年他来还钱，我要照算他利息，他言契上写是三百两，当时实收只有一百九十二两，现在却要还四百零八两，太吃亏。我说你怕吃亏，缓日再谈是了，好在你有房单抵在我处。到今年又是一年，央人来打话，我要他利上起利，按月三分起算，就得五百五十五两银子。我因跟他算账，把单契检出，放进抽屉里，现在这个贼恰恰偷了这单契去，可怎么样？"

王瑞伯在屋上不觉点头欢喜，遂盖好屋瓦，腾身过墙，轻轻跳下，回到万家，恰好天交四鼓。次日饭后，便去找寻阮春雷。见面之后，春雷笑问："王瑞兄昨夜辛苦了。"瑞伯倒一愣，阮春雷道："周家宅中，瑞兄不是到过的么？"

王瑞伯方才省悟道："原来昨夜的事，是阮兄干的？爽快得很。"

阮春雷道："不过是逢场作戏罢了，我因在谢家酒店小酌，见掌柜的急得很可怜，才出手把周福泉那厮戏弄了一会子，算不得什么。"

说着时，王寅生也到了。阮春雷道："瑞伯兄还耽搁几天么？"

王瑞伯道："大致还住几天，阮兄问我有何事？"

阮春雷道："周先生要来此游赏西湖，说不定就这几天到呢。瑞兄在此，会会这位异人也好。"

王瑞伯道："哪一位周先生？如何又称他异人呢？"

阮春雷道："提起他名字，怕瑞兄总也知道。周先生单名一个浔字，别号秋帆，浙江江山人氏，户部主事王江是他的姐丈。从前王主事兵败之后，太夫人被清兵缚了去，王主事是大孝的人，便削去了头发，打扮作和尚模样。清将见他已改了僧服，遂把他安置在杭州，做一个在家和尚，不多几时太夫人寿终正寝，王主事忽然新纳一妾，宠爱异常。人家见他孝中纳妾，已经奇怪。不意他与周夫人本来夫妻极恩爱的，纳妾之后，竟然天天反目，视同仇雠一般。一日王主事竟然具呈把夫人控到当官，说她犯了七出之条，周夫人也攘臂嚷闹，数说王主事隐微之过，掉头不顾，登车而去。这件事杭州人无不骇异，过不多几日，王主事出游西湖，看守之人见他的妾不走，倒不疑心。哪里知道王主事就此一去不返，携了妻子到金门岛入朝监国鲁王，定西侯太师张名振就请王主事做监军，再入长江。王主事纳妾休妻，逃出杭州的奇计都是周浔替他想出的。周浔在定西侯营中，当着参军之职。定西侯去世之后，王周两个都郁郁不得志。王主事就回四明山中起兵，跟清军开战，中箭身亡。周浔却遇了一个异人，带他西入峨眉山学剑去了。首尾已有十年，传来消息，周浔的剑术已经学成，有人在广西遇见他，听说他奉着师命，出山行道，不日就要浙江来呢。"

王瑞伯道："我也行踪无定，不知会得着会不着。现在倒是为了周润生的事，总要侦他个水落石出。瞧福泉这厮断然不是好人，王二又是毛廿一的旧伙，同伴齐行，内中总有缘故。"

阮春雷道："周润生的事，瑞兄既然劳心侦察，我就可以丢下不管。我原要台湾去一趟，就为了两件事绊住身，不曾走得。一件是等候周浔，一件就是周润生的事。现在是好了，会着了周先生就可以动身了。"

王瑞伯问去台湾做什么，阮春雷道："好在瑞兄不是外人，告知你谅也不妨。现在施琅升了水师提督，昼夜训练水师，水师一朝训练成功，不但金门、厦门危险，台湾澎湖怕也不可守呢，须得先去报知藩主，可以早早地预备。"

王瑞伯道："施琅听说原是延平王的爱将，英雄出众，本领非凡，怎么也会投清朝？现在倒成肘腋大患了。"

阮春雷道："施琅投清这段事故，跟春秋时伍子胥投吴差不多情形，这施琅是福建晋江人，原名叫作郎，表字尊侯，身材魁梧，膂力绝大。隆武帝在福建登位，出贴黄榜招募壮士，施琅应募投军，只手举庙中千斤铁鼎，环行数周，从容安置原处。隆武帝大喜，立授他为左卫锋，当随阁部黄道周出仙霞关，所向无敌。后来黄公兵败殉难，施琅遂改投在郑芝龙部下。芝龙投了清，延平王接统部众，见施琅熟习海上风云沙线、水军楼橹、旗帜伍阵之法，遂大大地宠任，言无不听，计无不从，君臣鱼水，差不多是骨肉一家。偏偏那一年有一个标兵犯了军法，施琅要杀他，偏偏这标兵是藩府厨子的外甥，就躲到藩府中去。施琅偏是执法无私，派弁闯入藩府，把标兵擒出。延平王立刻派人叫不要杀，施琅道：'军法非琅敢私，藩主何可自坏其法？'喝令速斩。那差弁持了令箭，回报施琅不遵军令，又搬上一大篇不相干的坏语。延平王大怒，立命副将吴芳拿捕施琅，并他的父亲施大宣、兄弟施显贵。拿到船中，施琅向显贵道：'兄弟如何可以同死？弟可快快计算。'施显贵道：'哥哥雄略胜弟十倍，并且没有儿子，快快走路，不要多言。'施琅于是假作欢欣，笑向吴芳道：'我道是藩王要杀我呢，哪里知道是别有他事。'遂取酒与吴芳同饮，谈论风生，兴致极好。酒到半酣，忽向吴芳道：'烦老兄派人伴我登岸，我要往见当事呢。'吴芳见他举动雀跃，毫无畏惧情形，又见他父亲与兄弟都在船中，绝不疑心，派令三人陪他上岸。行到草仔鞍地方，施琅冷不防抽出铁锥，击死三人急步飞奔，逃到曾厝鞍地方，瞧见一个石洞，深邃异常，藏匿其中，连躲三日，饿得要死。恰有一个老人到此樵柴，猛见一头五花豹隐趴在洞口，大吃一惊，仔细瞧时认得是施将军施琅。施琅言已三日不得食，老人就把自备的樵粮给他吃了。施琅饥惫得已经肌肤惨凛，不像个人了，问老人道：'外面风声如何？'老人道：'藩主下令缉捕将军，风声紧得很，擒献将军的，赏黄金一千两，册封侯爵。谁要藏匿了将军，满门抄斩。'施琅道：'那么你可以把我献官请功了。'老人道：'将军跟我无仇，我年纪这么大了，决不肯干此昧心事，尽请放心。'施琅于是乘夜往叩部将苏茂之门。苏茂一见大惊，施琅道：'听得藩主悬赏缉拿，有千金高爵之赏。因贤弟平日跟我很要好，特地投来，把此功赠予贤弟，快将我请功去。'苏茂骇然道：'将军何出此言？我苏茂虽然不肖，亦何至卖友求荣？天日在上，可表吾心。'遂命家人不准泄露。过了两日，查缉的人挨户搜查，将到茂家，苏茂把施琅藏在卧内柜中，叫他夫人坐在柜上，总算不曾查出。到夜，用小船把施琅送过五通，跳出龙潭虎穴，自己却因衣罪服，到延平王军门请罪。延平王跺脚道：'这厮若投了清，必贻吾患，这也是天数。'斥退苏茂。这段事故不是与伍子胥投吴差不多情形么？"

王瑞伯道："延平王也是盖代英雄，怎么英雄之主，偏不能容此英雄之将？真个其中有气数不成？"

王寅生插言道："你还不曾知道，那年延平王、张尚书联师北上，声势何等厉害，东南大吏都要仓皇图遁，施琅独向闽督道：'海师必然大败，倘使他们舍短用长，委下坚城，溯江而上，所过不留，直趋荆襄，呼召滇粤与之联结，摇动江南，以挠官军，那么祸就大了。现在弃了舟楫之便，顿兵坚城之下，如何会不败？'后来果然大败。"

王瑞伯道："照此看来，阮兄倒不能不赶紧一行呢。"

阮春雷道："此言也是，我想叫寅弟在此等候周先生，我就入

23

岛去。"

当下王瑞伯辞了阮王两人，信步而行。不觉已到周福泉门口。只见闹嚷嚷围了一大堆子人。王瑞伯排众直前，只见一个三十多岁的汉子，生得獐头鼠目、猴腮狼嘴，押着四个小工，扛着一个白木棺材。围住的人都问他做什么，只见那汉子回称润生回来了，我陪送他到家呢。众人问润生在哪里，那汉子向棺材一指道："就在这里头。"一边说一边叩门，把门叩得擂鼓一般的急。

忽见里面应声来了来了，双门启处，马氏出来。一见了棺材，顿时露出惊异的样子。就见她问道："王二，这是什么？"

王瑞伯才知那汉子就叫王二。就见那王二道："嫂子，你侄儿润生没了。"

马氏道："好端端地出门，怎么会没了呢？"

王二道："说出可怜，润生身子本来薄弱，经不起风霜之苦，就道未久，就害了病，只道他是一时感冒，哪里知道一日重似一日，耽搁在招商客店，延医问卜，再也治不好。延到上月某日，竟然伸腿去了。备办衣衾棺椁，我是一个人，只得央烦店主人帮办，殓好之后，店主人劝我就那边埋葬，是我不忍这副骨殖，总要替他送回来。一路盘柩而回，受尽千辛万苦。"

正说得热闹，忽见一人势如奔马，声若巨雷，从门内跌扑而出，一头正撞在棺材头和之上，把棺材撞了个破，众人齐都大惊。

欲知此人是谁，且听下回分解。

第五回

院中秘语窗外有人
夜半鸦声灯前刀影

却说王二正在编谎，不提防秀娘得着凶耗，不顾性命，大号扑出，一头撞在棺材的头和上。从来说一人拼命，万夫莫挡。秀娘这一撞，共用多少气力，连她自己也不曾知道。只见棺材撞破，旧砖、碎石、断木齐伙儿漏落而出。王二面如土色，众人齐称奇怪。

秀娘见棺中没有尸身，停止了哭，一把扭住王二辫子，问道："我们的润生哪里去了？我只向你要人。"

旁边一人道："小娘子只消把这厮送到官，自易问出个底细。"

秀娘道："就烦众位伯伯，可怜我，替我把这厮捆了，交给他保解官。"这一句话才出口，就有人立把王二拿下。此时地保亦到，秀娘就央人陪到仁和县衙门喊冤。王瑞伯跟去瞧看。跟到县衙，见从公生明起直到大堂，已经是人山人海，拥挤异常。因为这一桩奇事，早把偌大个杭州城轰动了半个，都来瞧热闹儿。遇着这位知县偏偏不肯升堂，就把王二押在班房中候审，瞧热闹的人站得脚跟都酸了，还不见提审。

王瑞伯不耐烦，随即举步回家。晚饭之后再到县衙，县老爷正在花厅上问案，除衙役、书吏之外，闲杂人等不准入内观看，关防得十分严紧。那大堂至月台却仍有许多人候着。王瑞伯不能入内，当着许多人，又未便纵身上屋，徘徊了好一会儿，忽闻哄然闹嚷，就见衙役带着王二出来，铁索琅铛，已经上了镣铐，押入监中而去，接着秀娘出来。早有仆妇掌灯伺候，扶着回去。

原来秀娘喊冤之后，福泉夫妇知道此事一经官，审出王二口供，必与自己大有不利，于是幡然变计，想出个化刚为柔的计策，先来讨好秀娘，派两名仆妇，提了灯到衙门来接，接到家中，马氏就满面春风地问寒问暖，探饱探饥，做出慈爱的样子。秀娘早在公堂上听得王二口供，他们的奸谋诡计，腹中全都明白，只是淡淡地似理不理。

马氏见秀娘不大理，心里不免慌起来。遂问："咱们的润生究竟在哪里？王二供出了不曾？你叔叔当他是个人，重托他照应，哪里知道这厮是个人面兽心。我把你叔叔埋怨得什么似的。"

秀娘听得提着润生，禁不住泪下如珠，顿时就大哭起来。马氏还再三追问。秀娘哭道："别假惺惺了，打量我不知道呢？"

说着外面叩门声响，小丫头进报："两个县差拿着朱签，要老爷奶奶立刻进衙门去。"马氏慌忙迎出去，只见周福泉正与两个公人争论呢，忙问什么事。公差一见马氏，就问："你就是周马氏么？县里要你呢。"

马氏道："两位头儿请坐，有话总好商量。从来说天大官事，地大银子，多不了花掉几个钱的事。"遂叫人取了二十两银子来，笑向公差道："头儿休笑话，这是送与二位买杯水酒喝的。"

公差一见银子，笑道："偏要奶奶破费，我们不受倒似不中抬举似的，只得老实了。"

马氏道："原是老实的好，但是我们究竟犯了何事，二位总都知道。"

公差道："这是王二供出来的。王二说你们给他银子五百两，叫他与润生做伴，就途中结果润生性命。他因受人之托，又不愿干伤天害理的事，在某处地方，只把润生引迷了路，就偷偷地取了银子走了。后因在毛廿一家赌钱，把银子尽数输光，才想出这个法子，到临近市镇，花五吊钱买一口薄皮棺材，假作盘枢回籍，还想问你们要钱呢。老爷才出朱签拿你们。"

马氏道："哎呀这是含血喷人的事，冤枉得很。不要说我们一家人本没有谋害的事，就是安心要谋害，在家里时光近便点子不好，却要巴巴地烦他到外面干去？"

公差道："事情呢我们也知道总是冤枉的，但是老爷立等着要人，可怎么样？"

周福泉道："这个总要头儿设法的。"

公差道："今日天色已晚，我们权且放情，明朝可不要见怪呢。"马氏又叫取十两银子，送与公差。公差道："我们怎好无功受禄？现在这么着吧，指给你们两条路子，衙门里的事总要官答应，现在宅门上的大爷是老爷的心腹人，你们先得找他去。他要允了再无办不下的事。官事原告是最重，现在原告就是府上的侄媳妇，你们只要赔个小心，央告她，只要她肯不顶了，也就没事。"

马氏道："宅门上那位大爷，就烦头儿给我们引见。"公差应诺。马氏立叫周福泉跟随公差到县衙打点官事，暂时按下。

却说王瑞伯见众人逐渐散去，也就回家。候到更深，便纵身上屋，径奔周福泉家来。霎时行到，腾身进墙，恰是后院，见纸窗上映出灯光，里面正有人在讲话。瑞伯伏身窗外，用舌尖舔湿窗纸，戳一个小窟穴张进去，只见里面是周福泉、马氏两个。

只见马氏道："你会见了宅门大爷，可有法子没有？"

周福泉道："这个宅门心凶得很，他先要我二百两银子酬仪，才肯告诉我法子。"

马氏道："你这个人就是太吝啬，不能办事，横竖是大房的家私，拼花掉一半也不要紧，这件官事要是办准了，你我的性命都要保不住，还有什么家私？"

周福泉道："你且慢埋怨我，我听他说了，就满口应允，只求他设法出脱这桩官事，保住你我两人都不到案。他交代我两件事，一件是要白银一千两，这还容易，一件可就难了，是要两个周岁以内的孩子。"

马氏道："要来做什么？"

周福泉道："做菜吃呢。这位县尊最讲究是食品，吃遍各种肉品，最肥嫩最鲜美最可口，却就是周岁以内的婴孩，因此一个月中总要蒸食五六个婴孩呢，常常出了重价，托人在外面收买。这几天偏偏觅不着。"

马氏道："哎哟哟，罪过得很。怪道这一两年里头，杭州城中时常丢孩子，原来有这么一个大销路，那么清和坊谢举人家两房兼祧的那个遗腹子，上月里被奶妈子抱出，不知去向，连奶妈子都影息全无，阖家子哭得发了疯似的，疑心是族人使狭，谋立嗣，现在想起来也是县老爷拿去做了菜了。"

周福泉道："这种不干己的事，讲他做什么，但是眼前这两个孩子，叫我们哪里觅去？"

马氏道："官一边呢，总算有了眉目，那一千二百两银子明朝赶紧先送去。倒是秀丫头这原告，我再四地软求她，央恳她，叵耐这丫头终是不理，你想想可有什么法子？"

周福泉道："只要官一应允，就不怕她了，好便好，她如果定要告我们时，说不得先下手为强，办点子毒药把这丫头毒死了，不就结了么？她要告尽让她阎王那里告去。"

马氏道："此法甚妙。"

屋里两人这么地讲，不防窗外的王瑞伯早听得双睛出火，七窍生烟。擎刀在手，抄回廊走去，到转弯所在，见是一个门口，进了门，腾步而前，却见一个大插屏挡着。瑞伯知道从院中出来，必由此路，就伏身屏后老等。等了好一会儿，就见夫妇两个一路讲说而来。瑞伯一伸腿，把右脚横住去路，福泉打头一绊，就是一跤，丁零零铜手照跌地，蜡烛也横倒。马氏在后，问老爷怎么会跌了地下，周福泉并不回答，只听得咔嚓一声奇响，一股血腥气直冲起来。马氏见问他不应，便俯身下去扶时，湿漉漉滑腻腻，扶了两手的血。大吃一惊，拾取横倒的蜡烛照时，见丈夫横在地下，短了一个脑袋。才欲嚷时，忽见一个汉子把钢刀向自己一晃，低声喝道："嚷就斫掉。"马氏舌头打了桩子，一句话也说不出。

瑞伯抓住提回屋中，遂撕下一块裙子，塞住马氏的口，用刀削掉双耳，提起来安放在炕上，见桌上有着现成笔砚。瑞伯取笔饱蘸浓墨，在粉壁上写下八个大字道："图产谋命，害人自害。"回身把刀向马氏一指道："你见了官敢不说实话，敢行贿，我立来取你的脑袋。现在把你的脑袋权且寄在你脖子上。"说毕推窗出外，纵身上墙，飞一般去了。

这里马氏手足被缚，在炕上呻吟了一夜，直到次日家人起身打扫，瞧见福泉被杀，嚷进院子，见马氏四马蹄扎着，在炕上哼哼唧唧呢，急忙解放下来，问起情形。此时秀娘也闻警起来，马氏诉说夜来被难情形，于是急忙唤地保报官，哪里知道县衙门昨晚也出了大乱子。

原来王瑞伯从周家出来之后，心想仁和县这厮每个月伤掉五六条小命，一年就要伤到六七十条性命，此贼多活一年，世界多一大害。想毕，就径奔仁和县衙门。衙门的房屋式样是千篇一律的，腾身进墙，径奔上房。鸦雀无声，人已睡静。王瑞伯伏在屋上听了听，即把瓦片移去，揭开望板向下瞧时，见大床前小桌上点有一盏油灯，半明半暗，那个火焰被灯花压住了，发出干红的光亮。床前帏幔垂着一半，衣架上搭有三五件衣服，灯光映出黑影，在壁上影影绰绰，好似活动的一般。偏偏后房高树上的鸱鸮，骨棱骨棱骨棱怪叫个不住。瑞伯素来胆大，不过觉着景象凄凉罢了。当下扳去了椽子，探身轻跳，落地无声，径奔大床。见床前放有男女鞋子各一双，挑开罗帐，见男女两人并头合抱而睡，睡梦正酣，鼾声轩然，正是仁和县知县跟县太太。瑞伯钩起了帐子，揭去棉被，左手把县老爷一把辫子提下床，那知县从睡梦中惊醒，唬得目瞪口呆。

欲知性命如何，且听下回分解。

第六回

王瑞伯行刺仁和县
阮春雷飞探总督衙

　　话说仁和县知县从睡梦中惊醒，陡见明晃晃的钢刀，雄赳赳的汉子，不觉三魂出窍，六魄离身，抖着说道："好汉爷饶命，你要金银我有。"

　　王瑞伯喝道："你是不是县老爷？"

　　知县应道："是是。"

　　王瑞伯道："你既然要命，小孩子难道都不要命？我饶了你，你却不肯饶小孩子。我问你为甚每月要蒸食六七个小婴孩？"

　　知县道："好汉爷，求你饶了我，我从此就戒食小孩。"此时县太太也已惊醒，就床上叩头代丈夫乞命。

　　王瑞伯道："你食小孩，共食了几多年了？"

　　那知县道："也不过十来年。"

　　瑞伯怒道："十来年不有上千条小命么？如何饶得你？"举刀一挥，鲜血迸冒。那县太太大嚷"杀了人哩！"瑞伯腾步上前，也奉敬了她一刀，血碌碌滚下人头。王瑞伯揩抹了刀，纵身上屋，趁了星光飞行回寓，心下十分畅快。所以保正到县报案，衙门中正大乱呢。

　　这日，王瑞伯起身得很晚，万斯大就告诉他，昨夜本城中，连出两起重案，现在抚台已委钱塘县代理仁和，另委干员代理钱塘，饬令赶紧缉凶，即日破案。王瑞伯假作不知，敷衍了他几句。

过了两日，知道周福泉的案已经审结，马氏与王二都得了个徒罪的处分。周润生流落在外，行文该县查访，两房家私都归秀娘管理。周福泉被杀、仁和县被害两案，均悬赏缉凶，务获究办。行文邻县，一体严缉。

王瑞伯见此案已结，就辞了万斯大回宁波去了。临走时光，去访阮春雷。只王寅生一个人在那里，说阮侠已先一日福建去了。王瑞伯别过寅生，便取道回宁波而去。那周润生游荡在外，经官吏查着，资遣回杭，夫妇团圆，重享家庭之福。这都不在话下，如今要专提阮春雷了。

却说阮春雷从杭州动身，原要径赴台湾，报告施琅训练海军的事，不意行抵清河镇，就见毛廿一聚集了数千的人，在那里点名发筹。接着筹的都欣喜活泼，接不着筹的垂头丧气，很露出不高兴的样子。阮侠心疑，打听旁人，就有人告诉他县里发出谕话，叫毛廿一召集纤夫三千名，拉运粮船过坝。

阮春雷道："粮运到哪里去的？"

那人道："是福建采办的，现在福建要出兵平海呢。"

阮春雷听了心中一动，暗想：我先到福州去侦探一会子，探着了消息再入岛不迟。在清河镇歇得一宿，就迤逦往福州进发。一入了福建地界，就见车马船只，纷纷征调，往来的多半是军队。阮侠留心探访，才知康熙帝已经降旨，命靖南王耿继茂、闽浙总督李率泰，率了投诚诸军并红毛国的夹板船，从泉州出发。福建提督马得功从同安出发，海澄公黄梧、水军提督施琅从漳州出发，分道进攻，先攻金门、厦门两岛，得胜之后再攻澎湖、台湾。

阮春雷探得了消息，便昼夜兼程，赶向福州来。不多几天，早行抵福州省城，见好大一座城池，城高池阔，周围足有四十多里。城内街道整洁，店铺轩昂，市况很是繁华热闹。总督衙门与靖南王府都在西城，相离不过四五里光景。总督衙门倒也不过是个寻常衙署，那靖南王府辉煌宏阔，却如皇宫内苑一般，东西两辕门，一条箭道，两旁驻有不少的兵。王府额兵马步一万有余，额外旗下蓄养的还不在内。王府中家人满了十四岁，就给予弓箭，训练骑射，现在出征在即，王府左翼总后曾养性亲自带队在辕门内驻扎，听候王爷命令。

进了辕门，走有一箭多路，靠南是水磨砖砌就斗方纹的照墙，两边旗杆高矗，空中黄旗招展，上写着靖南王耿府五个大字。坐北朝南，三座兽头大门。当中是正门，东西两边是角门。门外石狮对抱，朱门铜环，门上的门神都是名手雕漆，金甲灿烂，庄严威武，宛似活的一般。正门闭着，只开着左角门，门上双龙竖额，蓝地金字，是"敕建靖南王府"六个大字，望进去，巍峨宫殿，不少的龙楼凤阁。角门外站着十多个挺腰凸肚的门官，都是晶顶蓝翎，异常气概。

正在瞧望，忽闻鸣锣喝道之声。阮侠回头见一对对衔牌执事，是头品顶戴、兵部尚书、二等侯、浙闽总督、爵部堂。那执事人等都到角门站住，接着绿呢大轿，轿中坐着本省制台李率泰，轿后两骑顶马，轿前十来名带刀戈什哈，到角门住轿，差弁上前投帖，门官接入，一会子出来回王爷请见，也不开中门，制台轿子就由角门而入。

阮春雷瞧了，随即举步出了东辕门，向北走去。见粉墙延回，墙脚青石砌有三尺来高，墙外掘成护墙壕沟，约有二三丈开阔，沟内流水潺潺，沿壕走去，见有一桥，有兵把守着，不能过去。向西转弯，见后门外有桥，也有人守着，只好在壕外遥望而已。望进去树木森森，楼阁隐隐，仿佛是花园模样，自西而北，北而南，游了个遍。回到寓中,吃了饭,就调神息气地静养,预备晚上到制台衙门、靖南王府两处去侦探消息。

一到人静之后,阮春雷穿起夜行衣靠,扎缚定当,蹿出庭心,随手带上了窗,腾身上屋,蹿房越脊向西行去,飞过了两条街,从此并无栅栏。跳下地,只拣小街僻径而行。倒并没撞着哨探巡查之人。兜回曲折,抹角转弯,走了好一会儿,已到制台衙门。

只见辕门紧闭,门内梆声相应,锣声铿然。阮春雷沿粉墙向左行去,瞧见没人向上一纵,早纵上了墙头,也不用什么问路石子,向内轻轻一跳,落下平地,把右手遮在眉间,左右瞧视,黑黢黢的不见灯亮,蹑足潜踪向内走去,身轻如燕,步履如猫,一点子没有声息。行至一处,见有灯光,细细瞧时,却是两明一暗,窗上映出人影。

阮侠悄立窗下,听得屋内一人说道:"金兄你这条计真好,岛中回书已来,制军定然专折保举你呢。"

那叫金兄的答道:"这是大清朝圣天子的鸿福,制军的茂筹硕画,小弟不过欣逢其盛罢了。"

先一人道:"咱们这里分道出兵,耳目又近,万一被海寇得知防备了,倒也难操胜算。金兄的大计,假作招抚,彼此信使往来,攻他一个冷不防,真是无上的妙计,靖南王也很称赞呢。"

那叫金兄的道:"郑经的回信,制军叫我抄录过了,原书是要进呈御览的,收藏在签押房里,与奏报进兵略的折子一块儿收藏着。"

原来里面讲话的两个都是幕友。阮侠听得明白,知道进兵方略是与军务上关系很大的,遂抽身潜步,径向签押房来。

霎时已到,见屋中灯火通明,门口遮有软帘。阮侠从软帘隙中张去,见制台李率泰秉烛危坐,正在批阅文牍,旁边站着一个家人,下面站着一个戈什哈。那李制台手执着笔,眼注着文牍,正在凝神思索,那家人与戈什哈的眼珠子却都注视着李制台,三人六眼,各有所注。阮侠即从软帘轻轻爬入，蛇行而前。屋内三人并不曾觉着。阮侠轻轻潜步爬入案下，潜伏犬卧，候了好一会子，听得李率泰搁笔收拾，都放入抽屉里，传命掌灯回房。那家人就掌灯前行。戈什哈随后护卫，一阵脚步声响，三个人都出去了。

阮侠听他们去得已远，从案下翻身起来，见案上摊着一封书信，就灯下瞧时见上写着：

大明招讨将军延平王朱经，谨复书于大清浙闽总督李公阁下：

盖闻佳兵不祥之器，其事好还，是以祸福无常倚，强弱无定势。恃德者昌，恃力者亡。曩岁海澄之役，不佞深悯民生疾苦，暴露兵革，连年不休。故遂全师而退，远绝大海，建国东宁，于版图疆域之外，别立乾坤。自以为休兵息民，可相安于无事矣。不谓阁下犹有意督过之，欲驱我叛将，再启兵端，岂未闻陈轸蛇足之喻，与养由基善射之说乎？

夫苻坚寇晋，力非不强也，隋炀征辽，志非不勇也，此二事阁下之所明知也，况我之叛将逃卒，为先王抚养者二十余年，今其归贵朝者，非必尽忘旧恩而慕新荣也，不过惮波涛，恋乡土，为偷安计耳。阁下所以驱之东侵而不顾者，亦非必以才能为足恃，心迹为可信也，不过以若辈叵测，姑使前死，胜负无深论耳。今阁下待之之意，若辈亦习知之矣。

而况大洋之中，昼夜无期，风雷变态，波浪不测，阁下两载以来，三举征帆，其劳费得失，既已自知，岂非天意之昭昭者哉？所引夷齐、田横等语，夷齐千古高义，未易齿冷，即如田横不过齐之一匹夫耳，犹知守义不屈，而问供不佞世受国恩，恭承先王之训乎？倘以东宁不受羁縻，则海外列国，如日本、琉球、吕宋、广南，近接浙粤，岂尽服属？若虞敝哨出没，实缘贵旅临江，不得不遣舟侦逻。至于休兵息民，以免生灵涂炭，此仁人之言，敢不佩服？然衣冠吾所自有，爵禄亦吾所自有，而重爵厚禄永世袭封之语，其可以动海外孤臣之心哉？

大明永历年月日　朱经拜首

阮侠瞧过一遍，即开抽屉，检视出兵方略折稿，不意面上一张就是，约略瞧过，藏在身边，才要再瞧别的，就听得脚步声响，阮侠急忙吹灭了火，走出门来。外面的人已经走到软帘，阮侠闪在一旁，等他们掀帘，软帘一掀，阮侠就躲在帘的那一边，外面的人进门，里面的人恰好出门，轻灵便捷，那进门的家人一点子没有觉得。阮侠跃上屋面，蹿房越脊，依然越墙而出。出了制台衙门，并不回寓，飞行快步，径投靖南王府来。

做书的交代过，靖南王府与总督衙门，都在省城西隅，相去不及五里，阮侠飞步夜行，一转眼就到了。只见王府森严，巡查将士背负弓箭，手执刀枪，作对儿提灯巡哨，到了会哨所在，各个传呼问答口令，壕边巡哨的人，穿梭一般往来。

阮侠见王府严密，远非总督衙门可比，急极智生，一伏身装作犬儿模样，偷偷地犬行而前。走了两箭多路，见隔壕巡哨的人走过了，后面的恰恰没有来，一个健步，飞过壕沟，就势一腾，便腾上了高墙。不意墙内蓄有十多头狞犬，犬的耳朵比什么都灵，听得墙上声息，便号声大吠起来，阮侠吃惊不小。

欲知后事如何，且听下回分解。

36

第七回

靖南府阮侠闹书斋
抱月轩藩王审刺客

却说阮侠才上墙头，就听得下面犬声大嗥，心中着急，就听得远远呼喝奔走之声，光景是藩府护卫将士闻声奔集呢。瞧见一株合抱大树，急忙纵身上了树，就枝叶茂密处躲藏了身子。此时护卫将士已将奔到，那十多头犬还向着墙头狰狞狂吠个不已。众将士提了灯四面照看了一回，见没有什么，才把犬呼叱了一顿。那犬被将士呼叱了，就垂头夹尾地走向他处去了。众将士查了一回，也就退去。

阮侠见他们走得远了，才从树上轻轻地溜了下来，蹑足潜踪，鹭行鹤步，按方向往内行去。抄过两条回廊，经过三重宫殿，又见一座很大的大殿，龙翔凤舞，连丹墀外耸立的凌空石柱，都斫就抱龙戏珠的样子。庭中参天大树，好似拱卫这座大殿似的，作对儿排列着，共是八株。这便是承恩殿，是藩王府的内殿。再进去就是藩宫内苑了。

阮侠进了承恩殿，听得殿后有人讲话，有灯光射出来，因被暖阁遮住，只左右两边略见些光亮。阮侠隐身暖阁中，听得一人问："今晚谁值夜班？这会子还不来。"

一个道："轮日子该老四老五。"

先一个道："原来是陈家弟兄，老四说过要请假回籍去呢，如何还没有走？"

一个道："假是请过的，王爷因出兵在即，用人当儿，不准呢。"

阮侠从屏隙里张进去，见殿后坐着五六个人，腰间都插有钢刀，只两个在那里一问一答地讲话。灯光之下显得一个个熊腰虎背，英雄模样。阮侠见殿后宫门守得这么紧急，断然不能自由出入，遂潜步退到丹墀，仰首瞧时，殿角高挑，离地足有四丈开外，一蹭身，作势腾扑而上，宛如鹞鹰扑食，早抓住了椽头，两腿凌空，滴溜溜身体一转，已经翻到了殿角。狼腰一折，便翻腾上了殿屋。就屋上施展夜行之术，轻如飞燕踏瓦无声。越过屋脊，又望见一道宫墙，越过了宫墙，就是内苑了。每遇灯光所在，就闻有妇女笑语之声。

探至一处，恰是耿王贮藏公文所在。藩府世子耿精忠正在那里阅看公事，太监侍卫随侍了八九个。阮侠便用脚尖蹬住砖牙，右手一扬做了一个探海式，倒爬而下。使出壁蟢功，并不落地，即从门额翻身入屋。贴住了墙壁，渐渐地轻行，渐行渐上，就藏身在二梁之上。向下瞧时，见耿精忠暴眼阔腮，满脸都是横肉，哪里像王侯世禄之家、富贵簪缨之族的公子哥儿？

只见他手拆一封书信，自语道："哦，这就是郑经的回书了？"遂听他念道：

> 日在鹭铜，多荷指教，读诚来诚往，延揽英雄之语，虽不能从，然心异之。阁下中国名豪，天人合征，金戈铁马之雄，固自有在，然顷辱赐教谆谆，所言尚袭游说之后谈，岂犹是不相知者之论乎？

耿精忠念到这里，摇头道："这厮倔强得很，倔强得很。"遂又下念道：

> 东宁偏隅，远在海外，与版图渺不相涉，虽夷落部曲，日与为邻，正如张仲坚远绝扶余，以中土让太原公子，阁下亦曾知其意乎？所云贵朝宽仁无比，远者不问，以耳目所闻见之事论之，如方国安孙可望，岂非竭诚贵朝者，今皆何在？往事可鉴，足为寒心。

精忠点头道："这几句颇有点子意思。"遂又念下道：

> 阁下倘能以延揽英雄、休兵息民为念，即静饬部曲，慰安边陲，羊陆故事敢不勉承？若夫疆场之事，一彼一此，胜负之数，自有天在，得失难易。阁下自知之，毋庸赘也。

瞧毕之后，折叠好了，藏在抽屉里。也是合当有事，阮侠在梁上偶然一动，一大缕烟尘堕下，恰好堕在案上。耿精忠抬头，瞧见梁上有人，惊喊有贼。各侍卫齐都抬头，便忙抽矢扣弦向上射来，太监们已急忙奔出去唤值夜护卫了。阮侠执刀格拒左右飞舞，哧哧哧哧飞蝗似的箭，二梁上橼子上已经射中了两枚。只听得门外大声道："贼在哪里？把门闭上了，休要放走。"

阮侠在梁上，不能施展本领，大喝一声，跳下地来挥刀而前，光华四射，把钢刀舞得雪花一般。此时陈四、陈五已经进来，都各手舞钢刀，飞跃而前，公事室中顿时开了战场，六七个人围住了阮侠，伺隙飞斫。阮侠虽然英雄，究竟单人两手，哪里招架得许多。那陈四、陈五更是刀刀逼紧，路路精通。阮侠自料断然战不过，也断然走不脱，急极智生，想出一个败中取胜擒贼擒王的奇计，把钢

39

刀左右格拒，格开众人的兵器，单刀直入，径奔耿精忠来。

精忠大吃一惊，急举座椅迎拒，一刀斫在椅上，把只楠木椅斫了个粉碎。再要斫第二刀时，陈四的刀已经到了，刀与刀一格，丁当火星乱迸。耿精忠吓怕了，早逃出室外去了。陈五跟上就抢阮侠的下三部，阮侠跳上了案，高踞形胜，顷刻心雄胆壮，就把案上的端砚、古铜瓶、水盂、笔架、铜鼎、铜狮、笔筒、铜压、墨匣、铜尺等各种文房小件，权当作暗器，一件件飞下来，一个侍卫被端砚飞中了头角，顿时鲜血直流。阮侠又把铜鼎向陈五掷去，陈五一闪，恰中后面一个侍卫的胸口，哎呀一声，捧住胸口，呼痛不已，陈五身上也沥了满身的香灰。

话休絮烦，阮侠居高临下，占着形势把案上十多件暗器一一发完，倒也打伤了两三个人。陈五见他厉害，便丢下钢刀，外面去找了一条很长的坚木门闩来，不问情由，不分架数，只望准了阮侠的脚踝骨，狠命地掠。阮侠的刀短，够他不着，只得谨守门路，蹭身拒格。一来案子地位狭小，不够他大气盘旋，二来陈五力大而勇，门闩重笨而长，夜行人全恃机灵活泼，以巧取胜。至巧遇着至拙，倒也是个克星，无法可施。门闩到来，急用钢刀格时，沉甸甸刀都几乎震掉。连格了五六闩，手臂就有点子酸麻，一个暇息，左踝骨上早着了一下，哎呀一声，跌了一个倒栽葱。众人蜂拥上前，就此擒住，把阮侠反剪了两手，捆了个结实。

此时靖南王已经闻知，传出话来，贼子擒获之后，押到抱月轩，王爷要亲自审问。于是众人押着阮侠，推推挽挽出了书斋，向西转弯，走了不少的路，到一座小小的抱厦里。见这抱厦一共是三间，窗棂枢户栏干挂落，一式都是楠木的，名匠雕刻，花纹都很细巧。满堂红上红蜡高烧，照得阁室通明，中间悬有匾额，写着抱月轩三字。向外安着嵌八宝紫檀大炕床，两旁椅子一溜烟地排列着。阮侠虽然两手背剪着，却昂首鹤立，毫不露惧怯的样子。

只见两个太监簇拥了一个五十开外年纪的老头儿出来，只见他大眼阔腮，两鬓的短发，嘴上的胡髭却都已花白。众侍卫见了他都打千儿迎接，想必就是靖南王耿继茂了。可煞作怪，并不顶戴，只穿着紫绛色宫绸箭袍，扣着蓝色扣带，脚蹬平底缎靴，光着头，两鬓短发黔黔，背后拖一条很细的辫子。那随侍的人倒都翎顶辉煌，齐齐整整。

看官，这靖南王耿继茂，是清朝三藩之一，声势很是厉害。耿继茂的父亲耿仲明与孔有德、尚可喜本都是明将毛文龙的部将。崇祯年间，毛师被袁督师戮之后，耿、孔、尚三人遂率众投清。清太宗正在延揽英雄之际，立封三人为王。入关之后，立下不少汗马功劳。那孔有德战死在广东，阖门殉难，只剩一个女孩子，名叫孔四贞，经太后抚为义女。现在平南王尚可喜开府广东，靖南王耿继茂开府福建，并着借兵入关的平西王吴三桂，号称三藩。这三藩都是以降将封王，休戚与共，荣则俱荣，辱则俱辱，藩封边陲，位极人臣。讲到他的声势，比了目今的巡阅使，有过之无不及。你想阮春雷竟敢单身飞入王府，被获之后，毫不畏惧，这个胆是什么胆？

当下只见耿继茂就炕上坐下，喝令带上贼子。他那声音宛如劈开毛竹，使人陡吃一惊。早有侍卫推上阮侠，喝令跪下。阮侠不肯，两个侍卫过来强力按捺，一时哪里按得下？

阮侠大声道："你们听了，我的头可断，我的膝不可屈。"

耿继茂道："不跪也罢，不必强他。"遂问道："你这贼子，你到本藩这里要行刺？要偷盗东西？我瞧你带着钢刀，定然是要行刺本藩，到底是谁的主使？说了出来，本藩并不难为你，立刻放你出去。快讲。"

阮春雷见他这么愣头愣脑地问事，心中暗自好笑：我也做过州

41

县，问过不少的案，哪有此种问法？姓名籍贯都不问，就硬指人家刺客起来。遂道："你知道我是谁？怎么就说我是刺客？"

两边护卫齐声呼喝："问你的话不讲，倒敢反问王爷！"

耿继茂道："不必喝他，听他讲话很不像草泽之辈，你到底姓甚名谁？黑夜来此究有何干？不是行刺，带着刀做什么？"

阮侠道："我是大明兵部职方司主事，南直隶六合县知县阮春雷阮大老爷的便是，到你这里，不过要侦查军机。现在既然被你擒住，要杀要剐一随你便，你阮大老爷是好汉子，不怕死的。"

众人见了阮侠这种倔强的样子，尽都骇然。

欲知后事如何，且听下回分解。

第八回

金师爷匹马走文村
王将军焚楼殉国难

　　却说耿继茂见阮侠说出姓名，大喜道："你原来就是海寇余党，朝廷正要拿你，难得你自投罗网，好极了。"遂命把阮侠囚在花园虎圈里，待本藩修本奏京，听候圣旨。

　　原来耿王前年出猎，捕获过一头吊睛白额斑斓猛虎，特在花园中造成一个虎圈，都用原根坚木做成栅栏，坚固无比。蓄养了一年，耿王忽然发起忠爱之心来，把虎装入铁笼，进贡与康熙皇帝，所以虎圈现成空着。

　　当下众人立把阮侠牵入花园，推进了虎圈，松去了两手的绑，就把圈门上了锁，笑说一声"朋友你乏了歇歇吧，我们少陪你了"。

　　此时天色已经微明，阮侠舒臂伸脚，活动了一会儿，仔细瞧时，见小小一间两丈多开阔，一丈五六尺进深，四面都是小腿般粗细原根坚木做就的栅栏，上顶下底，一式都是坚木的密椊，横档里面靠着厚墙，上面原是回廊，有廊房的屋瓦遮蔽着，只不过没有窗户罢了。

　　阮侠两手把住栅栏用尽平生之力，扳了几扳，纹丝不动，仔细端详，没有打破它的法子，一时日影渐高，就有人送进洗脸水，叫阮侠洗脸。接着送来早餐，一般的鱼腥酒肉，那东西搬运出入，另有一扇小门，只有径尺长短阔狭。阮侠到了此时，只得权按住雄心壮志，做那池内蛟龙、槛中狮虎。到了临晚，又有人送被褥来，阮侠也不睡下，只盘膝而坐，合目养神，有时独个儿做着华陀五禽图消遣。

这夜三更之后，四围寂静，万籁无声，月色晶莹，照得个园子浸在水中一般。阮侠对着月色，不禁哗然长啸。这一啸其声清越而长，宛如鹤唳天空，龙吟海表，满腔愤懑不平之气，借此啸中一泄无余。

忽见太湖石畔跳出两个人来，一前一后飞一般地奔来，阮侠很为诧异。两个人已经奔到虎园，开言道："阮兄，我们救你来了。"

阮侠道："二位是谁？"

一个道："我叫陈四，这是我兄弟陈五，我们弟兄现居藩府侍卫之职。"

阮侠道："那么二位昨夜与我交手过的了，怎么又来救我？"

陈四道："原来阮兄还没有知道我们出身，我们现在哪里是真心投藩，不过乘机观变罢了。"

阮侠道："原来二位也是有志之士，失敬得很。"

陈四道："我们原是虎贲将军王公的部将，不得已降清的。"

阮侠道："虎贲将军，不就是广东文村的虎贲将军广宁伯王兴王将军么？"

陈四道："怎么不是。"

原来这王兴是漳州人氏，上代本是勋臣，开镇海疆，世世代代驻守文村，为大明藩篱之臣。这文村处于万山之中，左连戈壁，右挹大洋，只有鸟道一线，略可通人。偏又灌木丛莽，连荫叠翳，不见天日，真是个天生险要所在。永历帝播迁蒙尘，王兴忠义奋发，率领蛮部，屡与清军相抗。永历帝晋封他为广宁伯。永历入缅之后，王兴奉旨还守文村，且耕且屯，礼贤下士，纳叛招亡，英雄之士，无不往投。

这陈四、陈五是江南庐州人氏，兄名陈潮，弟名陈洁，都是超等英雄，长拳短靠，高来高去，走脊飞檐没一件不精，没一件不熟。江湖上封他们弟兄并不提名道字，只称他排行，所以外面只知道陈四、陈五。陈四、陈五年轻喜事，仗着一身本领，自然路见不平，拔刀相助，不知除掉多少恶霸，杀掉多少赃官，声名愈弄愈大，案子愈犯愈多，经官府悬赏缉拿，在江南地方存身不得，才远走高飞，到文村来投王兴。

王兴见他们年纪虽轻，本领很高，却非常地看重。王将军见陈家弟兄拳技有隙漏的地方，便就热心指点。陈四、陈五十分感激，王将军又把生平绝技连环进步鸳鸯拐教给他们。所以后来陈四替女儿陈美娘在南京卖艺招亲，用这个手法打倒慈云和尚，这是后话。

大明监国鲁王在台湾病殁之后，鲁臣也有浮海到文村的。那鲁臣中有两个非常人物，一个姓路，名叫民瞻，一个姓曹，名叫仁父，风度如仙露明珠、松风水月，举止如天上闲云、人间野鹤，骤然瞧去，只道是文人墨士、羽客道流，哪里知道他的飞行本领，高去高来，竟然行如掣电，势堪排云。偏是这么的英雄，偏会失之交臂。礼贤下士的王将军竟会懒怠接待，路曹两人过得一宵，就西行学剑去了。陈四要结识时，已经不及。

二陈在文村帮同王将军料理耕屯，抗拒官兵，先后历十一年之久，官兵屡次进攻，就为路狭地险，不能得手，派人入村招降也不得要领，此时平南王尚可喜幕下有一个奇士，姓金名光，是个胆识兼优、文武足备的英雄，王将军也久慕其名。

恰好这一年平南王同了两广总督，又率领大兵来攻，扎营村外，旌旗相接，喊呐震天，声势很是厉害。王兴令陈四出村，谩骂道："你们陈兵百万，济得甚事？金光来我就跟他走。"连说了三遍，官兵开营出队，要拿捉他时，陈四早疾走如飞，逃回村中去了。官兵追到村口，连弩毒箭，飞蝗似的射出，不能近前，只得退兵回营，报知尚王。

金光闻知此事，力请冒险入村，面见王兴。平南王与总督恰同在座，诧道："此种蛮语，何可深信？金先生如何去得？"

金光道："王兴这厮倔强得很，倒是个好汉子，好汉是不肯失信的，况我仗天子威灵，王爷洪福，料他也断不敢把我怎样。就使有什么，在本朝也不过是九牛损去一毛，于大局上毫无关碍。"

总督道："先生真个要去，多带点子人马去。"

金光道："人马是要的，羸马一头，老兵一人够了，多带了人马，我无生还之望了。"

平南王道："怎么多带了人马，倒有祸患？"

金光道："这个往后自明，刻下可不能禀告呢。"

当下金光跨上一头羸马，带了一个老兵做向导，直到文村村口。陈四、陈五守在头道，瞧见了喝问来者是谁。

金光在马上答道："金光单人独骑，来拜王将军。"遂命老兵投帖，口称"我们金师爷来拜，有烦通报"。

陈四倒很奇诧，立刻叫人入报。王兴闻报，就问金光来了么，共带多少人马来，回称不见有人马。

王兴道："本村山径狭隘，马不能行，快用竹轿去，请来客换坐了来。"

一时金光换乘了竹轿，欣然而来，羊肠鸟道，曲折兜回，走了好一会儿，约有三四里光景，两边参天大树，枝丫虬结，重荫叠翳，绿荫荫，乌漫漫，哪里有一点子天日？夹着地上丛莽，举步尽是荆棘。轿夫走着，簌簌地响一个不住。金光见了这种阴森所在，不禁吐舌道："好厉害的所在。"

忽见豁然开朗，鸡犬桑麻，别一天地。虎贲将军王兴率领将士迎接出来，笑问："金公来了？"

金光在轿中拱手道："来了。"

王兴问："金公有多少马队？"

金光道："一匹羸马。"

王兴道："多少从人？"

金光道："一个从人。"

王兴笑道："公怎么见信得这么深呢？"接进将军府，升堂开宴，欢若平生。

酒至半酣，王兴挥涕道："吾家累世受大明皇恩，祖宗以来已经二百八十多年了，前年动兵，是为故王报仇雪恨。现在天不祚明，也是无可奈何的事。但是我王兴昂昂男子，堂堂丈夫，岂肯做降将军么？"

金光才待回答，忽见一人推门而入，开言道："金兄别来无恙，还认得故人么？"

金光抬头，认得是故明侍郎王应华，急忙起身，施礼握手问故，凄咽不能成声。

金光在文村留了三日，每日盛筵款待。这日王兴复举酒道："我所以必要公亲身到此，就为明我心迹，表白我不背故主之诚罢了。

知公谨厚有胆，我当实践吾言。"遂唤出五个儿子来，叫拜见金光。

于是洗盏更酌，拈须裂眦，大呼道："我王兴不能回天命了，死而有灵，烦你以大明虎贲将军王兴之墓，做一个十字碑，就幸了。"说毕起身，头也不回地进去了。

霎时里面轰然发异声，陡见火光冲天，烟焰卷地。原来王兴入内，即召妻妾登楼，手发连珠炮，尽都焚死。

金光带了他五个儿子，纳敕印田土户籍，部众愿降者，军前听用，浮海去的大半。陈四、陈五为不放心王将军五个儿子，投降在军，暗中保护。后因靖南王做寿，平南王派他们送寿礼到福建。靖南王忽然看了，行文与平南，要陈四、陈五在府当差。平南应允，因此二陈就在靖南藩府充当侍卫。这日阮侠入府，陈四、陈五只当是寻常飞贼，帮同擒获，等到耿王审问，阮侠说出姓名，侃侃而谈，二陈才知他是胜国孤忠，当今大侠，心下不胜佩服。弟兄两个私下定计，等到夜静更深，径奔花园来，救他出虎圈。

当下阮侠问话，陈四、陈五就把自己来历并投藩的缘由，备细表明。阮侠十分欢喜，陈四动手扭去铁锁，开脱栅门，救出了阮侠。

陈五又递过一柄倭刀道："阮兄的刀，早被王爷收入了库，这一柄是兄弟的，赠予阮兄胡乱使着。"阮侠接过，就月光下瞧时，晶莹犀利，寒气逼人，确是柄好刀，大喜道谢。

陈四道："阮兄到台湾去，我托你乘便访一个人。"

阮侠问访谁，陈四道："此人提起来，阮兄总也知道，姓毛名叫聚奎，浙江鄞县人氏，本来是个文秀才，后来在文村地方从我学习武艺，专心练习，首尾三年，难得他拳技飞行各艺都和我不相上下。王将军殉国之后，他就浮海逃去，到今杳无消息，我们很惦念他。"

阮侠道："毛聚奎，那不就是宁波六狂生中的一个么?"

陈四道："是的，当年钱忠介公起兵，迎请鲁王监国，都是毛聚奎与董志宁、王家勤、张梦锡、华夏、陆宇爛等干的。当时号称为六狂生。那六人中毛聚奎年纪最轻，现在五人都已先后殉了国，只毛聚奎弃文就武，练成了一身飞行本领。"

阮侠道："现在中国冠裳的地方，只剩金厦澎台几个岛屿，这位毛兄倘在那里，再无不会面之理，当替二位致意是了。"

三个人谈谈说说，到四鼓时光方才分手。阮侠出了王府，并不回寓，越城而出，搭船径投台湾来。

欲知后事如何，且听下回分解。

第九回

失厦门孤臣东徙
渡名僧佛祖西来

却说阮侠搭船到台湾，进鹿耳门登岸，言明特来飞报机密大事。延平王立命召见。

这位延平王是郑成功的儿子，名叫郑经，因郑成功尽忠明室，死不投清，隆武帝特旨赐他国姓，认为宗室，所以郑经自称为朱经。岛中也都称他藩主、国姓爷。

当下阮侠见了藩主，行下礼去。藩主亲手扶起道："阮先生是大明忠臣，中国豪杰，快不要行此重礼，千里远来，总有要事。"

阮侠就把入闽侦探被获的事说了一遍，随道："清廷现在锐意南征，耿继茂、李率泰统率降军并红毛夹板船，从泉州出发，马得功从同安出发，黄梧、施琅从漳府出发，我盗得他出兵方略奏稿，不幸仍被他们搜了去，请藩主赶紧预备抵御之策。"

延平王大惊，立召大将周全斌、洪旭等商议。周全斌道："我料清军海澄这一路，仓促未必即能出发，不过泉府这一路耿继茂、李率泰，都是百战之雄，会合了红毛夹板，声势很不小，咱们只要拼力打破他这一路，各港自然气夺，可以不战自退了。"

洪旭道："此计很妙，从前先王大破达素，厦门的兵倾巢而出，背城一战，方才成功。”

延平王道：“本藩当师先王之成法。”

于是郑经统率海船，即日西渡厦门，把岛上的眷口并流寓的宗室绅士，尽都接下船中。驶到各岛屿寄碇，自己把舟师一字排开，列阵而待。阮侠随征在侧，见了这种军容，心下很是欢喜。只见延平王下令，令周全斌率二十艘艨艟大舰，在海面上往来游弋。

阮侠慨然道：“春雷甘愿跟随周将军去破敌。”

郑经大喜，当下阮春雷到了周全斌船上。全斌很是礼敬，并言：“本船中也有两位侠客，我与君等引见。”遂叫水手去请魏先生毛先生来。

一时就见后舱中走出两位少年英发的人来，彼此通道姓名，才知一位就是六狂生中的毛聚奎，一位姓魏名耕，本是慈溪秀才，在张煌言营中当过幕友。郑成功江宁之败，张公归路被截，魏耕请张公赴英霍山寨。才渡过东溪岭，就遇见追兵大至，被冲失散，堕入谷中。经宿州拳师张涛救起，魏耕就投拜张涛为师，学习拳技。张涛家中门徒广众，技艺最精的要算着张涛的侄儿张兴德、张兴仁两个。魏耕与张兴仁异常莫逆，魏耕的本领一大半由张兴仁指授。魏耕学艺成功，舟山已被清朝得去，只得到厦门来栖身。恰好毛聚奎也来相投，遂同为藩府上宾。当下阮侠与毛魏两侠会面之后，各道身世，各述爱慕，投机异常，不觉相见恨晚。

此时周全斌带了二十艘战船，飞帆巡哨，剽疾如马，行抵金门。忽见十几艘红毛夹板船，巍峨如山，鸣炮扬帆而至。三百艘泉州船，箕张而下，炮声如雷，炮弹如雨。周全斌亲自驾舵，把船驶得怒马一般，往来奋击。红毛船上发出的炮，没一炮打中的。

全斌督众冲入清军阵中，阮毛魏三位侠客，腾身纵过敌船，挥刀奋斫，清将马得功、杨富战斗多时，被逼不过，先后投海而死。

大呼冲击，杀得清军扬帆而遁。周全斌大获全胜，掳得海船十一艘，讯问降兵，投海死的是不是郑鸣骏，降兵回是马得功。全斌叹道："我欲擒獐，哪里知道中得一虎？岂是此贼不该死么？"

延平王听得打了胜仗，亲自前来犒师。不意哨船入报，清军大至，施琅、黄梧从漳府乘着潮落杀来。耿继茂、李率泰从泉州发兵，大小战船不计其数。郑经大惊，急令退守铜山，海船才抵铜山，厦门、金门失守之信，已经连续而至。忽报福建有差官到，郑经未及传令，那差官已经登岸，剃得精光的头，拖着乌黑黑的辫，翎顶辉煌，摇摇摆摆，宣布新朝德意。

从此之后，差官仆仆，一个才去，一个又来。偏偏这些差官都是降将出身，与岛中将士都有旧谊。到了之后，拜这个会那个，忙到个不得开交，暗许能够生擒郑经的，封为同安侯，镇守泉州，世袭罔替，如海澄公样子。这么一来，诸将就不免有了变心，林顺从镇海投降了清朝，杜辉从南澳投降了清朝。

延平王大惧问计，洪旭道："金厦新破，差官仆仆，名为招抚，其实是窥探，要散我们的人心呢。为今之计，藩主赶紧过台湾，迟了就变生肘腋了。"

毛聚奎、魏耕都劝速过台湾，延平王于是下令东迁，叫周全斌、黄廷两将断后。不意才过澎湖，军探报称周全斌与黄廷不和，黄廷投了清，引兵攻打全斌，全斌吃不住，也投清去了。延平王闻报，不过长叹一声而已。船到台湾，守将刘国轩接出鹿耳门来。郑经慰劳了几句，登岸骑马入府。

岛中方形都来参谒，郑经便把带来金厦两岛之众，分地安插完毕，问左右道："国师怎么不见？"

刘国轩道："正要回藩主，这个国师我们因为藩主这么逾格地礼待，自然恭敬他一点子，他从不把我们放在眼里，我们始终不和他计较。哪知越把他惯得架子大了，现在连藩主都不放在眼中了，这还罢了。这几日来，他的行踪很是诡秘，福建来的商船，时有人来瞧他，并且都在夜间，我们很是疑心。"

郑经骇道："这个妖僧竟做了奸细，这可难了。"

毛聚奎挺身道："这厮敢不忠藩主，我立刻去取他的脑袋。"

郑经摇头道："毛先生豪情侠气，本藩很是感念，但是此僧何等厉害？毛先生万不可鲁莽，还请与刘将军等从长计议。"

魏耕、阮春雷知道此僧绝非等闲之辈，遂跟随刘国轩到他家中，询问国师是何等样人，到底人何等本领，藩王提到他这么地着重。

刘国轩道："这个和尚好生厉害，法名叫作慧莲，从广东来此，一根铁禅杖使得神出鬼没，两柄戒刀使得泼风也似，水都泼不进一滴，又能够高来高去，走脊飞檐，也还罢了，更有一棒惊人本领，就是铁布衫，四肢百体坚如铁石，任你快刀长枪，再也斫他不入。他初来时光，曾经当众试演过，彼时十多员大将，都在校场中走马驰逐，慧和尚当中植立，宛如一株铁树，各将手中都执着大刀长枪等兵器，鞭马飞兜，兜到他那里，就趁势用力斫去。瞧和尚时依然没事人似的，十员大将挨次试完，慧和尚丝毫都没有损伤。又用强弓硬弩把他当作靶子，每人射三箭，射完了箭依然毫无伤损。藩王十分惊异，他笑向藩主道：'别说这种寻常家伙，就是目下最凶的红毛大炮，对准了我开放，我也不过跟着炮弹腾送，迷茫茫烟焰里头，身体发肤依然丝毫无伤。'众谋士与他谈论兵法，他又对答如流，因此藩主敬重他，尊为国师。你想：这么厉害的人，如何可以力敌？"

阮魏毛三侠听了，都各废然。魏耕道："吾师张公有一畏友，姓宗名衡，浙江天台人氏，道号紫凝道人，精于练气之术，可惜远在浙江。若得此人在此，何难力除妖僧？"

毛聚奎道："紫凝道人？果然是天壤人豪，但是此公行踪宛如闲

53

云野鹤，一时哪里找去？"

阮春雷道："练气功夫，全由吸取日精月华成功的，这是得力于天，只有人定可以胜天，这慧莲和尚不知他于人欲上，都戒除了不成？"

刘国轩道："人欲没有戒除如何？"

阮春雷道："人欲未尽，我们就可把人欲引动他了，只要他欲心一动，这练就的气就要散的，我们就趁他散气的当儿，疾取其首，何异探囊取物呢？"

刘国轩想了一会子，连称妙计。于是刘国轩遂与慧莲曲意相交。魏耕、毛聚奎、阮春雷便都扮作了从人，时时跟随国轩入见慧莲。见他四十左右年纪，虽然浓眉大眼，却是满面春风，举止温文，肌肤柔润，绝不见雄赳赳气昂昂的神气。

退出之后，毛聚奎不识内功的厉害，遂道："你们把他当作活佛似的，我看也不过如此。"

魏耕道："你我都是外功，自然不能窥探内功的浅深，我在紫凝道人手下受过亏的，知道内功的厉害，远过外功十倍不止。紫凝道人说过，内功外功，只消一瞧其人之肋，就可以分辨，内功的人筋是条畅的，皮是细腻的，其力都从骨髓中使出，意之所至，坚于铁石，骈指可破牛腹，侧掌可断牛颈，扪拳可碎虎脑。因为力从髓出，并不露筋骨。那外功的人，皮是粗老的，筋是浮于皮外，蟠结如蚯蚓的。力虽大，不是神力。现在此僧筋脉条畅，颇佳细腻，如何可以轻敌？"一席话说得毛侠顿口无言。

却说刘国轩与魏阮毛三侠，定下奇谋密计，算计慧莲，慧莲哪里知道。这日刘将军备了几味精肴，请国师到家小叙，谈笑得非常高兴。正谈笑时，外面忽然刮起一阵大风来，走石飞沙，风势非常厉害。刘将军叫人看视海船走了锚没有，一时回报各船都早早地收港，没一艘失事。刘将军放了心，就天南地北地攀谈起来。开言道："国师精通释典，每年二月二十之外，总要刮上一回大风，名叫老和尚过江，也有出处么？"

慧莲道："怎么没有？这是莲池大师的典故，从前莲池大师精通经典，到处讲经说法，无所不知，无所不能。一日莲池大师正在登坛说法，忽来一个小和尚，向大师道：'老和尚我问你三件事，你知道么？'莲池见是一个小和尚，倒也不放在心上，哪里知道问出来，竟然不能对答。莲池大师当着大众，羞惭异常，便还问小和尚你是哪里来的，小和尚回：'我从来处来的，老和尚若要知道我出处，请你随我来。'大师便下了讲坛，跟着就走。哪里知道这个小和尚，眼睛望得见，脚下跟不上，快走快跑，慢走慢跑，相距总有一箭路远近。后来跟到江边，大师心下欢喜，暗想前有大江，阻住去路，看你跑向哪里去。不意江边有一个老婆子，正在理芦柴，小和尚到了那里，就向老婆子乞一根芦柴，掷向江中，踏着过江去了。莲池到了江边，也动手去取一根芦柴，不意这根芦柴比什么都重，再也取不动，奇怪异常。向老婆子道：'一根芦柴如何小和尚能取，我就不能取？'老婆子道：'物各有主，小和尚向我乞取，我允了他，你却自己动手，自己不能取了。'大师道：'你也给一根我。'老婆子允许，手取一芦柴给大师，大师掷向江中，也就渡江追去。忽然风浪大作，莲池大师一心追赶小和尚，并不惧怕，一时就追过了江，所以叫作老和尚过江。其时恰是二月廿二日。"

刘国轩道："这小和尚是谁，有这般的本领？"

欲知慧莲如何回答，且听下回分解。

第十回

阮生计斩僧侠
宗师教练内功

话说慧莲道："这小和尚就是西来初祖达摩大师化身。达摩此来是专为度莲池成佛。当时渡过了江，见小和尚依旧在前面，跟着他登山越岭，翻过了好几座山头，追到一处，才见一座寺院，看这小和尚走进山门而去，莲池跟到那儿时，山门却就闭上了，山门上写有字道：'若要山门开，红雪齐腰拦。'莲池就在山门外打坐虔修，一修三年，果然大雪连朝，高及腰际，莲池咬破舌尖，血流潺潺，白雪立变成红雪，山门大开，莲池始成了正果。"

刘国轩道："国师渊博，不胜佩服。"

一日，刘国轩邀慧莲到温池洗澡，戏道："国师已具佛祖根性，道心澄澈，功力圆足，倘然遇见了摩登伽女，还能够镇定么？"

慧莲笑道："参寮和尚说过，禅心泥絮，不逐春风，老僧久已参透，区区色戒，还能够为魔障么？"

国轩装出敬重的样子，约定了日子再叙。慧莲允诺。到了这日，刘国轩在招贤馆中布置定当，亲身去接国师。一时刘国轩、慧莲师并马而至，只见大厅上陈设华丽，灯烛辉煌，许多艳婢姣童排班儿伺候。下马入内，方才坐定，就有两个极妖娆极美丽的少妇，送上两盏香茗来，玉手捧上轻言悄语地说："请国师爷用茶。"

喝过茶，刘国轩就请入席。一时灯红酒绿，妙舞清歌，已经是十分淫艳。刘国轩又信口开河讲说淫词小说，帮助兴致。国师随口对答，谈笑自如，毫不介意。众艳婢又轮流着上来敬酒。喝到个酒意醺然，刘国轩道："宵长夜静，没什么解闷，后室有活秘戏图，国师高兴瞧瞧么？"

国师道："这是有趣的事，瞧瞧何妨？"

当下慧莲跟随国轩入内，才跨进门，就觉一股甜香，透鼻刺脑而来，也辨不出是兰是麝，是桂是檀。闻着这股甜香，身子就有点子浑浑儿。只见地下满铺着红氍毹，上面锦茵绣枕，一对对姣童艳女，都赤条条不挂一丝，就在地下更番宣淫。映着火树银花，愈现得精神淫艳，并有妖娆淫妇在旁指示教导，柔情曼态，真令人神摇意夺。慧莲起初还不在意，注视久了，顿觉神气疲倦，呼人设座位。刘国轩大喜，招呼从人好生伺候国师爷，阮春雷应声晓得，如飞跃出，举刀一挥，血花飞溅，慧莲国师的脑袋已经訇然落下，断送他到西天佛国去了。这便是计斩慧莲僧，都是阮侠想出的。当下国师既死，刘国轩报知藩主，藩主倒也很为慨叹。

隔不上十天，海船入岛，忽然来了四个人。魏认得一个，就是天台紫凝道人宗衡，其余三个却是一僧一道一俗，追随着宗衡，好似师徒的样子。魏耕告知刘国轩，就同阮毛两侠迎出来。

宗衡一见魏耕笑道："原来你也在此间，巧遇巧遇，咱们两个可算得他乡遇故知了。"

魏耕问道："这三位是谁？"

宗衡道："都是小徒。"遂指着和尚道："这是了因。"指道士道："这是席文延。"指儒士道："这是顾肯堂。他们不嫌我疏懒，肯从我游，我因听得此间新辟疆土，特带了他们，来此逛逛。"

魏耕就与阮毛两侠介绍了。宗衡很是器重。藩主听得宗衡到了，派大将刘国轩迎入招贤馆，待以上宾之礼。宗衡进谒藩主，却十分的谦逊，比了国师眼底无人的气概，真是大不相同。

一日，阮侠等谈起国师的事，宗衡笑道："此公功夫还没有纯粹，所以吃诸位算计了。吾道内功有易筋、洗髓两部，此公大致还未曾练全呢。人身骨髓以外，皮肉以内，四肢百骸，无处非筋，无劲非筋。幕络周身通行气血，翊卫精神，提挈运用，都是筋的作用，所以内功都从易筋入手，易筋之后，便须注意洗髓功夫。"

阮侠十分艳羡，便要从拜宗衡为师，学习内功。宗衡道："学习吾道，第一须有信心，第二须有肯心勇往心精进心。"

阮侠道："弟子信道极笃，立志极坚。"宗衡慨然允诺。当下阮侠拜过了师，又与了因、席文延、顾肯堂平拜见礼，次日便就开手学习。

宗衡道："你这三位师兄，我在路上才收得，行色匆匆，不曾开讲的，现在一同开讲吧。"遂道："内功与外功不同，内功是言道，外功是言勇；外功处处在求胜人，内功处处在求让人。凡练内功，共有三个要诀：第一个要诀叫作守中，此功之要在于积气，下手之法妙在用揉，揉的功夫约有三段，每段约行百日，初行功时便须解襟。第二段后，必须现身。现当二月下旬，天气渐暖，做功夫是极适宜的。揉有定式，人的五脏，右肺左肝，右气左血，所以揉必须从右边推向左边，那么推气入于血分，令其通融，又把肺揉得宽了，可以多纳气。揉时用右掌徐徐向左推荡，不可太重太深，因为太重防伤皮肤，太深防伤肌肉，并且天地生物渐次不骤，气到自生，候

58

至自成。只要均匀长久，就合了。揉的时候，手掌所着之处，那胸腹皮肉之内，就叫作中，就是积气之地，须要守住，宜含其光明，凝其耳韵，匀其鼻息，缄其口气，四脚不动，一意冥心存想中处，先存后忘，渐至泊然不动，才为合式。揉到哪里，就想到哪里，心跟着掌，那么一身的精气神都注积在一处，久而久之自成无量功力。倘然杂念纷纭，驰情外境，神气随之而不凝注，揉着就不中用。第二个要诀叫作万勿他及。人身中的精血神气，非能自主，悉听于意，意行就行，意止就止。守中之时，一意掌下，方为能守，倘或移念一掌之外，或驰意于各肢体，那里所注精气，随即走驰于各肢体，便成外功而非内功，揉着就不中用。第三个要诀叫作持其充固。揉功合法，气既渐积，精神附于守而不外驰，气唯蕴于中而不旁溢，直到真积力久，效验既形，然后引达，自然节节坚壮。倘没有充周，要紧引于四肢，内功不固，外勇也不全了。练这功夫的时候，最忌的是女色，因为内功以积气为主，积气全恃精神来统辖，初功百日，全宜禁止，不然基本就败了。一百二十日之后，可以近内一次，以疏通其留滞，多或两次，切不可犯三次，在内外分界之际，更不可犯。等到行下部功时，五十日外疏放一次，这不过为不能绝欲的人开一门径，其实竟能禁止，其功自倍。行功的时候，宜用药水天天洗澡，使血脉肌肤滋润舒畅，用地骨皮、川楝子加入食盐煎汤，趁热洗澡。

阮侠道："师父，弟子就今儿开始做起，好不好？"

宗衡道："先要行观心返本的法子，因为人于成形之初，先天元气即根于下丹田气穴之中，既生而分半于上丹田之心，既长而分流于耳目口鼻四肢百骸，既壮以后，渐为阴阳所耗，更重以思虑嗜欲之伤，本体就大亏了。所以身非童体，要行功须先要行观心洗心二法，把散在五官百骸的元气，复返于上丹田中，以合铅汞，那么积气有所附，守中有所主，入手才不悬虚呢。观心之法，先须清心，然后于上六时中，不论行住坐卧，正身定虑，耳不旁听，目不旁视，垂帘默照，自观观心，鼻纳天地之清气，口吐肠胃之浊气，把清气以意充达周身，再于下六时中行洗心退藏之法。"

顾肯堂听到这里，就插问道："日间是上六时，晚上是下六时么？"

宗衡道："不是，自子时到巳时，属阳为上六时，自午时刻亥时属阴为下六时，退藏之法，就在下六时中做，因为此时阴气用事，不可吸取，必须调匀鼻息，静坐存想山根，把上六时所吸的清气，充在周身的，以意摄至山根，微微呼吸，由脑后渐下夹脊，至两肾之间还转，上透泥丸，由天庭下前面。行至咽关，乘势咽下，达于上丹田，存贮其中，不论咽数，这观心洗心两法，不论次数，得暇即做。如此三百日积气生液，积液生精，自能子母会合，破镜重圆。此外更有采取日精月华两法，勤行不怠，那么清阴清阳之气，能使愚浊潜消，清灵畅达，疾病不染，神智日增。采取之法，日取于朔，与月初交，其气始也，月有取于望，金水满盈，其气旺也，如果朔望逢着阴雨，那么初二初三、十六十七也可以取得。过了三日，气不盛，无足取了。取日精的法子，是于初一日，太阳初出的时候，登高向日坐定，调匀鼻息，先用舌尖在上腭暗写一个煜字，然后以鼻细吸光华，令其满口，闭息凝神，细细咽下，咽的时候以意送到丹田贮藏，随即张口，徐徐呼出浊气，再调鼻息，再吸再咽，再呼出浊气，如此七回，静守片刻，然后起行。取月华的法子，宜于十五日，明月当头时光，同吸取日精的样子，一般地用舌尖暗写煜字在上腭，一般地吸，一般地咽，一般地呼出浊气，一般地咽下七回，静守片刻，这采取日精月华的法子，初行时光不过贮在上丹田，三个月之后，可以贮到中丹田了，到任督两脉既通之后，可以用意直送入下丹田，那么积厚流光，随气通告，灌练百骸，渣秽澄而灵光充矣。"

阮侠等异常欢喜。宗衡道："你们照此行功，还有一个大大的弊病，于身子大不相宜。"众人大惊，忙着请益。

欲知紫凝道人说出什么来，且听下回分解。

第十一回

闽督迁界避郑经
了因背师盗秘籍

话说宗衡见徒众请益，遂道："行功积气，运行稍有不善，就要壅滞的，日日壅滞，积得久了，就要变为膨胀病，病由吐纳而成，医药亦难为力。现在有一个法轮自转的法子，可以免除此弊，其法每于功毕的时候，静坐片时，调匀鼻息，返聪内视。肝为青龙，青龙潜于左，就是肝火不动的意思，肺为白虎。白虎伏于右，就是肺气肃降的意思。一心存想龙潜虎伏，却用右手握拳在心下脐上，左转三十六转，自小至大，右转三十六转，自大至小，须不疾不徐，均匀圆转为得。"

当下阮侠等就遵照此法，日日地练，那进境的功夫，却有高下。了因最为猛进，第二就要算席文延，顾肯堂居第三，阮侠最钝。了因是扬州人，席文延是吴县人，顾肯堂是会稽人。练了一年之后，宗衡又教给他们打木杵石袋之法。静功之外，又教给他们动功之法。这里阮侠等正在练习内功，福建沿海地方却为了迁界的事，闹得烟雾涨天，民不聊生了。

原来闽浙总督李率泰因为屡次出师，攻不掉郑经，就想出一个严断接济的妙策，禁止居民出海捕鱼、出海贸易，并把沿海三十里内居民尽迁到内地来，建筑起边墙，派兵把守。居民有私出边墙一步的，即照通海办，斩首示众。

那沿海人民原是倚海为生的，突然严刑峻法，绝掉他们的生计，叫他们如何过活？并且三十里内田庐屋舍坟墓，千千万万，万万千千，一声令下，万里丘墟，要不从呢？赤手空拳的小百姓，哪里当得住雷霆万钧的官令？此时沿海数百里内愁云惨雾，鬼哭神嚎，一片都是悲叹愁苦之声。

警信传入台湾，延平王叹道："为了本藩一人，累得万万生灵受这般的苦恼，安忍坐视不救？"遂发出海船一百二十艘，立刻西行，去接救难民。魏耕、毛聚奎都愿同去，阮春雷闻知，也愿辍学同去，于是各海船扬帆出发。

一到福建，只见许多兵役正在动工开掘界沟，筑造界墙，难民为了限期未满，迁去的不过是十成之二。魏侠上岸，询问难民知道这界墙仿照万里长城的样子，每隔五里建砌炮台、烟墩各一座，二十里派营将一员把守。魏侠信步游行，查看情形。行至一家，听得内有哭声，一阵阵透出，非常悲惨。魏侠心中一动，推门进内，见男女老小四人围在一处啼哭，瞧见魏侠进来，四人一吓，倒被哭吓了。

魏侠就问："你们为什么围在一起啼哭？"

一个五十多岁的老儿同着一个差不多年纪的老婆子赶忙拭泪让座，还有两个，一个是十三四岁的孩子，一个是十八九岁的女孩子，都站在那里瞧光景，是夫妻子女一家子的样子。魏侠随便坐下。那老儿道："小人姓林，名叫善三。"向老婆子指道："这是我老伴儿金氏。"向女孩子指道："这是小人的女儿明儿。"又指小子道："这是儿子小善。小人一家四口，原是出洋贩货为生的，帮了人家十多年，倒也可以粗堪温饱。哪里知道现在官府忽叫迁界，把祖遗的田房坟墓，尽都丢掉。官府原有一个月的限，不过要居民五家连环互保。小人因父母几根骨殖，心想搬他进界去，就同四家邻舍同具了一个甘结，担保并不逃走出海。哪里知道县太爷的少爷，偏偏看上了我们女孩子，要硬娶去做妾。客官，一来我们女孩子已经有了婆婆家，二来县太爷是骚鞑子，我们福建人又谁愿跟他攀亲戚？三来我们姓林，也是好人家，姓林的女孩子，又从不曾有做过妾的，因此婉言回复来人，说县太爷抬举我们，原是再好没有的事，可惜我们女孩子没福消受，已经说给了婆婆家了。哪里知道县太爷大不答应，叫人来说，如果不答应，就要把我们当作通海奸民办，限我们五日里回话。客官，通海奸民是要斩首示众的，叫我哪里当得住？要放这女孩子去呢，又是不舍，客官你想我悲苦不悲苦？"

魏侠道："林老丈，你那贵邻居四家，都愿搬居内地去么？"

林善三道："他们都是出海打鱼为生的，离了海就是离了他们的生路，又谁愿搬家？这也叫官府逼迫没法奈何呢。"

魏侠道："我有一个法子，可以保全你们夫妻子女仍旧一块儿团聚，叫你们邻居可以都不离了海，但是却要即日就搬家，你们可都愿意？烦你去问一问。"

林善三喜道："客官，你敢是南海观世音菩萨么？这么地救苦救难，那又何用问得？他们再没有不愿意的。"

魏侠道："各人有各人的意思，这倒不能不问的。我在这里立等，你快去问来。"

林善三道："我就问去。"一面叫林金氏、明儿快去烹茶。

一时林善三就引了四个邻人来，拱手见礼。魏侠道："我是延平王派来救你们的。延平王知道你们遭着清朝的虐政，顷刻间就要背井离乡人亡家破，很是可怜，特派了一百多艘海船，来接你们台湾去，你们愿意去么？"

众人齐道："这是天上跑下的救星，我们岂有不愿之理？"

魏侠道："大家愿意最好，就请赶紧收拾起来。"

于是林善三等都各欢天喜地，连夜收拾下船。延平王这一来，倒也救出了万余男女。此时沿海各地流离失业，无不怨声载道，愁气腾天。话虽如此，内中倒也有一二桩小小好处。有赵姓弟兄二人，为了争夺四尺半余地，涉讼当官。由县而府而司，由司而院，从明朝缠到清朝，经过十多任的官，总是不结。弟胜了兄不服，兄胜了弟不甘，互相控诉，缠一个不了。现在迁界令下，别说这四尺半的余地，连四丈半四亩半四里半都没有了。赵姓弟兄的争产案，倒就结了，那不是桩小小的好处么？从此之后，界令森严，小民出界一步就是死，营将弁兵得了贿赂，就暗纵出入，有时假公济私，睚眦杀人，只苦了小百姓，于台湾依然没有丝毫损伤。且暂按下。

却说紫凝道人宗衡在台湾一住三年，那四个徒弟了因进境最速，时时请益，宗衡却只淡淡相对，一若不大高兴指授似的。阮春雷杂务分心，进境得最晚，席文延、顾肯堂两个宗师父偏十分地疼爱，常常勉励，背地里指授秘诀。春雷赋性旷达，毫不在意。了因见了就未免心存妒羡，背后人前常称说师父不公平。宗衡闻知，也置之一笑，不与深究。

不意一日起身，竟不见了因做功课，以为就在近处闲逛。到晚仍不见他回来，连着三日，杳无踪迹，才知他已经不别而行去了。宗衡留心检点，旁的东西都不短，只丢了一册拳技秘诀，名叫《少林拳术精义》。宗衡连连顿足。

席文延问师父丢了什么东西，宗衡道："是一本书，《少林拳术精义》。"

顾肯堂道："一本书，丢了就再买一本是了。"

宗衡道："你们哪里知道，这本书丢了是没处买的。这是达摩大

65

师的秘传，是我手抄的秘本。这本书的来历大概你们都不知道。从前元魏孝明帝正光年间，达摩大师自梁适魏，面壁于嵩山少林寺。一日，向徒众道：'你们各言所知，我要瞧瞧你们的功夫浅深。'于是徒众各个自述，大师点头道：'某人得我的皮，某人得我的肉，某人得我的骨，只有慧可，独得我的髓。'当时众人听了，只道譬方入道浅深罢了，又哪里知道是确有所指的真实功夫呢。等到九年功成，达摩大师示化，葬于熊耳山脚，乃携只履西归之后，面壁处的碑砌，坏于风雨，寺僧修葺，得着一个铁匣，没有封锁，却有合缝，只是百计不能开。有一个和尚悟道：'这总是胶漆封固的，该用火烘。'一用火果然就开，匣内满满的都是蜡，内中藏书两卷，一卷叫《洗髓经》，一卷叫《易筋经》。《洗髓经》为慧可大师所得，附之衣钵，秘作世传，世人罕见的。《易筋经》留镇在少林寺，作为镇山之宝。那经上的字都是梵文，少林僧人也不能悉通。间有译得十之二三，或十之四五，又没有至人口授秘诀，遂至各逞己意，各自练习，竟成旁门，落于技艺一流，失去修真本旨了。后有一僧，志识超绝，心想达摩大师既然留得圣经，总非小道，世上总有能人，堪任翻译之职。于是怀经远访，遍历名山，直访到蜀中峨眉山，才遇着一个西竺僧人般刺密谛，是懂梵文的。般刺密谛翻阅了数遍，因为佛语渊奥，不敢擅译，怕增罪过。此僧诚求恳道：'圣祖心传，基在于此，经不可译，是佛语渊奥，经义可译，是通凡达圣。'般刺感其诚心，遂为一一指示，详释其义。般刺遂与此僧在峨眉山上照经练习。一百日而凝固，二百日而充周，三百日而畅达。于是遨游海外，把此经传与徐洪客，徐洪客传于虬髯客张仲坚，张仲坚传于卫公李靖，李靖即以此经翊助唐家开基建国。自李卫公之后，此经又传入佛门，到宋朝时光，经一异僧传与岳鄂王，岳鄂王传于宏毅将军汤阴牛皋，牛皋因为至道难传，把此经锁了铁匣，又藏在嵩山石壁中，直到万历年间方才出现。我于天启四年三月中，得着此书，亲手抄录，按图练习，才有这点子功夫。现在被了因偷了去，我却没有第二部，可惜不可惜？"

席文延道："师父你老人家总还能够记得。"

宗衡道："大致可以记得，只是不精细了。"当下宗衡就口授顾席两人，叫两人各录一本。

一日，席文延忽动归念，告知宗衡，要北归江南。宗衡应允，嘱他一年后到天台相会。于是席文延叩辞师父，拜别同学，乘搭海船，到浙江起岸，改乘江船，向江南进发，一帆风顺，舟行如箭。

这日船入西太湖，一望无际，天连水水连天，夕阳如线，薄雾溟蒙。席文延高坐船头，正在赏鉴那水色云光，不防斜刺里一只小船荡桨而来，行得飞一般快。忽听小船上有人大喝大船上收了篷者。大船上水手人等，见了这小船，都吓得面如土色。

欲知来者是谁，且听下回分解。

第十二回

席文延湖中遇女杰
张婉贞水底显奇能

却说席文延定睛瞧时，见小船上操桨的是个女郎，十八九岁年龄，风鬟雾鬓，很是绰约，把船驶得箭一般，劈破绿波，分开锦浪，直钻过来。

女郎一边打桨，一边大喝："大船上省事的收了篷者。"

文延暗忖大船满扯风篷，走如奔马，这一叶扁舟，仗着一桨之力，追得着大船，那女郎的腕力就不问可知了。又见众水手都慌了手脚，知道此女必然厉害，心里虽然这么想，外面却伪作不知，静坐观变。只听得咚的一声，眼前一闪，一阵香风，女郎早飞跃过船来了。但见她身轻如燕，行路如风，手执两柄柳叶钢刀，晶莹夺目，左右开风地飞舞，刀光霍霍，冷气森森。舞了一回，煞地收住了，喝道："快将钱财献来，免得姑姑动手。"

席文延不禁技痒，霍地站起身开言道："你那女郎，休太眼底无人，须知大船上还有我呢，有胆的请过来较量较量。姑念你是个女孩子，让你持着双刀，我只消空手对付你。"

女郎大怒，飞一般地抢过来，双刀齐起，直向面门削来。席文延一低头，刀过如风，早削了个空。女郎变换手法，一刀从顶门劈下，席文延一闪身，又让过了。女郎双刀卷地，直取他的下三部，文延一纵身，又避过了，喝一声："女郎暂停，江湖上规矩，不通名不交手。我乃洞庭东山席文延的便是，你这姑娘是谁?"

那女郎道："你姑姑就是太湖公主张婉贞，你须知道我的厉害。"

席文延笑道："张婉贞，你刀法果然厉害，我已领教过三刀了。我从不欺负女子，赶快收了你的刀，过那小船去吧，我不来擒你。"

看官，这张婉贞是太湖大盗张德芳的女儿。德芳死后，太湖中二十七帮大盗，都听从婉贞的号令，尊为太湖公主。十三岁出马，到今一十九岁。在湖面上从未遇过敌手，仗着拳脚伶俐，水性纯熟，常常独驾扁舟，劫掠行商过客。现在听了席文延这种奚落的话，哪里忍受得住? 便把刀使得泼风也似，望准文延上中下三部直斫过来。席文延以静制动，只是躲闪。那大船上乘客水手人等，都惊得呆了。婉贞两柄钢刀左右开风，雪花飞舞。此时夕阳已下，星斗满天，刀光水色愈觉得阴森逼人。

战有一个时辰，张婉贞已斗得香汗微微，娇喘细细，一时性起，举起右腿对准席文延面门陡地就是一腿。席文延并不躲闪，俟她的腿来得切近，举手一接，早接住了。婉贞用力缩回时，那右腿的脚踝已被席文延三个指头捏住，休想动得分毫。

席文延接住了脚，并不把她掀翻捆缚，竖起大拇指，照准她的足内踝后五分，跟骨上动脉陷中，把大拇指按上，轻轻地揉上几揉，张婉贞经这一揉，觉一股酸痒，从足跟起直上腰间，酸痒到个不能容忍，站不住栽倒了。

看官，这揉的所在，就是肾经太溪二穴，内经上交代过，肾为作强之官，太溪穴被揉，激动肾经，酸痒到腰际，自然站不住了。

当下席文延治倒张婉贞，笑问女郎："你还敢跟我狠么?"张婉贞羞得一句话也说不出。席文延却偏再三催逼。只听张婉贞道："席文延，你的本领我已经知道，只是要我佩服，却还未能。"席文延问她为何，张婉贞道："你有本领敢跟我小船中去么？你放了我起来，跟我下小船，我才佩服你是英雄，是好汉子。"

席文延暗忖此女必是好水性，要赚我太湖中去。船上败了，想水中来胜我。遂笑道："跟你下小船也不值什么。"说着时早松手放去了婉贞。婉贞跳起身，自下小船而去。原来她上来时，先把小船的索扣在大船船舷栏木上，所以上落很是自如。

张婉贞一落小船，大叫道："有胆的过船一较手段。"席文延应声"有胆的来了"，轻如飞燕，跳下小船。张婉贞见他下船，把桨向大船只一点，那小船便如弩箭离弦，只向湖心射去。行了二三箭湖面，霍地站起身，把桨一丢道："席文延，你要下水么？姑姑可少陪你了。"扑通一声，婉贞早跳下水中去了，一时就觉着身坐的小船无桨自行。

文延假作不知，一任它自然移动，忽见尾后有人道："姓席的，姑姑请你下水了。"文延已经防备，更不费力，乘势纵身下水。席文延生在洞庭东山，水性是自幼习练的，自然毫不在意。当下下落水中，只见张婉贞纵身来揪，要把自己揪住了按下湖底去。席文延息气防备，俟她来得切近，先下手为强，举手就揪。不意张婉贞真是伶俐，瞧见文延揪来，一个退步，宛如一尾鱼，飘然逝矣。席文延、张婉贞在太湖水中一往一来地战斗。席文延运气沉雄，张婉贞进退活泼，倒也不分胜负。

战到半夜，明月已上，席文延忽然看中了张婉贞，暗忖：女子中有这么本领的，倒也不曾见过。我亏得今日遇她，倘然在未跟师父紫凝道人学艺之前遇着了她，稳稳地败在她手中呢。不知她已经有了婆婆家不曾？巴望她不曾对亲，我就可以向她求亲了。心里这么想了，手里就步步退让，诈败佯输，只向水浅处游泳将去。

张婉贞不知是计，只道席文延支持不住了，哪里肯放松？你退我进，一步逼紧一步，一路追上来。两人靠水而行，席文延的姿势活似一只虾在水中，梭行如箭。张婉贞却似白鲦鱼，在后面紧紧追赶。紧追紧游，慢追慢泳。席文延也真坏，你不追了，却就左右游泳，回转身子做出迎扑上来的样子，引逼你来追赶。这一对戏水鸳鸯，在太湖中追追逐逐，停停顿顿，一直追到湖边芦苇丛中。席文延就起身藏入芦苇中躲着，张婉贞追到，也就起水搜寻，哪里知道行未十步，不提防脚下一绊，一跤跌倒，就听得有人哈哈大笑，正是席文延，自己又吃人家拿住了。

　　原来席文延躲在芦苇中，瞧见婉贞从水中钻起来，径向此间搜寻。俟她来得切近，伸出一腿，挡住去路，婉贞一心注视在上面，没有顾得脚下，绊了一跤，就被人家拿住。

　　只听得席文延道："公主恕我放肆，这是文延有一句话要请问，公主说过，敢跟随下小船，才算英雄好汉。现在我席某可算是何等样人？"

　　张婉贞见席文延陡然换了一副样子，对于自己非常恭敬，绝无菲薄的神气，倒弄得不好意思起来，开言道："你果然是英雄好汉，我方才不该小觑了你。现在知道了，佩服了。"

　　席文延道："谢公主夸奖，席某终身铭感。但是我要紧与公主较量，把衣服行李都忘记在大船中，偏又是顺风，船行如马，这半夜工夫，想必走了三五十里路程，断然追赶不及。现在弄得遍体淋漓，落汤鸡样子，不知贵府可有现成衣服？文延斗胆，拟问公主乞恩，暂借一换。公主贵体湿着也不稳当，文延甘愿游水去把公主的宝舟找来，亲送公主回府。"

　　张婉贞见文延的话说得又谦恭又朴实又诚恳，一寸芳心不知不觉就被他无端感动，不禁道："这原是我惹动你的，是我的不是，就请到我家去更换衣服，我家哥哥有几件遗衣，长短怕还相配。那条小船不敢劳动，还是我自己去找吧。"

席文延道："公主万金贵体，劳动了半夜，很该歇息歇息。"说毕便跳下水去划水而行。寻见了小船并桨，坐上了小船，打桨而来。

晨风习习，天已微明，席文延就船上脱去了湿衣，只剩得一条裤。一来会得内功，运气可以挡寒，二来心中快活精神一振，晨寒也会忘记。霎时之间，船已抵岸，文延见张婉贞正在那里盼望，婷婷袅袅，宛似一枝着雨梨花，分外的明艳清洁。遂恭恭敬敬地道："请公主登舟。"

婉贞见他这么恭顺小心，不免秋波流盼，微微一笑。一时登了船，文延道："就请公主把舵，指示路径。"

张婉贞道："还是我来划桨吧。"

席文延道："这个断不敢劳动玉手。"于是划桨而行。船如箭发，席文延在路夸赞婉贞拳技水性，举世少有。

张婉贞很是没意思，开言道："罢罢，别当面嘲笑了，我是你手中败将呢。"

席文延正色道："我席某哪里敢嘲笑公主？我瞧公主不过二十来岁的人，假使三年前，我与公主相遇，定然败于公主之手。三年前我也二十岁了，现在我重拜名师，练习内功，苦练了三年，新从师父那里出来，才得侥幸免败，那不是公主的本领天壤少有么？我席某句句皆是至诚，哪里敢嘲笑公主？"

张婉贞听了，自然异常惬意，遂问令师是谁，席文延回是天台紫凝道人宗衡。张婉贞道："令师的大名我是久慕的，紫凝道人是浙中大侠，名满天下，怪道呢，我败在你手下，名师必出高徒，败得也值得了。但不知令师女徒弟肯收不肯收？倘然肯收，我也从他学去。"

席文延道："吾师脾气极不好，肯收不肯收，竟然不能悬断，并且吾师眼下远在海外，要从学也很难。"

婉贞听了，默然不语。席文延道："我席某自问呢，没什么本领，不过三年来自己苦志练习，蒙师父耳提面命，于内功一道，总算略有一知半解。公主如果欢喜研究时，我很愿竭诚指导，照公主的聪明，练习起来定能在我之上。"

张婉贞喜道："如此很好，我准定拜从席兄为师父，延请在家教练是了。"

席文延道："师的一字断然当不起，倘蒙不弃，总算我齿长三四年，我们就结为异姓兄妹，我也不客气，准定在府叨扰，共同研究是了。"

此时旭日乍升，湖平如镜，小船梭波前进，宛如身入琉璃世界。忽见湖心泊有楼船三艘，巍峨如山，小船上婉贞当着舵，对准了楼船，飞一般梭将去，向文延笑道："席兄，吾家到了。"

席文延道："府上是水居的么？"

婉贞道："湖上生涯，浮家泛宅是惯了的。"说话时已经行抵大船。只听得大船上雷轰也似闹起来。

欲知何故，且听下回分解。

第十三回

花好月圆太湖生色
掀风鼓浪县令破家

却说席文延载送张婉贞到大船，忽闻大船上雷轰也似闹道："公主回来了，公主回来了。"

张婉贞邀文延过了大船，就请他中舱坐定，自己却向后舱沐浴梳洗，更换衣衫去了。即有大头目陪文延到艄舱温汤洗澡，送上衣服鞋袜。更换完毕，又送上篦梳，请他梳头，伺候得很是周到。

一时邀到中舱，茶点已经备齐。见起居一切，宛如大家模样。这一间中舱，竟是间精舍客座，前后隔有纱窗，窗心都是名人字画，斋匾上题有"无边风月"四字，中间设着炕，两边靠窗，排着两行几椅，当中摆着一只百灵圆台，还有四个鼓式圆凳，附在圆台四周，都是楠木的，做工很是古雅细致。那茶点就设在圆台上，大头目请文延上坐，声言公主正在临妆，命小人代陪。献茶献点，很是殷勤。

席文延随便吃着，却就头目口中探听公主家世，才知老大王死后，遗下公主兄妹两人，公主的兄长武艺干才都很平常，因此太湖中二十七帮，都奉公主为盟主。公主的兄长于今年正月在东太湖与官兵开仗，中箭身亡，遗下一妻周氏，现正身怀六甲。问他公主对了亲不曾，头目回没有呢："因为模样聪明本领都生了个出等，就害

74

得她眼底无人了。去年帮中有几家人家央人来说亲，她哥哥问她，她回她哥哥，除是本领干才都能够胜我，才可谈这一句话，要不能时休想，所以搁到如今，已经十九岁了，我怕她一辈子做丫头呢。我的爷，你想要像她那种本领干才，普天之下，哪里还有第二个？何况还要胜过她的呢？"

席文延听了这一席话，乐得心花都开了，把碟中茶点，只顾大嚼，一时几个碟子都吃了个空。大头目只道文延爱吃茶点，又满装了六大碟出来。忽见两个丫头出来，说公主请席爷楼舱中待酒。大头目就起身引导，文延跟着从后艄上梯，经船舷行走。到第三间舱房，张婉贞早笑盈盈迎出来了。

迎入舱中，见地上都铺着毡毯，几椅台炕，一色都是紫檀嵌文石的，古玩字画，位置井井。大头目陪送到窗口，就退下去了。婉贞让席文延上炕，文延谦让，只左侧一行几椅第一椅上坐了。

婉贞道："这衣服怕不大舒服，权且将就穿几天，我已叫人把席兄的湿衣服量出尺寸，叫裁缝赶做了。"

席文延道："晾干了就好穿的，何必又做？"

婉贞道："席兄的行李为了我丢掉，照理本该赔偿，何况我又要请兄教练内功呢？"

席文延道："既蒙公主隆谊，我也不敢推辞，只是我在此间是常居，以后只求随随便便，同自家人一般，彼此倒得相安。倘把我当作上宾，我就不能安居了。"

婉贞道："方才说过认作异姓兄妹，这公主的称呼就不行，以后我称席兄作文兄，文兄称我一声婉妹就是了。一切供应，自应遵命。"

席文延喜道："我就遵婉妹的命，改口称婉妹了。"

一时酒筵摆上，婉贞让文延上坐，自己主位相陪。文延此时坐对名姝，口喝美酒，推窗外望，三万六千顷太湖，烟波浩渺，胸襟何等爽快！直喝到巳末午初，方才喝毕。

文延要谒见婉贞嫂子周夫人，婉贞辞让不必。席文延道："我在此间系久客，哪有不谒见主人之理？"于是婉贞先去说知，然后引文延过船谒见嫂氏。原来婉贞的嫂子是另船居住的。周氏年纪三十左右，倒也落落大方，谈了几句就辞出回船。

从此之后，席文延便就悉心指教，婉贞依言练习，进境得十分快速，百日之后，便觉胸肋筋膜腾胀，气已盈满，充塞周遍。于是格外地坚信，格外地佩服。席文延却于此时请了两个能说话的大头目，替自己作伐。大头目向周氏说了，周氏不敢做主，转问婉贞。婉贞低了头只是不语，周氏再三询问。婉贞被逼不过，只得道："此乃大事，不能由我自己做主。哥是没了，全凭嫂子主裁。"

周氏道："依我主见，我要允了呢，只是妹妹将来万不能怪我的呢。"

婉贞道："各人都有各人的命，怪什么。"

周氏知道她心中已允，于是出了个庚帖。不多几天就下了定礼，周氏做主，拣择吉日，招赘席文延，婉贞倒也并无异议。

于是太湖公主即日招赘驸马，肆筵设席，热闹异常。太湖二十七帮头领都来庆贺。这日，恰是八月十五日，天上月圆，人间花好，说不尽良辰美景，描不完乐意赏心。那二十七帮的大船，尽都驶来，左右分排，列成一字长蛇的阵势，船与船相骈，上铺木板，往来驰逐，不异平阳。众头目喽啰笑乐欢呼，猜拳畅饮，真是太湖中第一快活日子。

不意众人正在欢呼畅饮，一只小船飞一般驶来报信，说湖面上驶过一号大船，我们上去询问，大船上人就动手把孙头目掷入水中，赵头目、何头目跟他理论，两边动手，战未三合，也被大船上人倒提了双足，掷入湖中，我们赶紧打捞，都救起了。现在何头目受伤很重，赵头目也喝了好多口水，只有孙头目受的是轻伤，请众位头领赶快追捕。

众人闻报大怒，就有四帮头领率了八号哨船，飞桨往追。这四家头领是杨得禄、沈发祥、金大头、姚长脚，都是年轻好胜的人。八号哨船冲开锦浪，劈破绿波，乘着满湖明月，飞一般地驶，只激得船头浪花喷沫相似。追了一阵，月光之下，果然瞧见一号大船，在前面缓缓行驶。金大头就大喊前面大船慢行。一边喊一边赶，霎时之间早已追到。

只见大船上站出一人，身段玲珑，估去只有十六七岁光景。小喽啰道："掷头目下湖的就是这个小子。"

金大头就喝："哪里来的野小子，胆敢伤我们头目？"说着举起钢叉，望准了那人心口就是一叉。

那人并不躲闪，俟钢叉来得切近，举手只一接就接住了。金大头要挣回时，宛如蜻蜓撼石柱，休想动他分毫。沈发祥大怒，抡起铁棍向那人劈头一下，打了个乌云盖雪。那人不慌不忙，只把左手一迎，又接住了。却把钢叉向内一揉，金大头被这一揉，跌了个狗吃屎，钢叉早已脱手。沈发祥丢了铁棍，跳向后艄去了。姚、杨二人见那人了得，都不敢出手。

杨得禄就问："你到底是谁？为甚动手伤人？"

那人笑道："我原好好地行船，你们自己找上我来，怎么倒说我伤人呢？我一个儿赤手空拳，你们大队人船，持兵弄杖，到底谁先动手伤人？你们要做强盗，须先要练习点子本领。"

四个头领被那人这么奚落，很是不堪，计议道："可惜今儿是公主大喜日子，做新娘的人，总未便请她出来交手。"

金大头道："席文延公主肯嫁他，本领想来总不差的，待我去激

77

他出来，也替我们太湖弟兄争一个面子。"遂道："那汉子你有胆时，请略候一会子，我去叫人来。"

那人笑道："候一会子不妨，再不要弄酒囊饭袋来才好。"金大头也不回答，划桨如飞而去。

一会子果然一叶扁舟，突浪冲波而至。席文延穿着一身很华丽的新郎衣服，手执倭刀一口，高立船头。众人喜呼："好了好了，咱们的人来了。"

那人早已瞧见，脱口道："来的不是席文延大哥么?"

席文延顿了一顿，也道："你是吕三弟呀。"

那人道："是的，大哥怎么在此?"

席文延道："巧极了，快过船来，到我那里去细谈。怪不道这几位要受亏，原来是三弟。"

原来此人姓吕，名元，是张三丰嫡派的内家名拳，排行第三，与席文延是很要好的。四年前曾与文延结伴西入峨眉，要从白猿老人学习剑术。老人说文延身无仙骨，命少凤根，不肯收，只收了吕元。文延出来就遇着紫凝道人。吕元在山一住四年，学成了剑术，辞师下山。一路遨游名胜，回到浙江湖州地方。恰出了一桩从古未有的大案子，遭冤受屈，被株连的不知数十百家。吕元闻知，立刻赶往湖州，设法援救。

看官，你道是什么大案? 待做书的慢慢表来。

却说湖州有一个大财主姓庄名叫胤城，表字廷鑨，家有万贯家财，喜欢结交文士。这位大财主最是好名，请人代作了诗文，算是自己的新作，当着人摇头鼓脑地背诵，卖弄文才。恰恰明朝宰相朱文恪公朱国桢的子孙，穷得饭都没有吃，听得庄廷鑨好名，就拿了一部文恪公手著的《明史稿本》来求售。这部明史，大经大法都已刊行，只有《列朝诸臣传》没有刊。廷鑨一见大喜，就出一千两银子买下，抹去朱国桢的名，换上自己姓名，算为最近新著作，却延聘文人补撰崇祯一朝的事。彼时易代未久，人人思念旧朝，何况更有一个夷夏的观念，动起笔来，不用说得，对于清朝自然再没有好话了。

那全稿完毕之后，就雇了许多刻工，在家刊板，并四出求人作序，把当世著名文人尽延请做参校员。这件事情，庄大财主非常得意，自以为此书一出，自己的大名必与司马迁、班固并垂不朽，哪里知道灭门大祸即伏在这好名一念之中。

这时光有一个归安县知县，姓吴名叫之荣的，不知为了一桩什么事坏了官。这吴之荣在任时光庄大财主家是常来走动的。那明史的原稿，他也曾见过。现在一朝罢官，他就百计千方地图谋复职。想来想去，竟然想到庄大财主身上来。暗忖：庄胤城这混蛋，胆大妄为，胆敢私著明史，指斥本朝，明欺着满洲人不懂汉文，这么肆无忌惮，我想本朝虽然开创之初，政尚宽大，倘然知道了，总也不肯放他过去的。我若是告发了他，这个功定然不小，不要说复职，圣上隆恩，连连加官晋爵，也是说不定呢。

主意已定，便就动笔做了个禀帖，修改了再四，自己瞧看不错，恭楷誊正，急忙上杭州告发。

欲知后事如何，且听下回分解。

第十四回

吴令上京告私史
吕侠飞剑斩委员

　　却说吴之荣到了杭州，心想抚院是汉人，将军是满人，这件事情须到将军衙门去告发，才能够雷厉风行，彻底究办。于是立刻到将军衙门呈进了禀帖，将军准了移文巡抚部院查办。抚院朱昌祚立即转咨提督学院胡尚衡。胡学院不敢怠慢，立札湖州府并归安、乌程两县县官、两县学官，叫他们查明禀复。

　　这么一来，庄大财主就慌了手脚，经门客献计，说天大的官事地大的银子，再无有不了的。于是做钱不着，上自抚学两院，下至府县两署、归乌两学都重重地打点了。一面把明史连夜改篡，凡指斥本朝的字句，一概都改掉，赶忙刊刻印刷出来。府县学即把重印的明史做了文书，申复上去，洗刷得干干净净。吴之荣倒受了个遇事生风的申饬，很不甘心，特出了重价，购求原版初刻的本子。竟被他购得了一部，一不做二不休，索性进京告到刑部衙门，并把原书附呈上去。

　　刑部堂官瞧见案情重大，立刻专折奏闻，康熙皇帝龙颜大怒，立下圣旨，钦派刑部侍郎到浙江专办此案。于是这件案子，就弄大了。钦差一到，立刻出牌拿人。恰好庄廷鑨病死，于是就把他的兄弟庄廷钺拘案究办。凡是书中列名的人，作序的参校的，无不拘案究办，归乌两县监狱顿时就患起人满来。江浙各士绅，吴楚诸名士，无不披枷戴锁，赴案听勘。案结下来，庄廷鑨已死，戮尸示众，庄廷钺斩立决，凡期服以内的亲族，不论是否知情，都斩立决，功服以内斩监候，缌麻以内斩监候，四邻绞监候，助编助纂的人都凌迟处死。其亲子亲兄弟，年满十六岁的均斩立决，未满十六岁的充军极边，遇赦永不赦回。作序参校的人，斩立决，其亲子亲兄弟斩监候。未满十六岁的充军极边。凡刻书的刻工、售书的书商，尽都斩首。

于是前礼部侍郎李令皙为了作过一篇序文，本身及儿子四人尽都斩首。湖州法场上一日之间斩掉七十余人，将军松魁革职永不叙用，抚学二院花了一大注钱，才得委过于初申复的学官，自己逍遥法外。府县官都得了个绞监候处分，两县学官斩监候。凡本案犯人妻子都赏给披甲人为奴。

这原告人吴之荣和南浔大财主朱佑明，本来有夙怨的，现在见本书序文中，有旧史朱氏字样，遂指说是朱佑明。于是朱佑明与儿子五人也都被绑赴法场处斩了。康熙帝念吴之荣告发之功，特下恩旨，擢为右佥都御史，并把抄没朱佑明的家产赏给他。这一件大案子办得冤魂遍地，哭声震天。

正闹得乌烟瘴气，剑客吕元恰好到了，只见城上悬挂示众的头颅，累累相属，宛如戒严时光晚上的灯笼。进得城时，更见一班一班身穿红衣肩披枷锁的军犯，铁索银铛，仓皇就道，亲友送别，没一个不涕泪横流，一班班押下船去。

吕元见了很是惨然，下了店略行歇息，出外访问。此时各茶坊酒肆没一家不讲说这桩从古未有的大案子。吕元遂步入了一家酒店坐下，小二送上碟子，问了酒菜，一时送上慢慢喝着。只见左旁一桌上有四个人在那里讲话。

一个老者叹了一口气道："老汉活了六十多岁，从不曾见过这样的事。这些妇女都是大家眷属，有好几个都曾受过诰命，平日大门也不轻易出。现在却要解到吉林黑龙江，给与披甲人为奴。这些披甲人都是骚鞑子，年轻妇女到了那里，自然再没有好结果，我们中国人最重的是贞节，有几个宁死不肯去，想图自尽，偏偏官令森严，不由你死。那些女眷点名造册之后，即交与邻人看管，五家保一家，具了连环保结，倘有逃走自尽等事，就要重办这具结的五家，你道厉害不厉害？记得顺治初年，王师下浙江，满洲兵进湖州的时候，虽然淫掠放火，那妇女们要觅死自尽，却还无人来禁止。现在承平时世，索性连死活都不由自主了。老汉六十多岁的人，从来没有见过。"言毕又叹了一口气。

一个四十来岁的接口道："老叔，你不过瞧着人家的事，发闲气是了，像我才是切肤之痛呢。我两个媳妇，大媳妇日子择在十月里，要娶了。现在两家亲家都被累在案内，伏了法，家口给披甲人为奴。我在府县两衙门进禀陈明，求恩给领两房媳妇，府县官都说定而未娶，不能算是尔家之人，案关奉旨，未便给领。好好的两房媳妇都丢了，那才晦气呢。"

一个年轻的道："我那表妹，我母亲看中了给我定上的，今年正月原要娶的，偏偏我姨母说表妹命宫里不通，吉期改为冬季。现在姨夫犯了事，我那姨母与表妹也都给了披甲人了，现在我母亲气得病在床上呢。"

一个道："冤枉的人很不少，官府并非不知，不懂他为甚不具本奏雪？"

老者道："你哪里知道，钦差大人为了松将军受了处分，不敢轻办，并且怕吴之荣再要告，所以明知是冤枉，也不敢奏雪。只可惜

82

湖州府谭太爷，才到任得半个月，与二府李大老爷，为了隐匿不报，都绞死在法场中，真是冤枉。"

一个道："这件案子不知冤屈死了几多好人，前日潘举人列名在参校员中，自己知道总没有活，他怕行刑之后同死的人多，尸体不易辨认，在监牢中自己用针在腿上刺上了姓名，哪知临刑时候，官府偏偏把他叛了个凌迟处死，一刀刀细细割死，尸身竟然不能收葬。"

老者道："我们大儿子从苏州回来，说起浒墅关的关官李尚为，为了购买逆书，得了个斩立决之罪。李关官是叫一关役到阊门书坊，购买明史。恰值掌柜的不在铺中，那关役坐在他邻人朱姓家里等候。等到掌柜的回来，两人争论价钱，姓朱的过来劝说，才成了交。现在关役与掌柜的也都斩首，姓朱的因年逾七十，减等充发极边。你想厉害不厉害？"

三人听了尽多摇头叹息，一个道："县里备了一只很大的大船，听说就是载运人犯眷口北上发披甲人的。"

老者道："已经发过两批了，这是第三批呢。不过这一批最多，有到六百多人呢。"

一个道："这一批都是大家眷口，衙门里人得了孝敬，所以运送得最后。"

吕元听在耳中，记在心头。暗忖：这一船无辜妇女，我总要想法子救她出险，保全她们的名节。

过了一宵，大船起碇，吕元也就动身，暗暗跟随。船入西太湖，押解委员便就借查点为名，向年轻妇女们调笑。这些妇女多半是大家宅眷，羞得个要死。那委员却就动手动脚，竟把她们当作娼妓。众女子哭泣求免，哪里能够？

正在难解难分的当儿，忽来一道白光，白光过处，那委员老爷

83

的头，就落下了，鲜血飞溅。众女子吓得都住了哭泣。十多名役人正在奇诧，忽然空中飞下一个人来，鹰鹫似的扑向舱中，十六七岁年纪，一脸锐气，满面英风。众役人见了毛发悚然。

只见那人道："我乃南中吕元，惯喜管理人间不平事务，委员无礼，我已飞剑诛掉。现在问你们这起狐差狗役，要活还是要死？"

众役人尽都磕头求饶，把船板叩得咚咚地响。吕元道："不必怕，我也知道冤有头，债有主，这件案子都因昏王佞臣的不好，不与你们相干。你们只要听我的话，再不伤害你们。"众人都说愿听英雄吩咐。

吕元问众妇女道："你们身遭横祸，家破人亡，现在还是愿意满洲去给骚鞑子当奴才，还是愿意保全清白身子？"

众妇女都道："谁愿意当奴才？我们也叫没奈何呢，英雄肯救我们是最好了。"

吕元遂命众役人把委员的尸身掷了湖中去，洗抹去了船中血迹，一面叫水手把舵向东行去。不意行不上一二十里，就遇见了太湖帮水盗。吕元故意闹着玩，把跳上来的几个头目一个个掷下水去。大队船来，杨沈金姚四个头领，哪里是他的对手？最后席文延起来，旧雨重逢，彼此欢然道故，吕元便把湖州的事告知文延，文延也把自己在此就亲的话，说了一遍。

吕元道："原来是大哥吉期，兄弟理当道喜，并谒见新嫂子。只是一船的女客，救人没有救彻，可怎么样？"

席文延道："自然一起去，你救了她们，安顿的地方谅还不曾有，且暂留着，大家商议商议。"

吕元听说有理，遂令水手跟了文延的船行驶。抬头瞧那月时，明得如洗过的一般，不禁喝彩道："好月色。"此时大船跟了小船衔尾而行。一时行到，吕元就过船与文延夫妇道喜，行下礼去。新夫妇两口子赶忙双双还礼，文延又替吕元向众宾客介绍，众人知道他是剑客，都很敬重。

次日是双朝，新娘张婉贞要询问私史案的缘由，请了几个难女过船，细细盘问。问到悲惨处，感动了柔肠侠骨，连新娘都几乎坠下泪来，勉强忍住了，挥令难女出去，慨然向文延道："不意世界上竟有比我们做强盗凶狠过百倍的事情，那么我们已经慈悲透顶了。"

遂与席文延商议安顿难女之法。文延主张索性送到太湖七十二峰庵庙中，叫她们做姑子去。婉贞道："这个也要人家自愿，断难出之勉强。"

于是婉贞每日必请见十多个，问她们志愿。说也奇怪，一百个中倒有九十九个甘愿当姑子。于是陆续叫人送往各峰庵院。那不愿意的都是十四五岁的女孩子，她那不愿的缘故，一为舍不得满头美发，二为熬不住终年素食，共是七个人。婉贞都把她们认作了妹子，留在湖中。大船水手、役人等都各纵放回去。

那七个女孩子中，有一个叫作周琰的，十五岁了，妩媚温柔，依人如小鸟。婉贞便叫席文延给吕元做媒，文延也很高兴。这日得便，便与吕元说了，不意吕元听说，竟会勃然大怒起来。

欲知后事如何，且听下回分解。

第十五回

宁波城寻花问柳
总督署寄柬留刀

却说吕元听了席文延要替自己做媒的话，不禁怒形于色，开言道："席大哥，你把我当作什么人？我为图谋老婆才去拯救人家的？也太不像个人了。"

席文延道："吕三弟，你却误会了，这是我们的好意。一因见郎才女貌，恰好相配。二因茕茕孤女，没有依靠，全是我们撮合的，又不是你在未救之前先存娶她为妻之念，那才是非义举动。并且你嫂子已问过周小姐，周小姐也已首肯，人家允了，你偏不要，女孩子最重是廉耻，试想叫人家何以为情？"

吕元一想，果然自己太莽撞了，遂道："大哥美意，我谨领就是。"

席文延大喜，于是就替两家联了姻。吕元约定二年后才成婚。住了几天，就告辞往别处去了。

席文延与张婉贞成亲之后，就劝婉贞丢下强盗事情，改从捕鱼种山为业，遇着贪官污吏，偶然出手，抢掠一两回，寻常商客，安分良民，却并不损及丝毫。夫妇两人在东西两洞庭山都建下了住宅，冬住东山，夏住西山，春秋两季却依然浮家泛宅，在湖中居住。

一日，文延正在督领佣工摘采杨梅，忽报有客来访，急忙回家。认得一个是大侠魏耕，一个却不认识。魏侠为介绍道："这是王笃庵侍郎部将江子云先生。"

席文延道："不就是宁波大侠陆周明的好友江子云么？"

江子云道："贱名何足挂齿。"

文延道："渴慕久了，笃庵司马殉国之后，官吏把他的头悬挂在宁波城头，陆周明屡思收瘗，总因官府派兵日夜看守，不能下手。陆周明与吾兄商量，经吾兄想出奇计，趁端阳龙船时候，游人杂沓，吾兄却头戴红笠，手执镰刀，带了十多个从人，登城游玩。到枭头所在，问守兵道：'这是谁的脑袋？'守兵回是王笃庵。吾兄假装出大怒的样子道：'嘻，这是我的大仇家，你也有今日么？'举刀一挥，绳断头堕。陆周明却早在城下等候，接了就走，龙船正划得热闹，锣鼓喧天，城上城下的人，要紧瞧热闹儿，都没有注视，王公的头就此取着了。这一件事情，江湖上哪一个不知，江湖上凡是知道陆周明的，没一个不知道吾兄。"

江子云笑道："那都是从前的事。"

席文延又问魏耕从哪里来，魏耕道："你却在这里渔樵自乐，不问世事，外面沿海五省为了迁界的虐政，人民流离迁徙，尽失了故业，叫人如何能够坐视？这位江兄因与我有一日相知之雅，特来找我同去设法，现在总算办成了一半的功。"

原来江子云在宁波地方，遇着了好几起难民，扶老携幼，拖男带女，沿村募食，遇镇乞钱。那难民中大半是壮年男女，很该自食其力的，江子云就问："这几年来风调雨顺，谷麦都各丰收，何致逃荒乞食？你们都是哪里来的？"

那难民头目道："相公你老人家不知道呢，我们都是沿海人民，原都有田有地，有屋有船，有的出海捕鱼，有的在家晒盐，有的贩货漂洋，都各有钱有业。自从那年官府下令迁界之后，逼我们搬到内地，又禁止出海，我们沿海人家是靠海为生的，离了海就不能活命，何况田房业产、祖宗坟墓尽都丢了呢。在内地坐吃了这许多年，富的变穷，穷的饿死，没奈何只好出来求乞了。"

江子云听了很为愤怒，遂问："失业流离的人，想必不少了？"难民头目道："五省合计起来，怕有一二十万人。"

子云记在心头，暗忖魏耕现在海外，海外土地必然广阔，不如到他那里商量一个安顿难民的法子。当下就设法偷过了界墙，才拟瞧船渡海，忽见劈面迎上来三个人，内中一个正是魏耕，大喜招呼。

魏耕问："怎么你在这里？"

江子云道："正拟渡海来瞧你呢。"

遂问这两位是谁，魏耕道："这位是天台紫凝道人宗衡宗老先生的高徒顾肯堂兄。"

子云忙与见礼，见礼过后，魏耕问有什么事，子云就把沿海人民失业流离的话说了一遍。魏耕道："江兄意思要如何办理？"

子云又把所拟的办法说了出来。魏耕道："海外情形今非昔比，况运载这许多人出海，一来界墙难过，二来船只难求，我看不大好。"

江子云道："此外更有甚好法子可以救这起难民呢？"

魏耕道："一时间哪里想得出好计策？我的癖性没有酒喝就心地糊涂，再想不出好法子。没有美妓陪侍，便就一滴酒也喝不下。此番回来为在台湾郁闷极了，一想访周德林这醉和尚，二想访江北岸名妓水海棠，跟她叙叙。现在你既然要找我，我们就先到水海棠那里去，宗师顾兄都是道学先生，由他们做圣人去，我们各由各便，各干各的是了。"

江子云见他狂态可掬，不禁笑道："好好，依你依你，不过这界

88

墙不能堂皇进出，我是买通了一个守兵，说是出来找人的，现在正好一同回去。"

于是江子云为头，三人随后，安危度过了界墙，就此分手。宗顾两人自向天台雁荡去了，这里江子云魏耕便径投名妓水海棠家来。

水海棠恰在家中，殷勤接待。江子云是不喜女色的，倒也不觉着什么。魏耕却谑浪笑傲，乐不可支。坐了一会子，魏耕道："我们去访德林和尚吧，就拖和尚到这里来喝酒。"

江子云道："好好。"于是出了妓家，径投西枝隐轩来。将次行到，忽见许多人哄然奔逃，好似有人在后面追捕似的，口中喊道："快走呀，醉和尚又要拖人灌酒了。"

江、魏两人见了不解，正这当儿，一个和尚飞一般迎面而来，瞧见江子云，一把揪住道："同我喝一百杯去。"

魏耕认得就是德林，遂道："德林，放了手，这位是江子云，我们正来访你，正要请你喝酒去呢。"那和尚才松了手。

原来这个和尚俗家姓周，名叫元懋，鄞县人氏，是尚书周应宾的胞侄，做过两任知府，明亡之后破家输饷，助鲁王监国。丙戌年得着江上失守的警报，他就大哭投水求死。偏偏被人家救起了。于是入灌顶山中，削发为僧，题名叫德林和尚。这德林和尚本来是善饮的，现在做了和尚，索性纵酒无度，素性不喜独酌，于是常呼山僧，不问他能喝酒不能喝酒，拖住了喝一个通宵达旦。山僧不堪其灌，都逃匿他去。山僧逃空了，他就呼樵柴的樵夫同喝，樵夫为了天晚，跪着求去，他拖住了定不肯放。后来樵夫逃了去，没人陪饮，他就拖侍者同喝。侍者醉倒卧地，他乃呼月酻饮。月落之后，又呼云酻饮。后因灌云山去家百里，酒不能按时送来，又因穷山难觅酒徒，于是回到城西枝隐轩，每日晨起就呼子弟同饮，子弟去了，就呼他人，有时真真没处呼人，他就出来把路上行人拖到家中同喝。

一日，拖着一个行路的人，恰恰此人家有要事，被他拖住，再也说不明白，说到个舌底开花。德林大声道："任你什么大事，再大不过喝酒的事。"因此出名叫作醉和尚，行人要经过他家，都是改从他路兜避的。但是江湖侠客因事来投奔他时，哪怕大醉酣睡着，立刻会起身接见，讲话很是清醒，有这么的奇异。这日，德林正出来拖人，人家都跑了，一把恰拖住了江子云。

魏耕道："我们本来访你，请你喝酒去。"

德林见是魏耕，大喜让入枝隐轩。坐定之后，德林道："我这里没有茶，只有酒，咱们就喝酒吧。"

魏耕讲说别后情形，谈了一回，魏耕道："德师，你却以酒为乡，我却非妓不饮，肯同我水海棠家去一叙么？"德林欣然允诺。于是三人同到妓家，畅叙了一镇日。

魏侠奇趣横生，果然就想出了一条妙计来，附着江子云耳如此如此这般这般，说了个备细。江子云大喜，又附耳告知德林，德林也拍手称妙，三个人计议已定，且暂按下。

却说闽浙总督李率泰自从厉行迁界之后，威重令行，心下十分满足。一日清晨，才起身穿衣，忽见床柱上一柄刺刀插入，足有一寸余，不禁毛发悚然，瞧门枢户依然关闭很好，很为诧异。上房中出入的人都不会武艺，这柄刀不是极有功夫的人再插不入。

隔上两宵，睡梦中听得有巨大的声响，惊醒瞧时，见枕头旁又插着一柄刀，刀下却有一纸字柬，急忙披衣取来，就灯下瞧时，见上写着"欲保尔命，速开海禁。尔禁海民，我取尔命"。

李率泰十分惊骇，就这日起把督标中军的兵，飞调来卫，在辕门内外，头二堂驻扎。上灯之后，更是严紧，前后门都派将把守，明盔亮甲，一个个弓上弦刀出鞘，灯球火把彻夜通明。衙门外马步队穿梭似的巡哨，锣梆之声连续不绝。李率泰并且不敢在上房睡觉，一夕之间，总要换上五六处地方。这么的严紧这么的秘密，以为安如磐石，稳过泰山。不意李率泰这夜披衣起身，才要调换房间，陡见床沿上插有一柄尖刀，寒光逼人，刀上钉有黑茸茸的两件东西，仔细瞧时，不禁打了一个寒噤。原来是一条发辫、一个发髻。伸手摸时自己的辫子没了，这一吓非同小可，那发辫下还有一纸，写着："姑取辫髻，以示薄惩。倘再抗违，定摘尔首。"

李率泰自经这夜大吓之后，就此吓出一场大病来，病中却叫幕友代拟奏稿，奏言海禁太严，迁移之民，尽失故业，宜略宽界限，俾获耕渔，稍苏残喘等语。奏折发出之后，刺客倒就此不来。

看官，这寄柬留刀，都是魏侠干的勾当。只可怜赫赫总督，经他开了这么几回玩笑，竟然吓得一病不起。延到次年正月，竟然瞑目去了。临终口授遗折，还谆谆以开海禁为情。果然谕旨下来，准小民于近洪驾筏捕鱼。谕旨虽然降下，那胆敢出海捕鱼的人，依然一个也没有，所以魏侠说只办成一半的功。

江子云见谕旨效力很微，再向魏侠求计。魏侠说可惜席文延不在此，君若在，定有妙计。江子云便要求魏侠，同访文延求计，二人方才结伴同来。

欲知后事如何，且听下回分解。

第十六回

江子云虚心求上策
席文延大胆刺康熙

却说魏耕、江子云到了洞庭山，席文延接见之下，各述别后情事，谈论极欢。魏耕提起海禁的事，席文延道："李率泰既然已死，便当从后任的总督身上着手，现在强藩拥兵，北京的皇帝未必心无猜忌，福建是耿藩汛地，放起总督来总是心腹重臣，心腹重臣的话，比了寻常臣子，总灵一点。"

魏耕道："君臣猜忌的话，你从哪里得来的？康熙待到吴耿尚三藩，真可算得恩隆德渥，诏旨下来，从不称名道姓，并且朝廷举措一切大政，总要问到他们，哪里像有猜忌的神气？"

席文延道："君臣究非朋友，总有个上天下泽，做君的这么逾格优礼，可见他就暗怕臣下兵强，时时防着他反叛。"

魏耕拍手道："着着，你的心机真灵，我实是万不能及，他们君臣猜忌，我们该当如何？"

席文延道："君臣猜忌得，放出的总督，总是叫他暗中监视藩王的，我们很该见事行事，见手打手，乘机暗纵反间之计，弄得他两虎相争，那开放海禁的事，不必精神贯注，只消画龙点睛，稍一着笔，就得了。"江子云听了还不很明白，魏耕究竟是读书人，早已了然。

　　当下魏江两人住了几天，辞着自去。席文延送客之后，回到房中，不见婉贞，问仆妇时，回称少夫人肚子疼得厉害，光景是要产了，叫人来接了姑奶奶去。

　　原来婉贞改了业，公主两字自己听着刺耳，遂叫家中人都改称自己做姑奶奶。席文延听到说舅嫂产遗腹，很是关心，派人探听消息。一时报称生了一个哥儿，文延也很欢喜，到晚婉贞回来，言及新孩子啼声很是洪亮，将来倒不是凡庸之辈，你与他题一个名儿吧。

　　席文延道："就叫大用可好？"

　　婉贞道："张大用念去也还顺口，很好。"看官，这张大用后来为天下十八名手的第三手，名满大江南北，这乃是后话。

　　却说张婉贞自从听了席文延的话，弃邪归正，捕鱼种果，年年收获丰富，家境竟渐渐地宽裕。那廿七帮的关领瞧见，务正有益，便也都改邪归正，太湖中大有卖剑买牛的气概，东西两洞庭的人，是著名的钻天洞庭，大都是出外经商的，南及闽粤，北至幽燕，无不有洞庭山人的踪迹。这一年在北地经商的人，忽都纷纷回籍。席文延见了奇诧，询问缘故，才知北省盛行圈地的虐政，人民的田庐屋舍，旗人只消说一声要，把一条很长的绳团团一圈，就算旗人的产业了。那原有的屋主就被立刻赶出。该地人民都弄得丢家失业，衣食无资，市面大受影响。洞庭山人在那里建有事业的，也有被旗人圈了去，所以都纷纷回籍。

　　席文延怒道："南中迁界，北省圈地，竟有这么的虐政，这么的昏君，我席文延总有一朝替这起无告穷民，出这一口恶气。"

　　张婉贞闻知，也万分愤怒，这夫妇两人动了这个义愤，顿时就做出惊天动地的大事来。偏偏事有凑巧，这一年康熙皇帝忽然下旨南巡，地方官吏接到这一道旨，便就先期预备行宫，布置一切，忙碌异常。席文延得着此信，就与婉贞商议，守候圣驾到来，立即上前行刺，只要一刀把昏君刺死，也大足寒八旗之胆。

婉贞即派头目上南京一带，打听驾到日期。一日头目回报，御驾已到清江浦，探得过江，先要谒孝陵。谒过了孝陵，还要南游太湖，东探禹穴。现在苏州抚台正在阅视夫役们操演龙船，五条龙船都有八九丈长，都是新造成功的，下水得不到三日，皇帝游太湖就要乘坐此船。

席文延喜道："昏君游太湖，明明是来送死，我们只消在此等候是了。"遂派头目再去探听，何日到苏州，何日上龙船，探明回来报。席文延与张婉贞却逐日在湖中操演水面上飞行之术，运刀剁斫进退各法，婉贞的内功也已火候功纯。

慢言文延夫妇处心积虑练习水面行刺，且说康熙皇帝奉了太皇太后，从北京启跸，文武诸臣、满汉各将以及侍卫内监人等，随扈的共有两三千人，留京各王大臣大学士步军统领各部尚书侍郎以及九卿科道大小臣工恭送御驾，直送出京城三十里。御驾经过地方，先由侍卫禁军清道警跸，所有各地方迎驾的官绅耆民，都远远地跪伏两旁，不奉圣旨不敢轻易上来。一到了城镇，更是五步一个禁军，十步一员侍卫，防备得异常严密。从直隶到山东，从山东到江南，都是如此，一径平安无事。

这日驾到苏州，巡抚率同道府县、耆民迎出城来。康熙大喜，笑向左右道："朕在北京闻得南中苏杭两府，富丽繁华，甲于天下，那山湖风景又为天下第一，欲游久矣。今儿总算带领你们到此，倒要细细逛他几天，也不枉南巡一次。"

遂命召见巡抚，巡抚进见，叩头已毕。康熙先问了几句地方安靖的话。巡抚奏道："臣仰赖皇上如天的洪福，境内不但连年丰获，万民乐业，并且窃盗敛迹，阖境太平。"

康熙道："境内一个盗贼都没有，怕也不见得吧？我知道你办理认真，比了别处总好一点子就是了。"

巡抚碰头道："臣若谎言，即犯欺君之罪，臣境所辖太湖，毗连浙省，向为盗匪所出没，行旅视为畏途。自从臣到任之后，一面宣布皇仁，一面严行缉捕，太湖中盗匪尽都远遁他方，现在八百里太湖，波浪不兴，湖面平静，臣不敢谎言。"

康熙道："那也难为你办得妥当。"

巡抚又奏："龙船划手都已操练纯熟，那龙船的形式，臣于月前图形进呈，已经幸邀睿鉴，现在都已齐备，请旨于何日乘坐，臣即督同划手候驾。"

康熙道："北边没有河渠，没有船只，朕此番奉太皇太后南巡，正要赏鉴南中的湖光水色，龙船很好，待朕游过了苏州各名胜，再坐龙船游太湖。"巡抚很是快活。

康熙帝进城，只见街道整洁，店铺轩昂，各店家都各悬灯结彩，很为嘉悦。在苏州驻跸，共是三日。城内城外的名胜赏览了个遍。

这日降旨乘龙船出游太湖，随扈文官乘了第一船，武官乘了第二船，康熙是第三船，太皇太后是第四船，皇后贵妃是第五船，共分坐了五条龙船。每一艘龙船有两只兵船跟随保护。这日天朗气清，太湖中水波不兴，千里一碧，九月初旬天气，船中人都穿着夹衣。康熙凭窗瞻望，指点湖中峰岛。正在这游目骋怀当儿，忽见湖面上一人踏着一张芦席，飞一般驶向龙船而来。来得切近，才见那人手执着两柄钢刀当着桨，把芦席划得箭一般的急。

此时龙船上侍卫已经瞧见，连声呼叱："你这厮是人是怪？这里圣驾所在，快快退避，快快退避！"

那人只当不曾听见，划得芦席如箭似的飞射。侍卫见势头不好，急忙放箭，弓弦铮然，箭如飞蝗。哪里知道那人只把一柄刀划水，却腾出那一柄刀来拨箭，雕翎近身，都被他拨向水中去。说时迟，只见芦席已近康熙龙船，那时快，只见芦席上那人腾身而起，大雕似的扑向舱中来，身轻如燕，刀过如风，声势十分骇人。

那康熙身旁有十二名带刀侍卫，都是从各侍卫中千挑百选选来的，休论弓马娴熟，武艺精通，且都有万夫不当之勇。那人大雕似的扑进舱来，这十二名侍卫顿时都着了急，急忙举刀，狠命一挥，那人的两条腿早砍断了一条，跌下船头。众侍卫一齐动手，就拿住了。

康熙帝传旨叫把刺客带进，亲自审问。就见四个侍卫，鹞鹰抓小鸡似的把刺客抓起，飞步进舱，直到御前，只向地下一摔，那刺客手中的刀也被一个侍卫接了去。

康熙帝就问："你姓什么？叫甚名字？谁指使你来行刺朕躬？"

侍卫连声呼喝："皇上问你话，快讲。"

那刺客道："我姓席，名叫文延，此番行刺，实是自己主意，并没有人指使。既被拿住，自知罪犯弥天，不敢求活。只求速死，千刀万剐，都不惧怕。"

康熙帝道："这么不怕死，乃是个英雄好汉，但是你为甚来此行刺？朕躬跟你有冤仇么？"

席文延道："并无冤仇。"

康熙道："既无冤仇，你为甚到来行刺？"

席文延道："总之皇上福大，小人罪重，我只求早些正法就是了。"

康熙道："有人指使你时，你只消把指使的人说了出来，就不与你相干。就是自己主意，只要你说出行刺的缘故，朕也不治你的罪，立刻放你回去。"

席文延道："我的行刺实因听得国家举行圈地，使无辜小民一朝尽失其业，一时激动了义愤，才干这弥天大罪。"

康熙道："这么说来，你倒也是个侠义之徒，现在朕问你，你一腿已断，放你回去，你还能够在湖中来去自如么？"

席文延道："倘蒙宽恩放小人，小人还能够水面上行走回去。"

康熙即令不必阻他，放他回去，瞧他一条腿子在水面如何行走。随驾的王爷贝勒听说康熙要放掉刺客，都来谏阻道："皇上宽宥席文延，仰见大度包涵，如天之无不覆，地之无不载，虽恶兽毒蛇，魑魅魍魉犹不忍以雷霆歼灭，欲使之革面洗回心，自尧舜禹汤以至于今，未闻有些宽大之典。奴才等伏思我朝创业垂统，圣圣相承，世祖章皇帝御极十八年，丰功骏烈，炳耀日星，厚泽深仁，浃洽宇宙，皇上嗣统建极，大孝大德，至圣至仁，躬行节俭，广沛恩膏，蠲赈动盈亿万，教养溥遍遐荒，举凡含齿戴发之俦，靡不沐浴皇风，歌咏帝德，偏有这席文延，性与人殊，凶狡狂悖，胆敢于御驾南巡之际，为犯上作乱之行，奴才等实羞与共戴天地，仰祈皇上敕下法司，立将席文延处决，碎尸悬首，查其亲属逆党，尽与歼除，以明朝廷之宪章，慰臣民之公愤。"说毕，碰头不已。

康熙笑道："不必，他已经是断了腿的人，任是通天本领，总也不能再事猖狂，朕因他方才飞行湖面，如履平地，实系少见少闻，现在放他，朕实要瞧他一个究竟，你们谏朕，不过是怕放了他，虑有后患，这一层可以不必虑得，你们想吧，他两条腿子完完全全，且不能加害于朕，断了一条还能为害么？"说毕，降旨释放席文延回去。

欲知后事如何，且听下回分解。

第十七回

锡嘉名山茶蒙天宠
践夙约两侠遇西湖

话说康熙降旨释放席文延，众侍卫都不敢谏阻，眼看席文延谢了个恩，翻身向外，向湖中只一跳，跳在水中，冒了三冒，就沉到湖底去了。

康熙向左右道："这席文延想是命合当尽，朕赦了他，他竟会投湖自尽死了。"

看官，你道席文延果然溺死湖中么？原来他知道行刺皇帝，罪犯不赦，虽蒙一时旷荡之恩，不能保其后无翻悔，不如装个投湖自尽，免掉许多枝节纠葛。

康熙帝只道他是死了，龙船划桨前行，赏着太湖风景，白苇红蓼，簇拥着一湖秋水，宛如晓妆初罢的绝世美人一般，不禁龙心喜悦。

这日，康熙就在行在发出一道朱谕，是谕给户部的，其辞是：

朕继承祖宗丕基，又安天下，抚育群生，满汉军民，原无异视，比年以来，复将民间田地圈给旗下，以致民生失业，衣食无资，深为可怜。自后着永行停止，其今年所已圈者，悉令给还。钦此。

康熙帝发出这道谕旨，不先不后，恰在南巡遇刺之后，究竟为何？谅看官们都已了解，不用细表。

却说张婉贞见丈夫一去不回，知道总是凶多吉少，就约了四个精通水性的头领，都穿了水靠，带上兵器，钻入湖中，从水底里游泳，只向龙船迎去。五个人虾一般地梭射，湖面上却声息全无，水花都不见一点。将次梭到龙船，听得扑通一声，掉下一个人来，水中瞧去，格外分明，正是席文延。才要上前接应，只见文延连连摇手，是暗叫不要上去的意思，在水中又不能够开口讲话，只得冷眼旁观，瞧他个究竟。忽见文延身子向上，装作冒起沉下的样子，连冒三回，才向婉贞做一个手势，结了伴游泳而回。

起岸之后，四个头领才见他短了一条腿，忙问怎么了。婉贞道："我在水中早已看见，这里不是讲话之所，且扶他到家再谈。"于是四个头领忙把文延扶送到家，张婉贞不及慰问，赶快地取伤药，给文延敷上了，扎缚定当，才问他是怎么一回事。席文延便把自己如何行刺，如何被拿，如何释放的话，细细说了一遍，听得四个头领尽都骇然。

张婉贞惊道："你说出了真姓名，不怕昏君查拿家族么？姓席的偏又是此间大姓，大丈夫做事，不该累及亲族呀！"

席文延道："哎呀，这个我倒不曾虑到，现在可怎么样？"

张婉贞道："事已如此，悔也不及，只有派人打听，见机行事。"

不过两日工夫，宣传龙船到山，康熙上岸要登临莫釐峰呢。张婉贞立派几个妥当家人，出外探听，不论什么事都要立刻回报。一时家人回来，报称康熙登临山峰，山民献上本山的土产嫩芽野茶，康熙喝着叫好，问山民此茶可有名儿，山民回奏：名儿叫作吓煞人香，因为此茶喝的时候，不觉着什么，略停片刻，回味转来，香得吓煞人，所以叫吓煞人香。康熙道："朕在太湖中遇刺，才是吓煞人的事，此茶如何叫作吓煞人的香？今后可改名叫作碧螺春，不准再叫旧名。"众绅士听了都替茶叶谢御赐新名的恩，叩了不少的头呢。

席文延夫妇都听得笑起来，叫家人再去探听。次日报称御驾已经启跸他处去了，夫妇两口子才放了心。

席文延道："等到创口养好之后，到天台瞧师父去。"

张婉贞的伤药是家传秘方，灵验异常，文延创口虽大，不过一个月开来，早已长肉生皮收功完结。席文延创口已愈，便收拾行囊，带领从人东行访寻师父，以践前约。临别向婉贞道："此去多则三月，少则六旬，定然回来。"于是一叶扁舟，划开锦浪，刺破绿波，荡悠悠地行将去。

席文延这一回出门，水路是乘船，陆路是骑马，因此跛足拐仙，倒还不很有人觉着。这日到了杭州，雇了一只划子游览西湖。划桨徐行，觉湖平如镜，堤边绿柳，倒影湖中，映着四围青山塔影，那股清秀明净之气，比了太湖雄壮浩荡，另是一番气象。那一座座山峰，宛如在水中才洗出似的。文延不禁喝起彩来。

忽见一只画舫款款而来，船中丝竹杂作，夹着男女笑语之声，随风送来。文延道："谁呀，这么会乐？"

不意画舫上的人，已经瞧见文延，出舱拱手道："文延兄，几时到此？"

文延赶忙回礼道："巧遇巧遇，原来是魏兄。"

原来此人正是魏耕。当下魏耕道："请过船来谈吧，虽是残肴，却有名花美酒。"

文延扶杖过船，魏耕诧道："文延天人，如何不良于行？"

文延见在座有四个妓女，不便深谈，遂道："患了个刖足伤寒，一病几死，医治了一月有余，才保全了一条腿。"因问魏兄怎么在此。原来魏耕、江子云自从那日别了席文延，即从各处探听后任闽督放了谁，便好乘机行事。探来探去，再探不出。不意一到杭州，就见两司道府等官，纷纷上抚院贺喜，说是抚台升任福建制台了。

魏耕笑向江子云道："踏破铁鞋无觅处，得来全不费工夫。"

却说这位新任闽浙总督姓范名承谟，是开国元勋范文程的次子，跟开府福建的靖南王耿家是至亲姻好，从前耿王之祖耿仲明，归顺满洲，以至受封为王，都是范文程暗助之力，因此耿范两家交谊最厚，誓为婚姻，到今已经三代。

新制台是范文程的二少爷，制台的侄儿又是耿王的妹婿，两家书信往来，耿王称晚生，范制台称眷生，十分的亲热。范制台在杭州，念到王爵已极尊贵，同在封疆，何必这么称呼，因再三谦让，于是耿王改称侍生，范制台改称弟，依旧是十分要好。现在朝命简放范承谟做了闽浙总督，靖南王就派人来杭州道："王爷叫多少拜上大人，大人荣任之后，咱们王爷正好朝夕聚首，彼此至亲至好，预计人人车马所需，犒赏所费，至少也要数万银子，这一笔钱，王爷说大人可以不必筹划，王爷已经借好了，这是亲戚们一点子薄意。"

范承谟笑道："我岂敢以此有累王爷宝帑？王爷厚意，我范某心领是了。"耿王差官讨了一个老大没趣，辞了范总督，没精打采地去了。

这件事抚院中人传布出来，早被魏江两侠闻知了。魏耕就向江子云道："席文延的话，看来要应了，这范承谟倒很有大义灭亲的气概，咱们今晚上抚院去瞧瞧？"江侠应允。

这夜人静之后，魏江两侠都扎缚了个定当，一式的青布包头，青布密纽小袄，青布甩裆大裤，脚蹬青布爪地虎软底快靴，腰束青绸汗巾，背插钢刀，浑身上下，一黑如墨。推开了窗，蹿出天井，随手带上，听了听客店中人都睡静，有几个房里鼾声呼呼，睡梦正浓呢。两侠一跃身，宛如两条黑烟，都上了屋面，施展飞檐走脊之能，雀跃蛇行，经过了十余座房屋，才轻轻地落下了地。只拣小街僻径行走，抹角转弯，好一会子。星光之下，就见沉沉甲第，旗杆双挑，巡抚衙门已经到了。

魏耕道："咱们从侧墙里翻进去较为简捷。"于是两人不进辕门，就右侧沿墙抄去。走有一箭之路，不防狗洞里钻出两头黄狗来，迎着自己唠唠唠只顾叫。两头黄狗一叫，邻近的狗也都应声乱叫起来，霎时犬吠之声连成一片。江侠着急，拔刀追上，那狗见人追来，便就一边急走，一边狂吠。

魏侠止住他道："咱们来，为的是正事，你去跟这无知畜生寻闲气做什么？"

江侠道："狗叫不已，定然要引出人来，与咱的事很有不便。"

魏侠笑道："我早预备下了。"说着从肩上解下一个包来，只一抖就抖出了十多个馒头，倒向地下。那狗见有了吃的东西，忙着抢吃，就没工夫再叫了。两侠趁这当儿，腾身上墙，一翻身早都踏上了屋面。蹿房越脊，只拣有光的所在探去。

探至一处，见窗纸上人影幢幢，里面有人正讲话呢。魏侠伏身窗棂之上，两只脚倒钩住了檐溜，头向下脚向上，从窗棂隙里向内张时，只见台上绛烛高烧，新总督范承谟年三四十岁，同着三个幕友，团聚一桌，正喝酒讲话呢。两个戈什哈、两个家人伺候在旁边，斟酒添菜忙碌得很，窗纸上映出的人影幢幢，正是他们。

只见一个幕友名叫王龙光的，一口绍兴白，开言道："耿王送银子，也一是番好意，制军很该受他。"

范承谟道："诸君知道我不受的意思么？"

一个无锡人嵇永仁道："我是知道的，靖南王在福建，很是不

102

法，结纳闽中人士，招聚四方亡命，藩下左右更是倚势唆民，久成积威之渐，督抚怕势，嗫不敢问。现在东家受了新命，东家平日的清廉、平日的威望，靖南王岂无闻知？现在想反钱来交结，东家不受他，是明明给他一个公事公办的消息。"

一个松江人沈天成道："如果如此立意，大祸作了。"

范承谟道："我因时事有几桩很不如意，自恨官微权小，不能如先相国当国时光，能够一一措行。第一是三王很该撤藩，第二是旗下宜终三年之丧，第三是逃人宜宽连坐之罪，第四是苏松征赋宜减一半，第五是沿海海禁宜开。这都是我平素的志愿，现在一受耿王的钱，第一条志愿就不能够实行了。"三个幕友齐称钦佩。

沈天成道："方才制军到百步塘水月大师那里，大师可曾说什么？"

范承谟道："可笑这水月和尚，讲出的话捕风捉影，全无根底。我因他平日谈的水旱蝗蝻，颇有小验，凡事总问他一二，哪知他竟然说出极荒唐的话来。"

众人止在停杯听讲，忽见王龙光道："窗外是什么？"范承谟即命戈什哈出外看来。屋上魏江两侠，齐吃一惊。

欲知后事如何，且听下回分解。

第十八回

杭州城双侠定计
清河镇廿一横行

却说魏耕听得有人出来瞧看，急忙翻身上屋，见江子云揭开了瓦，正瞧得高兴，遂也挨着他向下张看。见戈什哈回报外面没什么。

范承谟接着道："水月和尚向我说，福建是龙潭虎穴，万万去不得，叫我求一个京缺，做一部尚书，才能够免祸。我告诉他我们做官的人，哪里能够自主？南北东西，唯君所命。和尚道：'果然要去时，万不可带家眷。'问他为甚缘故，他说：'吴三桂即日就要起反。'那不是无根之谈么？我就没工夫听他了。"

三幕友齐道："水月师慧眼远瞩，其言颇有至理，制军似不宜太忽略了。"

范承谟道："既是诸君这么说时，我就单骑到闽是了。"

屋上魏、江两侠听得明白，知道大开海禁已在范制台五项计划之内，不用再去劳心了，遂动手盖好了瓦，轻轻举步翻出了墙头，从原路奔回客店，恰正四鼓，随即解衣歇息。

次日魏耕道："如今海禁这件事，倒可以丢开手不管，我瞧照姓范的脾气性情，到了福建，定然要闹出乱子来。他们藩王与总督不和，正是我们的好机会，江老弟你肯忍辱负重地辛苦一回么？"

江子云问什么事，魏耕低言道："你倘然肯时，就到靖南王那里去投藩，只说本在范制台部下当差，为探得机密，很是不平，特来飞报。却就把请撤三藩的事装点上些话儿，告知耿藩。耿藩定然重用你，你却就在那里，只要有便就乘机挑拨上一回，总要挑拨得两人成了大冤仇，闹起大乱子来，我们大明朝才有中兴的指望。"

江子云想了一会儿，笑道："计策果然不错，只是太歹毒点子。"

魏耕笑道："这才叫无毒不丈夫呢。"

江子云道："也罢，就做我不着，去一回吧。"

当下就别了魏耕，立刻动身，取道往福建进发。在路的话，无非是晓行夜宿，渴饮饥餐。这日，行到清河镇上，正欲打尖，只见乌簇簇一堆人，围在那里，走近一瞧，见是一个四十来岁的妇人，携了一个八九岁孩子，泪流满面地在那里哭诉众人，指天画地，连哭带诉，众人却只顾冷笑，没一个肯说一句公话的。

那妇人急了，道："我是个异乡之人，凭空遭着这种横祸，怎么此间连评一个理的人都没有？敢是这里没有天的么？"

一个旁人插语道："这里江山镇上的天，是没有一定的，高兴时就有，不高兴时就没有。你原来还不曾知道？"

那妇人哭道："难道没有神明的么？"

那人道："不错，神明是有的，可惜见了我们毛太爷惧怕，都不敢来管理闲事。"

江子云瞧那妇人很是可怜，不禁问道："大娘，你为了何事这么伤心？"

妇人见有人问她，活似屋子里跑出了太阳来，忙道："客官，我的女儿白给人家强占了去，我的丈夫又被人家打了个半死，再送往了衙门究办，好好的一家子四个人，现在只剩得孤零零母子两人了。"说着又哭起来。

江子云道："到底怎么一回事？不要哭，细细说个明白，我自有道理。"

那妇人才一五一十地说来。原来这妇人是厦门人氏，丈夫陈福五，原也是漂洋出海的小商贩，夫妇同庚，生下一男一女，男才九岁，女已十七。自从迁界之后，坐食几年，看看要支持不住，陈福五有个表兄在绍兴地方开设着酒坊，境况很是可以，便与妻子古氏、女儿杏儿商议，收拾收拾，索性投奔绍兴去谋一个立身之道。古氏也很同意，于是把细软收拾了，粗重的家具变卖了几个钱，当作盘川。陈福五、古氏带了女儿杏儿、儿子狗儿一行四人，取道往浙江进发。江山县的清河镇是闽浙孔道，两省仕商往来必经之路。镇上只有一家客店，规模宏大，上下房间共有一百多间，是恶霸毛廿一所开设。起先镇上也有四五家客店，是从毛廿一开了店之后，便一家家被他并掉了，现在别人再不敢在镇上开设客店。

陈福五经过清河镇打尖，住了毛家店，不合害起病来。毛廿一一见杏儿白腻滑泼，生有几分姿色，一眼看上了。见陈福五害病，他就存着深心，替他延医购药，十分殷勤，时时问长问短，并言："出门人举目无亲，客地上一切情形都不熟悉，我素来最是热心，你们短什么，我这里都有。短钱使时，我也有本领替你们代借。我们出门全靠的是朋友。我是阅历过的人，一切艰难都知道。"陈福五便当他是好人，万分的感激。哪里知道是蜜饯砒霜，一吃就要断肠。医费药费一时短了钱，向毛廿一借了十两银子。等到病好之后，毛廿一又说新病初愈，劳动不得，冒不得风霜，又把他留了半个月开来。

这日陈福五要走，毛廿一结出账来，却要他一百十五两银子。陈福五惊得呆了，问怎么要这许多，毛廿一道："房饭一切，通只十五两银子，你借的那笔钱是我跟你代借的，是五日一合子，利上加利算结的，五日就是二十两，十日就要四十两，十五日是八十两，现在已经十八日了，满了二十日，就要一百六十两了。我知道你们客中没钱，替你们再三说情，才说成个一百两，你便宜着五六十两银子呢。"

陈福五道："这么重利息的钱，我不要借，你借的时候，为甚不先告知我？"

毛廿一道："那时你在病中，我难道为这点子小事，就麻烦你么？自然不向你说了。"

陈福五道："这么重利息的钱，我哪里还得起？"

毛廿一道："愿意借不愿意借的话都不必说了，借已经是借了，用已经是用了，现在快抵桩还的事，我是一片好意，你不领我的情，我倒也不来怪你。现在你要走路，赶快把钱还了出来，你嫌利息重，以后尽让你自己去借轻利息的钱是了。"

陈福五道："倾我所有也不到五十两银子，可怎么样？"

毛廿一道："真个没钱么？"

陈福五道："真个没钱。"

毛廿一道："这可就难办了，你没有钱，人家果逼我索偿的，怎么样呢？也罢，我替你想一个法子，救你的急，但不知你肯听从不肯，知道好歹不知道？"

陈福五道："能够救我的急，我总肯听从。你救了我，我总知道好歹。"

毛廿一道："你肯听从时，就好办了。我因后嗣艰难，要买一个妾，看了好几个，都不对我意。现在你在急难之中，说不得只好把我委屈点子，不能过分挑剔，将就些权把你们的女孩子杏儿，卖给我做了妾。你允下了就写上一张纸，身价银一百两，当日一并收足。我索性慷慨，连你这笔房饭钱一并送给你，一个大钱也不要，尽够你便宜了。"

陈福五听了，恍然大悟道："原来你跟我要好，是谋我们的女孩子，久后见人心，我知道你了。"

毛廿一翻脸道："你知道也罢，不知道也罢，有钱快拿出钱来，没钱快写卖女立契，旁的闲话都不要讲。"

陈福五也怒道："你这么谋计我，我偏不答应，钱也没有，契也不写，你把我怎么样？"

毛廿一道："钱是你用的，借了钱不还，天下哪有这种理？你不答应，我就此罢手不成？我自然也有个办法。"喝令手下把陈杏儿抢回家去。一声令下，诺声如雷，就见走出了十来个紧衣狭袖的小子。毛廿一喝道："还不给我动手？"众小子听得此话，抢进房来，把陈杏儿背了就走。杏儿急得杀猪般哭喊救命，众小子簇拥着风一般去了。

陈福五着了急，大喊道："你们抢人么？我这条命也不要了。"向毛廿一舍命撞去。毛廿一是会拳脚的，略一闪让，陈福五撞了个空，毛廿一举手顺势一推，就推了个狗吃屎。陈福五爬起身，两手揪住了毛廿一胸脯，用头狠命地顶，毛廿一大怒，左手拎住陈福五衣领，只一提早提了起来。只听得豁然一响，自己的衣服早被撕成两片。陈福五抓住了撕破的衣服，还是死不放手。毛廿一右手抡开五指，望准了陈福五的脸就是一下，只打得陈福五眼前漆黑，两耳中响起来了。毛廿一却接二连三地着实孝敬，古氏狗儿哭喊着救命，有谁来理睬？毛廿一打了个尽兴，方才放手。陈福五已经晕去，半响才醒过来。毛廿一叫人来劝，叫陈福五见机点子，写了张契吧。陈福五只是不肯，毛廿一立叫手下把他捆了个结实，拔名片送到江山县去究办。古氏、狗儿终日吵闹，向毛廿一要人，毛廿一恼得性起，叫把古氏母子驱逐出去。古氏万分气苦，就在沿街哭诉众人。恰好江子云到来瞧见，询问情形，古氏就把始末情由说了个备细。

江子云道："既然送了县，知县官总是秉公办理的，静候官府审问是了。"

古氏道："客官你还不知道，毛廿一与县官是拜过把子的，有财有势，我们哪里斗得过？"

江子云道："这件事我看还是忍气吞声，让一步的好，你一个妇人家，孩子又小，在客地怎好与财主作对？"

旁边人听了都称这位客官的话，真是金玉良言。古氏越哭得悲苦了。

当下毛廿一听说有一过路客人与古氏问话，急忙走出瞧，看见江子云那副英雄气概，双眸如星，精光射人，倒先有三分怕惧。后来见他语言和平，并不帮助古氏，才放下了心，上前招呼道："尊兄请了。"

江子云回头见那人生得暴眼阔腮，满脸都是横肉，回问尊驾何人。那人道："兄弟姓毛，就是毛廿一。"

江子云道："我正要打尖呢。"

毛廿一道："这么就小店中去坐吧。"

江子云同到毛家店坐下，问起陈福五这件事。毛廿一道："我也不一定要那丫头，只要他还了我钱，立刻放他们回去。"

江子云道："我看这件事，还是我来做主办理吧，你先给我去唤那古氏母子进来。"

毛廿一只道江子云帮助着自己，欣然欢悦，叫人把古氏母子唤了来，向她道："这位江客官最是公平，出来调解，我已经听他的话，你们也不能再行执一，辜负客官一片好意。"

欲知江子云说出何话，且听下回分解。

第十九回

江子云小惩毛廿一
刘三秀得嫁豫亲王

却说江子云道："你们两造都不准争论，都应听我的话，谁要不依，我就要跟他分个高下。"

随向古氏道："你们住了人家的店，自应算还房饭钱，借人家钱，自应偿还，不能说了客中贫苦，就这么全都捐免。"

古氏道："我们原是愿意算还，但是这个利息太重了，拿不出也难。"

江子云道："你既然愿意还时，就好办了。这么着吧，我做主大家让点子，你只把房饭钱并借的十两银子拿了出来，这个利息就不必算了，毛掌柜你把她的女孩子也交了出来，收了房饭钱并十两借款，就此完结，你可依么？"

毛廿一道："借钱图利，况是人家的钱，叫我如何依得？"

江子云道："你敢不依我劝，可就不能怪我。"说着时早出手，趁他个冷不防，兜腰一把抓住，向上只一提，轻轻地提了起来。说也奇怪，那个蛮横无匹的毛廿一，遇在江子云手中，竟如三五岁孩子遇了大汉一般，一点子本领都没有。

毛廿一手下的那班打手，听说廿一受了亏，都各全身披挂，喊呐而来，一个个威风凛凛，杀气腾腾，拼命地抢救。江子云听得呼喝之声，抬头见进来了十多个大汉，都是短衣绕辫，手执着铜锤铁尺木棍短刀许多兵器，把自己团团围住，嘴里乱嚷乱闹，只是不敢近来。

江子云喝道："你们都是毛廿一的救兵么？有胆的尽管上来。"

内中一莽客，举起枣木棍向江子云劈头打下，江子云并不闪避，托起毛廿一就是一挡，正打在廿一脚骨上，痛得他连声大嚷："快不要打，打了我也！"

江子云道："毛廿一，你要性命时，快把陈杏儿放出来，再把陈福五保出，让他们一家子上了路，我也放你下来。"

毛廿一道："你放了我下来，我才依你。"

江子云道："不行。"

众人见江子云强硬异常，喊一声呐，齐伙儿杀上，刀棍齐施，江子云却两手抓住毛廿一，权充作兵器，格拒众人。众人怕打痛廿一，急忙收住，不敢再打。子云腾进一步，举起毛廿一向众人打去，实行以人治人主义，早打着了两三个人，打得毛廿一呼痛不已。众人纷纷退避。

江子云道："毛廿一，你依也不依？快回我一句话。"

毛廿一要命，只得说依了依了，都依都依，遂向众人道："你们快回去，把陈杏儿送来，救我的命。"

众人应着，一会子送了一个姑娘来，已经哭得如泪人一般了。那姑娘一见古氏，投入怀中大哭道："妈，我们不是在梦中么？"

古氏也哭道："不遇这位恩公，今世娘儿两个不会会面的了。"

江子云喝道："毛廿一，快把陈福五送来，让他们早早地上路去。"

毛廿一道："陈福五已在县衙里，不是我亲自去讨，再也不能

111

出来。"

江子云道："你哄谁？方才也是你亲身送进衙门去的么？送去既然不是亲身去，讨出倒要你亲身到，谁也不信呢。"

一句话问住了，毛廿一无奈，只得派人拿了名片，到县里去要人。一会子陈福五也来了，江子云才把毛廿一放下地，喝令坐着，不准走一步，一面叫陈福五赶紧收拾动身。

江子云道："毛廿一，你今后可认识我了？"廿一诺诺连声，一句话也不敢反诘。江子云等候他们行得远了，约莫派人追去总也追不上，才慢慢地起身，笑向毛廿一说了一声"咱们后会有期"，大踏步出门而去。毛廿一只气得白瞪了两只眼，奈何他不得，不在话下。

却说江子云投福建，不则一日，早来到福州省城。一进了城，就投西门靖南王府，口称从杭州来此，有机密大事报知王爷。靖南耿王闻知杭州有人来此，以为是范制台差来的，遂问有文书信件没有。侍卫出问，江子云回称没有。耿王传他入内。子云见了耿王，行下礼去，遂道："求王爷屏去了左右，才敢告禀。"

耿王道："随我的人都是我的心腹，有话但说不妨。"

江子云道："范制台要算计王爷，王爷不知道么？"

耿王道："你在当什么差使？制台怎么算计我？"

江子云道："小人在抚院当着戈什哈，范制台不受王爷的钱，就预备与王爷过不去。此番升任福建，范制台在月前，实先上了一个密折，密折中讲的是什么虽然不很清楚，但是知道总与王爷身上大有不利。制台常向幕友们说，诸君试瞧国家不日就要举行撤藩了，幕友们问他几时实行撤藩，他总笑而不言。他又时向左右道：'现今国家的大患，在强藩不在海寇。'升任福建的旨意一到，他笑向众人道：'如今才得行我的意志了。'小人为此辞了官，赶来报告。"

耿王道："我原疑惑他怎么不受我的馈送，果然这厮不怀好意，好好，我防着他是了。"

就有人说耿范两家是世交至好，又是至亲，料制台未必敢这么招灾惹祸，此人远来，其言未必可信，或者是他犯了事，被范制台痛责了，怀恨在心，赶来搬嘴弄舌，也说不定，不如把他送交地方官监禁，等候制台到任，重重地究办，免得两家横生嫌隙。

耿王道："办了告密之人，以后更有谁来报我消息？我知道虽然言无确据，难免事出有因。"遂向江子云道："你就留在我府中当一名侍卫可好？"

子云大喜，谢过耿王，从此就在藩府中充当侍卫。恰巧有便人往杭州经商，江子云托他带信一封，交与魏耕。

却说魏耕自从子云走后，落了单，寂寞得很，便就寻花眠柳地消遣他闲中岁月。这日，携妓游湖，无意中遇见了席文延，邀过画舫，叙谈别后情形。文延见有四个妓女在船，不便深谈，只说患了刖足伤寒，坏了一条腿。魏耕万分嗟叹。夜里两人同寓，方才畅谈。魏耕听到行刺康熙的事，不禁拍案称快，两个人整整谈了一夜。

魏耕谈及离间耿范之计，席文延道："如果实行撤藩，我料三藩必不肯束手受命，定然同日起反。三藩起反，天下定然大大地震动，台湾郑氏倒可乘此机会，鼓行而北，大明朝恢复河山，是个很好的机会。"

魏耕道："范承谟进京陛见去了，我候他出京，当暗跟他入闽，再行看事行事。"

当下席文延耽搁了三日，便就动身往天台而去。这里魏耕日日闲游。一日，游到杏花村，却遇见了一件天大冤枉的惨事，一时激动了侠肠，不合动手救出了一个人，倒弄得进退两难起来。

原来离孤山十里，有一个杏花村，村中有一个老秀才姓胡。这胡老秀才中年上断了弦，也不续娶，遗下两男一女，那女孩子名叫秀姑，冰雪聪明，老秀才爱同掌上明珠，教她念书，才一指点就朗朗成诵。一到十三四岁，长得明眸皓齿，丰容盛鬋，瞧见的人没一个不惊为天仙下降。许字与清和坊徐姓。到十八岁，嫁期已定，徐郎忽然病亡，秀姑誓不他适，守贞侍父，胡老秀才也不敢相强。

老秀才有一个表侄唐良生，是杭州城中簇新的绅士，大清兵南下，豫王派将分徇杭州，良生的老子唐雨金，特背了黄缎表章，自称大清顺民，跪迎王师。就为建了这丰功伟烈，蒙恩得了个守备衔。

这唐雨金本在常熟富翁黄亮功家里当账房的，黄亮功本来是刻薄成家，不意亮功去世之后，东家娘娘刘三秀当着家，更是精明干练，雨金不敢大写花账，不过小使鬼蜮，捞几个查不见的钱罢了。

顺治初年，刘三秀为避乱起见，把家产搬运到直塘去，拟与女儿女婿居住。细自金银珠宝、首饰衣服，粗至台凳椅桌、动用杂物，全都搬运。刘三秀在常熟专管发东西，她的女儿珍儿在直塘专管检收，唐雨金却专管押运的事。一共搬运了五日，那金银珠宝等贵重东西，都在末一日上搬运。唐雨金心怀不良，半途中摇去了三船金珠宝贝，回到杭州做财主了。恰好这夜刘三秀被清兵掳了去，没了对证，竟然逍遥自在，做他的杭州财主。经豫王赏给了个守备衔，真是富贵双全，荣华无比。他就在杭州城中大兴土木，建造府第，第一朝平步上青云，顿时做了簇崭新鲜的绅士，与地方文武官员往来忙碌，好不荣耀，好不威风。

一日，雨金从仁和县衙门赴宴回来，喝得通红的脸，笑向儿子良生道："你爷真是老运亨通，我那旧日女东，新承恩泽，做了王爷的侧福晋了，我已约定同了本城官府到南京去叩贺，只消福晋念起我旧日微劳，在王爷跟前提及我的名儿，怕不立刻连升晋级。"

原来这新福晋就是常熟富孀刘三秀。刘三秀本是任阳人氏，诗书门第，礼乐家声，上代一径是念书的。这三秀自小聪明，六岁没了妈，自己就会得装饰整理。老子教她念书，过目了了，作字学文都很过得去。到十岁上，老子又没了，倚着兄嫂度日。她两个哥哥，大的叫刘赓虞，规行矩步，是个正人君子。小的叫刘肇周，是个深明世故之人。两兄待遇三秀倒都十分怜爱。三秀虽在垂髫，聪明标致的声名儿，已经轰传四远，并且很有杀伐决断，无论如何难办的事，经她一句话就断得几面都平服，因此小小年纪已经帮着两嫂摒挡家政，治得井井有条。

常熟大财主黄亮功，年纪四十开来，胸无点墨，库满金银，闻得三秀美貌多才，要娶为继室，托人来系说，赓虞大不为然，把媒人骂了出去，肇周羡他豪富，倒很赞成。

次年赓虞游幕山左，恰好有朝廷派使点秀女之谣，民间争办嫁娶，肇周趁此机会，就把三秀配嫁了黄亮功。三秀见亮功年老态俗，心里很是郁郁，明年生下一女，取名叫珍儿，怜爱备至。肇周有儿名叫刘七的，终年寄育在黄家，哪知滔天大祸，就在这刘七身上闹出来。

欲知后事如何，且听下回分解。

第二十回

千里军书寻弱息
一朝平步上青云

却说刘三秀为黄亮功没有子嗣，把侄儿刘七养在家中，想把珍儿配给他，接续黄姓一脉。哪里知道刘七是个不长进的东西，一味地好勇斗狠，每日跟乡间无赖东游西荡。三秀骂了他几回，终是不改，索性气出肚皮外，不去管他，把珍儿许字了直塘钱姓。那女婿很是温文尔雅，很是讨欢喜，三秀把他招赘了家来。刘七知道没望，无赖得比前更甚。三秀恨极，便把他撵了出去。不意黄亮功这一年上死了，刘七竟穿了孝服，执了哭杖奔到枢前做孝子，硬欲索分遗产。三秀喝令家人把刘七捆缚了，撵出门去。刘七怨恨切齿，大喊不报此仇我不姓刘。

隔了几天，刘七果然领了十多个无赖，涂脸执仗，前来抢劫。亏得防备严密，不曾损失什么。三秀怕他再生出别的事来，忙与珍儿商议，搬家到直塘，避这风潮。于是叫珍儿在直塘管理收点的事，自己在家管理发出的事，一应金银珠宝，以及家用杂物，搬运了五天方才完毕。正拟次日动身，不意滔天大祸，就这夜里发作了。

原来刘七此时已经投入清将李成栋部下。李成栋奉了豫王将令，规取两粤，临走命心腹将率兵一千，留守松江。刘七因说守将劫取任阳黄姓，自己愿充向导，守城大喜，立派裨将一员，步兵五百，跟随刘七前往。

三秀正与佣妇张妈在空屋里秉烛闲坐，讲说明儿的事，忽然炮声震天，墙坍壁倒，只见一大群拖辫子的强盗，潮一般涌入，灯球火把照耀如同白日，为首的正是刘七。只见他冷笑道："好姑妈，你今儿才认得我了。"

一语未毕，早见一片声喊刘七，那裨将登楼入室，见都是空屋，很为震怒，喝令把刘七捆了掷入空屋中。出见三秀淡妆素服，丰神逸秀，恍若神仙，向众人道："亏有了这菩萨人儿。"遂把三秀簇拥而出，临走放了一把火，刘七与黄家第宅，自然都成了焦炭。不在话下。

那裨将拥三秀到松江，守将见她貌美，不敢污辱，送入李成栋宅中，好好地管待。不意成栋在广东反了正，豫王下令查抄，所有松江宅中叛眷都送到南京，听候本旗发遣。于是李宅妇女三百多人都被解送到南京，归由黑都统承管。刘三秀自然也在其中。

黑都统把众妇女安置在马棚中，马粪熏人，一刻也难处。刘三秀杂在众妇女中，哭泣了一夜。次日满洲奶奶来了。这位满洲奶奶是豫王府中的总管老奶奶，年纪虽高，精神倒好，叫把众妇女分作了十排，一排一排挨着验看，选中的留着，选不中的发交本旗赏人。

当下评头品足，选了大半天，选中三十名，叫带到那边屋子里，排列着不准动。重又复看，这个太长，那个太短，又挑去了一半，只剩得十多个人，于是叫人拿眼镜来戴上，把这十多个人唤到面前，细细地瞧皮肤头发，眉毛眼睛口鼻指臂，没一处不验到。又隔衣扪乳，验其高低。只要些微不称，马上就剔掉。选到后来，只中得五个人，于是把这五个人引到一间很精致的房间里，倒上上好的茶，供上极精的点心，殷勤问讯，再验其声音。内有一人发音微涩，老奶奶又叫剔去。一总选得四个人，三秀恰恰选在里头。

老奶奶笑道："你们好福气，都是王府里人儿了，我已叫黑都统传办轿子，你们有底下人，不妨带进府去。"于是张妈跟着刘三秀轿子直到王府下轿，老奶奶进内回报。

三秀执住张妈手道："我一个寡妇家，受尽千羞万辱，不过想跟珍儿见一个面，现在到这个地方，想来要娘儿们会面，是不能够的了，我也只好死的了。"说到这里，眼泪淌一个不住，张妈也陪着出眼泪。

主仆两个正在抱头暗泣，老奶奶早出来传话："王爷叫呢，你们快随我来。"遂又嘱咐道："你们初到府，不知道规矩，我来教导你们。见了王爷是要磕头的，叫你们起来就起来，千万别哭泣，恼了王爷不是玩的。"

当下引着四人进内，经过多少崇门峻户，越过多少复道琳宫，才到豫王起居之所。原来这王府就是宏光帝的内苑，所以这么巍峨宏壮。

太监打起软帘，众人进内。只见一个肠肥脑满的骚鞑子，盘膝坐在炕上，炕前桌上满摆着酒肴，五六个内监分侍左右。鞑子嘻着嘴正在喝酒呢。

老奶奶悄声道："快跪快跪，上面坐的正是王爷。"

刘三秀只当没有听得，回视同难的三个女子，早已伏地恐后了。老奶奶催道："刘三秀怎么还不跪？仔细王爷恼了，快跪快跪。"

三秀侧着娇躯，扑簌簌出眼泪，仍是不理。老奶奶怕王爷发怒，替她捏着一把汗，回瞧王爷，倒是和气。

只见豫王嘻着脸问道："你这女子哪里人氏？几岁了？有丈夫没有？"

老奶奶忙道："王爷问你话，听得么？快回快回。"

三秀放声大哭道："我是民间一个寡妇家，难兵掳了我来，我为舍不下亲生女孩子，没有死得。现在这么逼我，还要这性命做什么？"说着向殿柱奋身就撞，满图撞个脑浆迸裂，不意背后有人抱住。只听得道："快别如此，快别如此。"却是老奶奶声音。三秀大号大跳，号跳个不住，把云髻跳散，万缕青丝直拖到地。三秀的发原有一丈多长，散在地上，宛如乌云相似。

豫王见她洁如白雪，艳若春花，本已十分怜爱，现在见了这长发委地的异相，不禁怜上加怜，爱上加爱，遂向总管老奶奶道："扶她回房，替我好好儿地劝解，别教她悲坏身子，要什么尽管回我，要有个短长，我是不依的。"

老奶奶应了下来，就把三秀陪到一间很精致的房间里，用好言解劝。豫王又派四名宫女来服侍，又命厨房做了极精致的菜送来。三秀拼着一死，终日悲泣，饭也不吃，觉也不睡。老奶奶慌了手脚，私向张妈求计。

张妈道："我们奶奶最疼的是珍姑娘，在松江时光，听说李兵掠直塘，到今已将月余，杳无消息，心里很是惦着，不知珍姑娘存亡死活。要博她欢心喜，除非派人直塘去，替她打听珍姑娘消息，或者为此回心转意，也未可知。"

老奶奶回过豫王，豫王应允。老奶奶就把此意告知三秀，三秀才破涕为笑道："这一句话还听得进耳去。"当下就写了一封书信，交给老奶奶。老奶奶乘便劝进饮食，三秀也不推辞。老奶奶回称王爷已把此信专差走马，六百里加紧飞送直塘去了。不一日，差弁回来，呈上复信，老奶奶转呈三秀，一封是肇周的，且没暇看它。先拆那一封，见确是珍儿笔迹，不觉悲喜交集。

此时豫王福晋忽喇氏在京暴病身故，京讣到来，豫王下令，即于本府正殿设下灵位，本旗妇女均须素服哭临。三秀是府里头人，少不得换穿孝服，随班举哀。豫王见她不施脂粉，淡扫蛾眉，通体穿着缟衣，那媚质幽姿，比了平时更添出几分风韵，不觉看得呆了，遂向总管老奶奶道："这美人儿不就是长发委地的么？好生管待着，错了一点半点，我只问你。"老奶奶应几个是。

从此豫王每天总有好多回赏赐，不是首饰就是衣服，三秀正眼也不瞧，送到就叫撂下。老奶奶跪告道："府里规矩，王爷赏赐东西是要叩头谢赏的，奶奶这么着，不是坏掉规矩么？"

三秀道："奴颜婢膝，谁惯呢？我是不会的。"说毕，索性赌气上床睡去了。

老奶奶回过豫王，豫王道："由她罢了，谁又要你多嘴。"

又过了几日，豫王召三秀侍寝。三秀大哭道："我是一个难妇，婢妾是万万不情愿做的，要我做婢妾，我情愿死。"

老奶奶道："福晋已经没了，王爷属意奶奶，并不是婢妾。"

三秀道："叫我侍寝，不是婢妾是什么？夫妇敌体，谁见有福晋侍寝王爷的？"

老奶奶回过豫王，豫王笑道："这原是我的不是。"

次日就派内监送出赤金凤冠，一品命服，三秀虽然没有讲什么，却是亲手受了凤冠。瞧她样子还算高兴，豫王才放下了心。就这夜里，张灯作乐，成了大礼。于是常熟富孀变了豫王福晋。

后人有长歌一首，咏叹其事。其辞是：

> 吴江锦浪接银潢，盖代功勋绝代妆。
>
> 生就倾城刘碧玉，春风合嫁汝南王。
>
> 家近琴川春水绿，翠袖天寒倚修竹。
>
> 秘辛小录状难工，洛水名篇摹未足。
>
> 女伴相逢识异人，仙云朵朵生裙幅。

自是诸天谪降来，人间无此黄金屋。

坤灵扇底影模糊，归妹爻成误彼姝。

锦句淑贞肠易断，银屏卓女梦还孤。

洗面终朝唯雪涕，一天烽火愁无计。

的的平生掌上珠，仓皇失散空牵袂。

领军大索遍良家，别册钞名归邸第。

和泪难匀堕马妆，飞蓬愁挽抛家髻。

错怨秋来风雨多，谁知春到江山丽？

亲贤开国马蹄劳，淮海南来仗节旄。

叔父忠勤诸路定，天人光气五云高。

帐中一瞥惊鸿影，剪烛停筋问乡井。

东风着意惜名花，风自温存花自冷。

泪雨红抛散不收，冀云绿鬖扶难整。

为怜漆室恨方长，忍迫息妫妆便靓。

扶归别院劝加餐，欲得婵娟破涕难。

火急军符寻弱息，书来才得展眉看。

此际啼痕断犹续，此时心事舒还蹙。

何意哀蝉落叶声，恰成羯鼓催花曲。

一笑先除白奈簪，两行早引金莲烛。

枉住胭脂塞上山，才知罗绮人间福。

彩云华月照朱楼，玉蕊琼枝喜并头。

银蜡替流甄氏泪，翠螺轻扫宋祎愁。

歌翻昆莫宫中曲，寒阳明妃马上裘。

除却昭阳谁得似？笑人夫婿觅封侯。

江海风清归节钺，香车并载朝金关。

棣棣山河翟茀光，垂垂雨露兰苕发。

锦棚捧出印兼戈，金册颁来星替月。

阆苑瑶花到处传，侯家钿毂争先谒。

称觞圣母会朝参，特赐宫花手替簪。

笑语金钗诸戚畹，果然春色在江南。

当时陵谷沧桑变，天下骚然苦争战。

勋门徐邓劫灰余，贵戚周田厮养贱。

吴苑花娇鹿走残，隋堤柳嫩乌栖遍。

烟蔓埋香几处丘，风萍逐水谁家媛？

玉树声凄璧月寒，上林红紫亦阑珊。

天心独惜菩蕹草，一夜风来变牡丹。

此中消息谁能识？说与旁人增太息。

一局全翻李易安，遣闻莫证樊通德。

花落琴川水自斜，谁知此地产琼花？

虞山村下残阳艳，犹照当年福晋家。

这一件盛事，传到杭州，雨生快活得什么相似。

欲知后事如何，且听下回分解。

第二十一回

周剑师巨眼烛行藏
王石谷灵心追唐宋

　　却说唐雨金随同地方官，巴巴地赶到南京叩喜，以为新福晋是旧女东，总有非常的际遇。不意手本投进，王府中只把他当作寻常人物，并无特别加恩，只赏了一支蓝翎，同来的人个个都有的。雨金却就荣幸非常，在杭州地方戴着翎顶，出入衙门，交结官府，少不得势焰熏天，鱼肉善良。

　　现在雨金已故，良生靠着老子余荫，做了个世袭乡绅。恰值新断弦，瞧见胡秀姑才貌双绝，就央人向胡老秀才求亲。胡老秀才一因秀姑立志守贞，二因良生年纪差得太大，三因唐家行为不正，婉言谢绝。偏是良生志在必得，屡次央人来说，胡老秀才终不应允。来人见胡老秀才不允，遂把唐家的势焰来压制老秀才。胡老秀才大怒道："良生是我的表侄呢，他仗势欺别人还罢了，现在胆敢欺起我来，硬要我的女儿，我就告到当官去，请官断个曲直。"

　　那人抱头鼠窜而去，一字不瞒，告知良生。良生怒道："他连自己身份也忘记了，你是一个穷酸，胆敢跟我抗拒么？我敢对天设誓，娶不到他女儿为妻，我不姓唐。"于是亲到胡秀才家中作揖认过，再三谢罪。次日又送了许多东西来，做出许多亲呢的样子。胡老秀才

123

是忠厚人，只道他是改过不吝，再不料是匿怨结交。此时两家往来亲热，尽释前嫌。

一日，良生走来，恰好秀姑一个儿在家，问胡秀才父子时，都会文去了。良生大喜，认为是极好的机会，遂与秀姑有搭没搭地攀谈。秀姑十句中倒也回他两三句，良生便就露出轻薄的态度，渐渐说出游辞，秀姑不去理睬他。良生只道她已经默允，竟然动起手来。秀姑大惊逃入房中，良生急急追入，欺她软弱，索性用强。秀姑舍命挣拒，大呼救命。邻人闻声奔集，良生踉跄逃走。胡老秀才回家，问知情形，大怒冲天，奔上唐家问罪，良生深匿不出。老秀才要上衙门告状，经人竭力劝说，才劝住了。

次日唐良生的师父周贡生来拜胡秀才，出为排解，劝两家和好。周贡生特备了酒，请胡秀才与良生赴筵。良生赴筵，胡秀才不肯去。经周贡生硬拖了去，大醉而归。就这夜里病了，只病得三日呜呼哀哉，归西去了。秀姑与两兄惨遭变故，抢地呼天，哭得几回晕去了。

屋漏偏遭连夜雨，船破恰遇打头风。一波未平，一波又起。胡秀才的尸没有殓，晚上屋后忽然失了火。风狂火猛，三椽老屋只一卷，烧成一堆瓦砾。秀姑两个哥哥要抢救父尸，被烟迷了路，走不出，双双葬身火窟。

胡秀姑大哭，要跳入火中，忽觉有人飞一般奔入，抱了自己就走。抱到树木中才放下，瞧那人时，头发眉毛都被火燎去了好些。叩问姓名，那人自称是魏耕。秀姑大哭，诉说遭难情形，并言屋后无端起火，与老父的暴卒都很可疑。

魏耕道："姑娘放心，这件事我魏某既然出了手，总要办一个明白。唐良生如此不良，只要查了明白，总不放他活在世界上。"当下就把胡秀姑引入客店，另开一间房间住了。魏侠出外明察暗访，才知毒父纵火，都是唐良生所为。

良生于火势大炽的时候，叫人抢救秀姑。遍寻不见，只道也葬身火窟中了，叹息不已。众人劝他道："什么小女郎，这么的动人？大丈夫何患无妻，快别为了一个无关轻重的女子，伤掉千金贵体。"

魏侠侦察明白，告知秀姑。秀姑泣求报仇雪恨，魏侠慨然允诺。

这夜，唐良生在周贡生家宴饮，喝了个大醉，家人去接，张着灯扶归。行至半途，良生忽地绊了个什么，跌了一跤，家人赶忙搀扶时，伸手下去一摸，觉着稀湿，忙把灯照时，好好的唐良生，脖子上少了一个脑袋，吓得大叫起来。

不意前回解劝的邻人与请酒的周贡生，这夜同时失去了头，杭州城中一夜间连出三件无头大案。次日官府验尸，行文缉凶，忙到个什么相似，酒肆茶坊到处讲说此事。

胡秀姑万分感激，魏耕却进退两难起来，你道为何？原来魏侠是好色惯了的，兴之所至，携妓遨游，虽然酒地花天，却甚光明磊落。至于对了良家妇女，素不拈花惹草，因此才当得起这一个侠字。现在凭空救了一个遭难的贞女，彼此都在青年，自己又没家眷，住在客店中，虽然明对天日，幽对鬼神，我心绝无愧怍，究竟不很方便，弄得魏侠倒踌躇起来。想了一夜想出了一个妥法。

向秀姑道："吾友席文延的夫人是个女中豪杰，现在太湖中洞庭东山，姑娘现在没处安身，我想就把你送到那边去。席夫人现留着好多个遭难女子，倒都是大家眷属，姑娘到了那边，不愁没有伴侣。"

胡秀姑道："但凭恩公做主。"

魏耕道："我还要请姑娘乔装作男子，路上才便同行。"秀姑也答应了。当下魏耕就去备办衣服。胡秀姑闭户改装，一时装毕开门出见，宛然是个美少年，不过举动之间，终不脱妖媚温柔体态。魏侠大喜，于是结伴同行。

这日，行经嘉兴，魏侠说起烟雨楼之胜，秀姑便要一扩眼界，遂雇了一只小船，泛乎中流，游了一回。遂到烟雨楼停泊了，上岸游览。才进得门，只见凭栏坐着一个人，神情洒朗，意态飘然，正在那里瞧鱼儿戏水呢。魏侠见了，不禁暗地喝彩。那人见有人瞧他，便回过头向魏侠秀姑也瞧了两眼。只见他冷笑一声，掉头过去，依旧瞧着湖水。

　　魏侠与秀姑一前一后到各处游了个遍，回出来时，那人却迎门站着，两条电一般的眼光注定了魏侠，直上直下地打量。魏侠十分诧异，正欲询问。那人已先开口道："何处拐来闺秀？莫道光天化日之下，无人识得。"

　　魏侠知道自己行藏，已被那人瞧破，遂道："天下除了拐匪之外，就没有改装秘行的么？也太把人瞧得轻了。"

　　那人道："尊驾贵姓台甫？"

　　魏侠通了姓名。那人道："久仰得很，方才失言唐突。"

　　魏侠回问那人，那人道："姓周名浔。"

　　魏侠道："不是上峨眉练剑的周先生么？"

　　周浔道："不敢，就是在下。"

　　魏侠道："原来就是周剑师，怪道神情意态，洒然如野鹤闲云。剑师为何在此？"

　　周浔道："我因慕石谷画名，特往常熟访他，偏偏未遇，听得老莲在嘉兴，所以来此一游。"

　　魏侠道："不意先生于剑术之外，还多画兴。"

　　周浔笑道："剑乃一人之敌，何足称道？画虽小技，足以抒写性情，我倒很欢喜弄此消遣。"

　　原来周浔极喜写画，他的画是从顺天崔青蚓学来的。这位崔青蚓是北方画家第一，名子忠，一名丹，字开子，又字青蚓，明末补

126

顺天府学生员。尚书董其昌一见他的画，就称非近代所有。青蚓非常自重，四方以金帛求画的，概不应允。

有一个友人在吏部做官，送来白银千两求他作画，青蚓把银票向地一掷道："乃以选人金污我么？"史可法家居，走访崔青蚓，见他已经绝粮了一日，急忙解骑相赠，徒步而归。青蚓牵马出卖，售得白银十余两，立刻买酒办菜，邀集朋友痛饮道："此酒从史道邻处得来，不是盗泉呢。"一日而金尽，绝食如故。

周浔的笔法都由青蚓指点，所以生动活泼，回异凡流。当时的画，与崔青蚓齐名的就是浙江陈章侯，京师号称南陈北崔。周浔本来是南边人，便就常常与章侯亲近，讨论画法。这陈章侯名叫洪绶，是个天生画才，四岁就塾，恰值那家子雇匠粉刷墙壁，他就累案为架，手执墨笔，登临其上，就粉壁上画起关圣像来。落笔如春蚕食叶，嗖嗖如风。一时画毕，一尊一丈多长的关圣，须眉欲活，十分威武，好像就要走下来的一般。主人一见大惊，立刻下拜，就把这一间房子供奉关圣。后来知道是章侯所画，遂把女儿许字与他为妻。既长，从刘念台讲性命之学，已而放浪形骸，时时携妓纵酒，头面或经月不沐，起居行动一概都是随随便便，有来求画的人，任他罄折足恭。他要是不高兴时，终不给你画一笔。等到酒酣兴至，在妓院中时光，自索笔墨写画。舆夫皂隶求他，全都应允。

有一会子，章侯在杭州，有朋友请他游西湖喝酒，泛舟湖中。忽遇他船，听得猜拳笑语之声，很是热闹。章侯忽然兴至，不管认识不认识，遂命停船，我要过船去。那朋友只道他是本来认识的，停了船，章侯过到那边船上，径登上座，跟众人猜拳行酒，五呀对呀乱嚷起来。那主人察知是名画家陈章侯，乘间称赞他的画。章侯大惊道："我与你是不认识的。"拂袖而出。清兵南下，严令剃发，章侯索性把头剃光，打扮作和尚模样，自称老迟，又号老莲，却依然纵酒携妓，乐意逍遥。

　　周浔此番剑学已成，辞师下山。白猿老人嘱咐他万万不可浪使。周浔遵从师命，便就藏锋敛芒，依旧写画消遣，到处访寻画友。在中州地方，就听得人家说起常熟王翚，字叫石谷号称耕烟的，是山水名手，目下中国第一人。周浔就一片诚心赶到常熟，偏偏石谷出门去了，周浔就去找老友王元照，问一个究竟。这王元照名鉴，也是当代山水大家，与王时敏号烟客的，称为"二王"。家中收藏唐宋元明的名画极多。周浔就爱他收藏丰富，每到常熟，总到元照家中读画。

　　当下见了元照，问起王石谷。王元照道："此人将来不可限量，他是宋朝忠臣王坚之后，我跟他还是十年前认识的呢。彼时我闲游虞山，瞧见壁上有新画的山水，虽然寥寥数笔，却很生动秀逸，惊询寺僧，寺僧告诉我是王家的孩子，年才十三四岁呢。我听他这么年轻，愈加奇诧，回来告知烟客，就用船去迎他来家。这孩子果然聪明异常，我与烟客与他结为忘年之交，我把家藏古代名画取给他瞧，留他在家，终日闭门读画。这个人真是聪慧不过，坐卧游泳，先后才只五年，已经尽得古人秘奥。我与烟客临摹古画，恁是精心运笔，终觉不很相像。他的灵心独运，不知怎么，才一着笔，仿古即入神品。所以我对他说你不能做我的弟子。三百年来未见此笔了。"

　　周浔道："得你这么推服，想来总不差的了。"

　　王元照遂取出石谷的画来。

　　欲知周浔瞧了发出什么议论，且听下回分解。

第二十二回

曹仁父小试峨眉剑
张婉贞教演牙牌戏

话说周浔瞧了石谷的画，不禁喝彩说好。王元照问他如何，周浔道："休论笔法，瞧他局势展布，已有咫尺千里之势，我从今而后，搁笔不画山水，当让此子独步，专画我的墨龙了。"

王元照道："烟客评过他，说石谷看尽古今名画，下笔具有渊源。"

周浔道："确得很。"

周浔在常熟住了几天，石谷依然没有回来。周浔不耐烦等候，辞了王元照，径投浙江来找老莲。会面之后谈论极欢。这日约在烟雨楼叙谈，不期遇见了魏耕、秀姑。周浔眼光尖锐，早看出秀姑是女扮男装的。瞧那魏耕眉梢眼角都透露英风锐气，偏又不像是个坏人，因喝了一句："何处拐来闺秀？莫道光天化日之下无人识得？"哪知一交谈又是个素来慕名的大侠，彼此询问行踪，周浔便把访友的话说了一遍，魏侠也把自己的事说了一遍。

两人正谈得入港，一个老和尚从那边摆摆摇摇地走来。周浔一见那和尚，就道："老莲来了。"赶忙迎上去，跟他讲话。魏耕知道就是陈章侯了。

魏侠与秀姑逛了一会儿，重又下船。见周浔与陈章侯也坐了船游湖，彼此隔船招呼。周浔问今天走么，魏耕回称立刻就动身了。周浔点点头，也不说什么。于是魏侠与秀姑取道径投江苏。在路别无他话。

这日，船到洞庭东山，舍舟登陆，到席文延家里，张婉贞出来相见，知道文延还没有回家，魏侠就替胡秀姑介绍，说明缘由。张婉贞殷勤招待，就把秀姑留下。魏侠惦着正事，就要辞着动身。

张婉贞道："此间新到一个异人，我们都估不透他是什么人。魏先生来得正好，可否就侦察侦察？"

魏侠道："几时来的？有何异处？嫂子可曾见过没有？"

张婉贞道："那人是个书生模样的人，带有一个童儿，挑着一担书，携着一张琴。到了此间就向寺僧借了半间屋住着，闭户读书，从不出门一步。一到明月清风之夜，他就抱琴登山，直上莫釐峰最高处，凭着危石弹琴舒啸，直到天明才回来。日间人家去拜，他总不肯延见。偏是这么孤僻的人，偏有着绝人的本领。昨儿小和尚来化斋，我们问他，那客人住在寺中，也跟着你们吃素了？小和尚道：'他们天天吃的是飞禽，主仆两个都有绝大的本领。那主人向天空才一举手，天空中的飞鸟一只只自会跌扑下来。那仆人接着揎去毛衣，裂开肚腹，煮给主子吃。'听小和尚这么说来，这书生竟不是无能之辈，到底是何等样人，我们竟然估他不透。"

魏侠听了，也很奇诧，当下魏侠问明地址，知道那人住的所在，是后山墨花禅院，一路行去。抄过两三处市集，经过五六处村庄，方才行到。进得山门，询问和尚。和尚回来客寓在西禅院，魏侠叫小和尚引导，行西禅院门外，听得里面噼噼啪啪，在使什么家伙呢。

130

魏侠叫且慢通报，伏身门外，从门隙中向内张看。

见一个二十来岁的书生，面白唇红，姣好得女子一般，把衣衫掖起在腰带里，执着一柄七尺来长的藤杆钢头溜银枪，依着架数，上下前后左右，使得风车儿一般的急。瞧那钩斫刺送的法门，一丝不乱，确是枪家第一手峨眉枪法。那书生进退转折，灵便得活似一只猴子。

魏侠瞧出了神，不禁失声喝起彩来。这一声彩不打紧，院门启处，奔出一个十三四岁的童子，举起小手，向魏侠领腔里只一把，就轻轻地提了起来，喝一声："哪里来的野人儿，偷瞧我们相公耍枪？"

魏侠被他抓住，再也挣扎不脱，心想：怪呀，我两臂也有千斤之力，怎么连一个孩子也敌不住？

此时那书生早喝道："小子不得无礼，快放了下来。"

童儿听言放下，魏侠心中不免羞愤，嘴里却道："好厉害的尊管，蓦然间使人受亏不浅。"

那人道："小童粗莽，诸多得罪，务望尊客海涵。"

魏侠道："谁与尊管一般见识，兄弟此来本是专程拜访。因见兄台正在使枪，未敢惊动，在门外偷望了一会儿，这么纯熟的峨眉枪法，实是少闻少见，不禁喝了两声彩。"

那书生见魏侠说出了峨眉枪法，知道也是内家，遂道："尊客贵姓？"

魏侠通了姓名。书生道："原来是南中大侠，失敬了。"

魏侠回问书生，才知那书生就是剑侠曹仁父。原来峨眉山白猿老人收徒练剑，现在学业成就，辞师下山的共是四人。第一个是周浔，第二个是路民瞻，第三个就是曹仁父，第四个是吕元。路民瞻

131

与周浔都有画癖，自去访寻画友。曹仁父性喜山水，登过五岳，游遍四湖，因爱莫嫠峰山水佳妙，就来此间僦屋而居，领略湖光水景。

当下剑师侠客会晤之后，彼此披肝露胆，大有相见恨晚之慨。直到夕阳西下，魏侠才告辞回来。张婉贞问僧寺中那书生是何等样人，探明白了没有。魏侠道："探明白了，是剑侠曹仁父，真是厉害不过。"遂把方才遇见的情形仔细说了一遍。

张婉贞力留魏侠在家小住，说我们的文延就这几天里怕要回家呢。魏侠问胡秀姑在此如何，张婉贞道："很好，胡秀姑与周琰情投意合，她两个好似有着夙缘似的，同行同坐，竟然一刻都不肯分离呢。"

魏侠道："不是府上这么仁慈恻隐，断不能这么地宾至如归。现在她们无家忽变了有家，如何不快活呢？"

从此胡秀姑便在洞庭山居住，魏侠留了三日，不见文延回来，他是个动惯的人，哪里耐得住这寂寞山居况味，便辞了张婉贞，仍向杭州进发。在路无话。

这日，行抵杭州，恰值新抚院同了两司道府文武各官，恭送福建总督范承谟起身，轿马纷纷，军民杂沓，万人空巷，人涌如潮。魏侠挤在人丛中瞧热闹。只见杭州绅士送德政牌、万民衣、万民伞的，东一起西一起，鼓吹而至，倒有十多起。心想唐良生这厮倘然在世，今儿这盛会总不会少他的。一时范总督人马离得远了，文武官员方才回城。魏侠见范总督动身之后，也就起身跟去，暗暗地度着。

偏偏这位制台与别个大员不同，一路行程，不论是水是陆，总不很高兴住馆驿，最喜欢是飞骑校阅。仆役夫子共有一千多名，带着营帐，一个将令就扎营露宿，帐房星列，旌旗密布，顷刻而具，通宵刁斗，俨然出征模样。

　　魏侠腾身飞入营中，暗暗侦探。探入中军大帐，却总见范总督邀集幕客围坐痛饮。更深夜半，还命手下人铙歌大鼓地闹着呢。天色未明，却又吹角起身，马行十里了。魏侠暗忖：这厮敢是猴子转世，怎么精神这么的好？

　　欲知后事如何，且听下回分解。

第二十三回

范总督仁心开海禁
黄解元豪气释山君

却说魏侠暗度着范总督，一路跟随。这日，行抵清河镇，毛廿一早衣冠齐楚，出镇二十里迎接。只见他头戴红缨大帽，身穿灰色大布长袍，青羽毛马褂，脚蹬抓地虎皮靴，带领役夫千余，站在路旁伺候。范总督舆从到来，毛廿一远远地就跪伏迎接，指挥役夫接运行李。

江山县知县已经在毛家店中，齐备着供张。范总督到店门口下轿，众随员众幕友，下马的下马，出轿的出轿，一窝蜂都进了毛家店。魏侠估量范总督必到此间打尖，先半日早来候下了，这会子就跟着店中人瞧热闹儿。只见范总督只穿着便衣小帽，那跟随的戈什哈倒一个个顶戴挂刀，寸步不离地随侍左右，威风凛凛，杀气腾腾。

范总督坐定，巡捕官送进一叠手本，是江山县知县、清河司巡检、清河汛千总等一大堆芝麻绿豆文武官员。范总督只把江山县传见，问了几句话，接着毛廿一进见。先叩了头，然后打千儿见礼，亲自通名呈上手本。范总督却把他的手本注视了好一会子，开言道："嗯，毛廿一，你还没有死么？"

这一句话，吓得个独霸一方的毛廿一索索地抖起来，跪下地扑通扑通叩头不已。

范总督喝一声："王八蛋，给我滚出去。"毛廿一便似得了皇恩大赦，两手扳住了脚，头朝地，脚朝天骨碌碌转珠似的滚了出门去。瞧得众幕客都笑起来，连满脸霜雪的范总督也微微地一笑。

这日，福建督标中军官王可就带兵一营到此迎接。进了毛家店，上手本打千儿见礼。范总督问了几句话，遂道："王把总，你来得正好，本部堂久知闽中积习陋规最多，你给我谕知各属，所有各种陋规一概革除，倘敢巧立名目，故意尝试，定然从重参办。"

王中军应了两个是，遂禀道："历来制台到任，每府各出银子一万两，为修理衙署之费，此系老例，素来如此的，不在陋规之例。"

范总督大怒道："本部堂才要禁止陋规，倒是你第一个来违抗。"遂命幕客起稿，严檄禁止，自己亲加朱笔，大书倘有不遵，仍行馈送者，该中军捆打五十。王中军捧檄大惊失色。

魏侠看在眼里，暗暗打听，才知这王可就原是浙省营弁，平时恃悍肆虐，荼毒一方，范总督做抚院时光，恨他虐害百姓，又因巡抚例不与闻兵事，嘱提台查办。亏得提辖官弁都与他有情，才得从轻办理。后来费尽九牛二虎之力，才得调任福建，升为督标中军。偏偏朝廷把范总督放了福建，做了顶头上司。那毛廿一也被范总督狠狠办过一回的。现在范总督这么处分，毛廿一与王中军自然只有畏威，没有怀德了。魏侠全都打听明白，记在心头。

过了一宵，范总督起马，魏侠也跟同出发。话休絮烦，一径跟到福州，只见城外营帐层层，旌旗密密，江子云全身披挂，跨着怒马，带了军士，正在大道上驰马巡哨。魏侠正欲招呼，子云眼快，已经瞧见，赶忙扬鞭叫唤，滚鞍下马，二人相见了。

江子云引魏侠到树林之下，先谈了些别后情形，遂悄悄地道："我们的计划大行，现在靖南把姓范的十分疑忌，心里越疑忌，面子

135

上越恭敬，即如眼前扎营城外，如临大敌，名是郊迎，其实是暗中防备。按照老例，督抚到任，藩王并不出迎。"

魏侠问："你在藩府中当什么职司？"

江子云道："初当的是护卫，现在改授了佐领了，府中人员有陈四、陈五两人，倒与我们志同道合。"

再要讲话时，一个军士飞报前面尘头大起，范制台的前麾到了。江子云听说，匆匆地去了。魏侠也就出了树林，见两边路上瞧热闹的人已经不少，就杂在人丛中瞭望。但见两面各有人马甲士依仗衔牌，都各威严整肃。范总督轿子到来，听说靖南王藩驾郊迎，赶忙出轿相见，彼此对请了安，携手入营去了。一时藩驾起身先行入城，接着范总督入城。瞧热闹的百姓也就纷纷散去。

魏侠先去借定了店，此时茶坊酒肆已经舆论悠悠，谈论的都是新总督。有说他在杭州如何厉害了，到了福建总也想狠狠地振作一番；有的说福建本来也太不像世界了，自应他来整顿整顿的；也有说范与耿府是至亲，此番总督到任，耿王破例郊迎，又先派世子到督院称贺，督院谒王，又不照旧例，坐时竟行着宾主礼，送时竟送下阶沿。从前督抚见王，总是王爷正座，督抚东西侍座，送时也不到阶沿。现在耿王这么谦恭，总督如何能够不顾亲情世谊呢？更有说咱们福建除是仙人来，才治得好，钱粮征索已尽，陈粮夙欠都搜刮到个搜无可搜，刮无可刮，兵饷已有好多个月不发，听说福州各营三个月没饷，漳泉各府六个月没饷，各营兵忍饥等候新制台发饷。不是指石成金的仙人，如何治得好？此种悠悠舆论，魏耕听在耳中，记在心头。

正是天下无难事，只怕有心人。次日督院发出告示，百姓们见了这一道告示，不禁齐声称颂起范青天来。魏侠急忙出去瞧看，只见上写着：

头品顶戴、兵部左侍郎、义勇巴图鲁、赏戴花翎、御赐冠服、钦命福建总督部院范，为出示晓谕事：

查得闽中鱼盐之利，为天下最，百姓借以为生。自禁海令下，片板不许下海，不唯地方穷困，小民谋生无路，间有冒险求获，觅食于刀锯之下者。沿边兵将往往以此解功，朝廷恻焉伤之。现钦奉谕旨，准小民于近港驾筏捕鱼。恭绎谕旨，所禁只在外洋，近港准许捕捉，出海数百里，均为近港，尔等尽可自由入海，图谋衣食，毋得自误。倘有兵弁人等借端索诈，许即来辕指控。其各凛遵毋违，切切特示。

康熙年月日示

魏侠大喜，暗忖我从此可以乘船东渡台湾了。过不到十日，城中满街都是海鲜了。魏侠就趁这当儿，出海渡台而去，且暂按下。

却说席文延径入天台，找寻师父。入山之后，路很崎岖，文延是个残疾之人，独步巍巍，独行踽踽，已很艰难困苦，忽闻林中虓然虎啸，风鸣谷应，震得林中树枝儿都颤巍巍动个不住，树叶坠下不少。文延惊道："林中必有虎，势将扑人，我须先行防备。"遂把好的一只脚折向石边，身子作了个势。

只见一声虎啸，林中跳出一个人来，六尺来长身子，紫糖色脸儿，估量年纪有二十左右。那人一见席文延就笑道："瞧你神气，也是个英雄模样，怎么会断了一条腿？你到山中来做什么？"

文延道："我自行我的路，这座天台山又不是你的，何劳你问？"

那人道："我好意问你，你倒出言不逊，去吧去吧，似你这种残

137

疾之人，我就高台贵手，不来难为你。"

席文延大怒，旋风似的折过来，向那人举手就打。那人笑道："天台黄虎儿也不认识，真是大胆。"说着也举手还击。黄虎儿欺文延是独腿，用一个金刚扫地，想把他一扫倒地，不意文延是个鸡群之鹤，比了什么都厉害，折向东折向西，灵捷异常。黄虎儿的金刚扫地休想扫得着他。

文延手腕虽然厉害，究竟蹩了一只脚，打了个七折本领，你来我去，左盘右旋，只打个平手。黄虎儿心想：此人伤残了一条腿，且有这点本领，倘是完全无缺，我断然不是他的敌手。席文延也想：此人本领高强，要不是我，定然败在他手中。

文延喝一声少歇，黄虎儿也住了手，彼此询问姓名。原来这黄虎儿的父亲名叫尚义，是台州的大力士，天生的膂力绝人，庙中铁鼎大如牛车，高及屋檐，也不知有几多重量，尚义单臂执定鼎足，只一举就举了起来。右手举着铁鼎，左手搭在腰间，向庙场上左旋右转，走了一个圈儿，依然放在场中鼎座上。这一来把众人惊得目定口呆，于是就有人替他恭上尊号，叫作"赛霸王"。

"赛霸王"黄尚义应隆武恩科乡试，中了个武解元。清兵南下，他在台州率领义兵抗拒，兵败之后，卸甲归农，专行挫强扶弱，铲削不平。有一个绍兴老太婆，带了女儿瑞仙到此避难，人生地不熟，很被邻人欺负。赛霸王仗义，出为保护，才得平安过去。绍兴老太十分感激，知道霸王还未娶妻，遂把瑞仙许配与他，从此赛霸王才有了个虞美人。这瑞仙貌既美丽，性又爽直，略晓文字，精于治家，黄尚义很是相爱。黄跟众人争斗，没人解劝得，瑞仙轻呼一声，尚义立刻住手。

天台山中这一年忽然出了几头猛虎，一到夕阳西下，就咆哮四出，扑人而噬。黄尚义闻知此信，就单身入山，往捕猛虎。果然捕获一头吊睛白额斑斓猛虎。尚义跨身虎背，举起钵头大的拳头，就想几下把虎脑挝开，殪掉它的命。忽然想起瑞仙生肖属虎，恻然动念，不忍把它毙于拳下，遂从虎背上跳下，喝一声去吧，倘再伤人，我定然不饶你。那虎竟似懂人语似的，点点头，大吼一声，跳跃而去。

黄尚义回到家中，告知瑞仙，瑞仙道："你真痴了，为了爱我竟连及那大虫，但是大虫哪里会有灵性？纵了它定然为害不浅。"

黄尚义道："虎虽畜生，何难感化？罗汉中有降龙伏虎，我知道此虎必不负我。"

隔了一年恰逢凶岁，尚义家无蓄积，偏又不会谋生，合家子挨饿。绍兴老太困苦难堪，不免唠叨絮聒。一日，尚义不知在哪里怄了气，回家气愤愤的余怒未息，偏他那位丈母娘不识势，唠叨个不堪。尚义一时性起，举起老拳就要奉敬，吓得绍兴老太大喊起救命来，瑞仙闻声赶到，尚义才释了手，向外就走。

欲知后事如何，且听下回分解。

第二十四回

黄虎儿邂逅遇名师
紫凝师慷慨谈劫运

却说黄尚义释手就走，出了门重又回头，向瑞仙道："我本来志在四方，就为了你恋恋不舍，现在去了。"一揖到地，大踏步出门，头也不回地去了。瑞仙追出叫喊，已经影踪全无。

绍兴老太见尚义已走，就遍托村邻，急欲把瑞仙转嫁于人。瑞仙此时已有三个月身孕，老太要把胎购药堕下，瑞仙不愿，日受老母詈骂，产下倒是个男孩。

老太道："这是虎种，将来势必噬人。"就要把孩溺死。瑞仙泣求丢弃隘巷，老太应诺。于是瑞仙取一小木片，系在孩子颈项里，写明黄解元之子，某年月日生，交于老太抱去。因不放心，暗暗度着瞧一个究竟。见老太出村之后，径入后山，才转过松林，把孩子丢在山涧中。才一转步，林中一声虎啸，跳出两只猛虎，一只向老太只一扑，早被扑倒地，衔住口中飞奔去了；一只扑向涧底，衔住了孩子，也跳舞而去。

瑞仙吓得跌倒在地，晕了过去。恰有一个老尼经过，认识是黄解元奶奶，叫人扶到庵中，灌救醒来，痛哭不已。问她缘故，瑞仙自言局天蹐地，没处存身。老尼劝她忏悔，皈依佛门，瑞仙就在尼庵带发焚修。不多几时，老尼也就圆寂，剩了瑞仙一人。

隔上五六年，黄尚义忽然策马归来，访寻妻子。经邻人指点找到尼庵，夫妻相会，抱头大哭。问起别后情形，才知尚义负气出门，就搭船往投厦门。郑延平恰好训练铁人军，爱尚义骁勇，就授为铁人军把总，训练辛勤，逐年迁升，到现在已升到统领之职，于是请假回家接眷。

当下夫妻各话别后情形，瑞仙道："你前年才放猛虎，言必得厚报。现在我的妈、我的儿子都被猛虎衔去了，这就是厚报么？"

黄尚义道："不必说了，我也恨它了。"

次日黎明，尚义、瑞仙叠骑同行，走了数里，夹道松风，露落如雨，陡闻虎啸从半山发出，驻马遥望，只见半山里立有两只猛虎，眈眈而视。

瑞仙惊道："虎来了，这吊睛白额虎就是衔去我妈的，那黄黑斑斓的是衔我们孩子的。"

尚义大怒，就马上跃下，大吼而前。等到奔上山时，两虎早都不见，忽见一个裸体小儿在那里嬉戏，颈项里还挂着一片木片儿，字迹早已漫漶无存了。心想：莫非这就是弃儿么？俯身抱孩子，孩子欢跃不已。

下山与瑞仙瞧视。瑞仙道："果是我儿，那木片儿还是我亲手系的呢。"

尚义笑道："我说过虎亦知感，现在可就应了。"

瑞仙抚儿道："孽障，你有了妈，我就没有妈了。"说着滴下泪来。

黄尚义道："我替你身入虎穴，好歹总要找回你妈来。"

瑞仙阻止道："快别如此，冒险有何益呢？"于是抱儿策马而行，行未半里，山上虎啸复作，怀中孩子也虓然相应，声震岩谷。回顾半山有虎立在那里眈眈遥视，一似有依依不舍的样子。这孩子虽已六岁，未通人言，只会作虎啸，尚义就替他命名叫虎儿。虎儿由虎乳大，膂力绝人。

后来黄尚义从征南京，延平被清将所算，杀了个大败仗，甘晖、潘庚、钟万礼等尽都战死，黄尚义统的是铁人军，铠重行迟，尽被清军擒去，刀劈不入，就载去用大斧研死，黄尚义也做了沙场雄鬼。延平王郑成功对于殉难各将家属，月月都给恩饷。成功病卒，郑经嗣位，颇改其父之政，恩饷一项也就捐了。虎儿母子不能过活，便就西渡归浙。虎儿亏得力大，每日入山樵柴，卖掉了，换些鱼米养母。闲时使枪弄棒，练几路拳脚消遣。

这日，黄虎儿一个儿在松林中作虎啸玩着，忽见来了一个蹩脚人儿，出林子一看，不合多了几句话，逗得文延发恼，打将起来。一个力大，一个技精，打了个平手。这会子两人一攀谈，文延知道虎儿是个质美未学的英雄，便就存心结纳起来，着实地夸奖。黄虎儿大喜，就邀文延到家。

文延拜见了黄夫人，遂道："令郎天生的好材料，就可惜未遇名师，倘得名师指点，不难无敌于天下。小可家里颇多豪杰来往，讨论寻究，不无有益。我拟请令郎洞庭山去，夫人也一同莅舍，免得两地牵挂。似令郎这么的美材，叫他埋没在村间，也很可惜。"

黄夫人略问了几句话，也就允下了。文延在黄虎儿家住宿一宵，约定回来时同行。虎儿直送出村外十里，方才分别。

当下文延一意前行，山却愈入愈深，路却愈走愈狭，直入白云深处。松林尽头，才见几间茅屋，数编竹篱。一阵阵读书之声，从茅屋中透露出来。

文延住步静听，喜道："我师父这里了。"

才待举步，忽见一人开门而出，正是顾肯堂。文延道："顾师兄，我来候师父起居，烦师兄替我回一声。"

顾肯堂道："咦？师弟才到么？师父真是仙人了。师父说师弟到也，命我出来瞧视，师弟，你怎么剩得一条腿呀？"

文延道："我先要叩见师父，见过师父再细谈。"

顾肯堂引文延入内，回过宗衡。文延早拜倒在地，口称师父。宗衡叫他起来，一旁坐了，问起别后情形，文延一一告知，宗衡十分感叹。文延见宗衡正在修合什么药散，遂问师父很康健，还合这药散做什么。宗衡微笑不语，目视着顾肯堂。

顾肯堂知旨，遂道："这是西岳真人云飞散，是仙人随身常服的妙药，每日朝晨，服方寸匕，服了三日，气力倍增。服了五日，血脉充盛。服到七日，就会身轻，十日就会面色悦泽、知虑聪明。服到半个月，走及奔马，力作不倦。二十日耳聪目明，力不复当。三十日，夜视有光。七十日，白发尽黑，齿皆更换。到了七十日之后，更取药散二十一匕，用白蜜和捣三百杵，丸如梧子大，入山之日，吞服七十丸，便能绝谷不饥，容色美好。"

席文延听了，不胜羡慕，便要求师父赐予仙丹真方。宗衡笑道："哪里有成仙这么容易的事？你素来不知道养性之术，就是服饵丹药，何能够长生呢？"

席文延道："养性之道，从何入手？"

宗衡道："养性的要诀，全在常常劳动，不过不要勉强用力，过分疲劳。流水不腐，户枢不蠹，就是常动的缘故。只不要久行久立久坐久卧久视久听，为的是久视伤血，久卧伤气，久立伤骨，久坐

143

伤肉，久行伤筋。此外更有十二少十二多。"

席文延道："什么是十二少十二多？"

宗衡道："一要少思，二要少念，三要少欲，四要少事，五要少语，六要少笑，七要少愁，八要少喜，九要少乐，十要少怒，十一要少好，十二要少恶。为的是多思则神殆，多念则志散，多欲则志昏，多事则形劳，多语则气乏，多笑则脏伤，多愁则心慑，多乐则意溢，多喜则忘错昏乱，多怒则百脉不定，多好则专迷不理，多恶则憔悴无欢。至于居处，毋得绮靡华丽，但令雅素净洁，无风雨寒湿为佳，衣服器械，勿用珍玉金宝，厨膳勿脯肉丰盈，凡言语诵读，常想声在脐下气海中。到了日入之后，慎勿言语诵读，须等到平旦再读。平旦起身，当先言善事，不当先计较钱财。食时不得讲话，且讲且食，日后要患胸背痛。卧时不能言笑，为的是五脏宛如钟磬，不悬则不可发声。行路时光不可讲话，倘要讲话，必须住脚，且行且语，令人失气。冬至日只能够语，不能够言，答人叫作语，自言叫作言。先饥而食，未饱宜止，每学淡食。食当熟嚼，为的是饱则伤肺，饥则伤气，咸则伤筋，酸则伤骨。食毕当漱口数过，令牙齿不败。每食讫，当以手摩面及腹，令津液通流。食毕当散步片时，则食易消化。每十日一食葵，葵滑所以通五脏壅气。酒乃腐肠烂胃渍髓蒸筋之毒物，伤神损寿，慎毋常饮。饱食即卧，乃生百病。大汗后当即易衣，凡卧春夏宜向东，秋冬宜向西。夜卧勿留烛灯，头边勿安火炉。当耳之帐，不得有小孔。暮无饱食，晦无大醉，腊无远行。能够如此，再加功地守五神，从四正，做吐纳的功夫，那么服下此药，才能够斩去三尸虫，可以长生不老。"

席文延道："弟子是有家眷的人，势难除尽色戒，不知色戒未除的人，也可以求仙么？"

宗衡道："色戒能够戒绝最好，不能够戒绝也不要紧，吾道有的是房中要术，只要照吾之术，不但无损，且有补益。"

文延听了，愈益心热，再三恳求。宗衡道："凡年未满四十者，不可与论房中之术。老弟你虽不是淫佚放恣的人，终嫌你年纪太轻，授了你房中术，怕倒有祸患呢。这个房中术，行得其道，不难男女俱仙；行不得其道，不过半年精髓枯竭，反倒速死。"

文延力言道力坚定，断不会淫佚放恣。宗衡道："凡气冬至起于涌泉穴，十一月至膝，十二月至股，正月至腰，名叫三阳成。二月至膊，三月至项，四月至顶，纯阳用事，纯阴用事，例可仿此。所以四月十月不得入房，避阴阳纯用之事之月也。"

席文延道："谨受师父教训。"

宗衡见他如此志诚，不觉恻然动念，遂把房中术秘诀，封固在锦囊中，交与文延道："此中便是房中秘诀，长生要道，你到了家中择定吉日良辰，可以开看。"

文延大喜，叩首拜谢。宗衡问起外面情形，遂道："西南不日就要起乱，这也是劫数使然。该处大约也在十多年的杀运。"

文延道："天道好生，为甚不把这劫运除了，倒常常地留在世上祸人？"

宗衡笑道："天道不能有生而无杀，时令不能有春而无秋。杀运就从生机中长出的，你懂得么？"

席文延道："弟子愚昧，杀运从生机中长出的奥义，实是不能解得。"

宗衡笑视顾肯堂，顾肯堂会意，遂道："吾人之生机，就在男女构精，因此男无不慕女，女无不慕男。要知生齿日繁，人日加众，地不加广，那么生计日艰，谋生日苦。得志的人少，不得志的人多，

145

天下就要大乱，兵戈四起，狠狠地大杀特杀，直杀到个地广人稀，才得苟安一时。至于瘟疫水旱等小劫运，没一年没有，没一处没有，整千整百的庸医，误药杀人，每年总也要杀掉好多万，这都是消灭人口的小劫运。这都是师父这几年来研究出来的至道。"

席文延听了不禁悚然，遂问师父，如此不仁的劫运，有甚解救之法。

欲知宗衡如何回答，且听下回分解。

第二十五回

席文延详参房中术
江子云解送生辰纲

却说宗衡见文延问到挽回劫运之法，遂道："要挽回劫运数，只有使世界上人不增不减，要使世界上人不增不减，个个康强而长寿，聪明而有德，只有精研房中术一法。行了房中术，要多子就多子，要无子就无子，要生男就生男，要生女就生女，都能够自己做主，并且交媾是与身体极有害的，房中术的交媾，却与身子极有益的。行得其道，男女可以俱仙，此吾道家之至道，彼儒释两家所不能梦见者也。"

席文延大喜，当下文延在山留了三日，就拜辞起行。归途经过黄虎儿家，虎儿母子早已预备定当，于是一同起行。出了山村，都是水程，雇了一号船，橹声欸乃，徐徐地向太湖驶去。

这日，船到洞庭山，文延先上去，告知婉贞。婉贞即派人把虎儿之母黄夫人接上，殷勤招待。文延叫给虎儿母子收拾了房间，婉贞把魏侠送胡秀姑到此，并剑师曹仁父在山的话，说了一遍。文延听说曹剑师在山，饭都没有吃，就到僧寺去拜望。不意曹仁父离山他去，已有三日，怅然而返。

那黄夫人选了日子，命虎儿拜文延为师父，从此就日日跟着文延学习拳技，一言表过。

　　却说文延这夜向张婉贞说起师父紫凝道人道行非常，修合灵飞散仙丹，服饵之后，可以返老还童，长生不老。又与我讲说养性之法，授我锦囊妙诀，内有房中要术，可以男女俱仙，并挽回劫运等事。婉贞听说，也很欣然。于是夫妇两人，谨敬虔心，共同开看。只见上写着：

唐孙思邈房中要术

　　人生四十以上，多有放恣。四十以下，即顿觉气力一时衰退，衰退既至，众病蜂起，久而不治，遂至不救。所以彭祖曰：以人疗人，真得其真。故年至四十，须谙房中之术。

　　夫房中术者，其道甚近，而人莫能行。

　　其法一夕御十人，闭固为谨，此房中之术异矣。兼之药饵，四时勿绝，则气力百倍，而智慧日新。然此方之作也，非欲务于淫佚，苟求快意，务存节欲，以广养生，此房中之微旨也。是以人年四十以下即服房中之药者，皆所以速祸。故年未满四十者，不可与论房中之事。欲心未止，兼饵补药，倍力行房，不过半年，精髓枯竭，唯向死近，少年极须慎之。四十以上，常固精气不耗，可以不老，又饵云母，足以愈疾延年，勿服泄药，常饵补药大佳。

　　凡御女之道，不欲令气未感动，阳气微弱，即以交合。必须先徐徐调和，使神和意感，良久乃可令得阴气。推之，须臾自强，所谓弱而内迎，坚急出之，进退欲令疏迟，情动而止，不可高自投掷，颠倒五脏，伤绝精脉，致生百病。但数交而慎密者，诸病皆愈，能百接而不施泄者长年矣。

148

凡人精少则病，精尽则死，不可不思，不可不慎。数交而一泄，精气遂长，不能使人虚也。若不数交，交而即泄，则不得益。泄之精气自然生长，但迟微，不如数交接不泄之速也。

凡人习交合之时，常以鼻多内气，口微吐气，自然益矣。交会毕蒸热，是得气也。以菖蒲末三分，白粱粉敷摩令燥，即使强盛，又湿疮不生也。

凡欲施泄者，当闭口张目，闭气握固两手，左右上下缩鼻取气，又缩下部及吸小腹，偃脊膂，急以左手中食两指抑屏翳穴，长吐气，并琢齿千遍，则精上补脑，使人长生。若精妄出，则损神也。仙经曰：令人长生不老，先与女戏，饮玉浆。玉浆口中津也，使男女感动，以左手握持，思存丹田中，有赤气，内黄外白，变为日月，徘徊丹田中，俱入泥垣，两半合成一，因闭气深内，勿出入。但上下，徐徐咽气，情动欲出，急退之。此非上士有知者，不能行也。其丹田在脐下三寸，泥垣者在头中对两目直入，内思作日月，想合径三寸许，两半放形而一，为日月相擒者也，虽出入，仍思念所作者勿废，佳也。

男女俱仙之道，深内勿动，精思脐中，赤色大如鸡子形，乃徐徐出入，情动乃退，一日一夕，可数十为，定令人益寿。男女各息意共存思之，可猛念之。

御女之法，能一月再泄，一岁二十四泄，皆得二百岁。有颜色无疾病。若加以药，则可长生也。人年二十者，四日一泄，三十者八日一泄，四十者十六日一泄，五十者二十日一泄，六十者闭精勿泄。若体力犹壮者，一月一泄，凡人气力自有强盛过人者，亦不可抑忍久而不泄，致生痈疽。若年过六十，而有数旬不得交合，意中平平者，自可闭固也。

昔贞观初有一野老年七十余，诣余曰：数日来阳气益盛，自思气血已衰，何有此盛？未知垂老有此为善恶耶？余答之曰：是大不祥，子独不闻膏火乎？膏火之将竭也，必先暗而后明，明止则灭。今子年迈桑榆，久当闭精息欲，兹忽春情猛发，岂非反常耶？窃为子忧之。后四旬，其人病发而死，此其不慎之效也。所以善摄生者，凡觉阳事辄盛，必谨而抑之，不可纵心竭意以自贼。若一度制得，则一度火灭，一度增油。若不能制，纵情施泄，即是膏火将灭，更去其油。少年时不知道，晚而自保，犹得延年益寿，若年少壮而能行道者，神仙速矣。

或曰：年未六十，当闭精守一，独身自宿，为可否？曰不然。男不可无女，女不可无男。无妇则意动，意动则神劳，神劳则损寿。若念真正无可思者则大佳，长生也，然而万无一有。强抑郁闭之难持易失，使人漏精尿浊以致鬼交之病，损一而当百也。若欲得子者，但待妇人月经绝后，一日三日五日，择其王相日生气时夜半后乃施泄，有子皆男，必寿而贤明。月经绝后二日四日六日施泄，有子必女。月经绝后七日施泄，即不得成孕。欲子欲女，欲孕不孕，均能自主，唯弦望晦朔风雨雷电晦雾日月薄蚀虹霓地震之日，均须禁忌。

瞧毕夫妇相语道："不意此中有如此妙理，你我村俗，何曾领略得？"

看官，这房中术乃是养生的要诀，不是诲淫的谰言。文延夫妇自得此术之后，谨敬虔奉，虽未能白日飞升，倒都得康强寿考。后来吕元与周琰结婚之后，也从文延夫妇受得此术，甘凤池与陈美娘转从吕元传授，女侠吕四娘转从陈美娘传授，都得着良好的效果。吕剑师等性好遨游，很厌家室之累，都没有子女，就是遵照秘术，实行那经后七日施泄之故。现在外国的山额夫人，到中国大唱节制生育之论，北自北京，南到广东，好奇的女士靡然风从，以为开天辟地以来未有之新论。哪里知道中国千载以前，孙思邈真人早已发明了，并且孙真人有"男不可无女女不可无男交而不泄情动则已"等奥义，比了山额夫人夫妇别居的新说，相差不知要几多呢！

却说席文延收了黄虎儿为徒，悉心教授，虎儿勤奋得很，因此进境异常迅速，文延很是疼爱，做主把胡秀姑配与他为妻，儿女英雄成为眷属。

黄虎儿拳技学成之后，便在苏松常镇一带行侠作义，铲削豪强，扶持良善。虽然便宜了百姓，那四府的贪官污吏，却就受他的累了，常常半夜闻声，中宵丧胆，不是老爷短了辫子，就是奶奶丢去发髻，或是牙床锦枕陡插上冷森森一柄钢刀，或是帐中秘语，顿然间贴告示谕布城门，如此之类，记不胜记。且暂按下。

却说江子云投入耿府，耿王见他拳技精良，弓马娴熟，擢升佐领之职。子云在耿府和气待人，因此阖府文武没一个不和他好的。护卫陈四、陈五，却是最为投机。此时天下共有三位藩王，云南是平西王吴三桂，广东是平南王尚可喜，同了福建的耿王，共是三座藩府。这三家藩王都是明朝镇将率众来投的，开疆阔土，建下不少汗马功劳。朝廷优加恩礼，封藩南服。这三家藩王，一荣俱荣，一辱俱辱，真是休戚与共，苦乐相同，因此云南、广东、福建，常常信使往还。

这一日，靖南王因平西王诞辰已近，命府中长史官等赶办寿礼。

长史官奉到钧旨，不敢怠慢，一色色亲自选购。购定之后呈与耿王过目。耿王又叫到珍宝库古玩库中挑选了几件，凑成二十四色，是白玛瑙王母一尊、赤玉无量寿佛一尊、赤金寿星一尊，翡翠寿星一尊、彩绣红缎汾阳王大富贵亦寿考图寿屏四幅，颜鲁公书寿轴一座。此外福州漆器衣料珊瑚树等，共计二十四色，都是稀世之珍、无价之宝。

耿王因路途遥远，要派一员干练将弁，解送寿礼。陈四、陈五就保举了江子云。耿王点头，当下唤进江佐领，问了几句话。遂道："现在寿礼二十四色，分装四担，派你带领脚夫十名，解送到云南平西王府，你可能够？"

江子云道："靠王爷的福，总能够平安到滇。倘然途中有了什么，末将甘愿领罪。"耿王大喜。

欲知后事如何，且听下回分解。

第二十六回

藩王府会议撤兵计
鸡毛帚轻拂铁木鱼

却说江子云领了耿王钧旨，并四担贵重寿礼，带了十名脚夫，即日登程，取道往云南进发。果然一路平安。

这日行抵云南，进了省城。但见街道广阔，市面繁华，与别处会城不同。询问旁人，知道平西王府在五华山上，就是明朝万历皇帝的旧宫。一到五华山，好一座藩府，辉煌壮丽，宏敞轩昂，一般的东华门西华门午门，差不多是皇宫内苑模样。

江子云到藩府门房，只见十多个鲜衣华服的家将，都在那里谈天说地。早有两人瞧见江子云，赶忙迎上询问。江子云回明缘故，那人听说是福建耿王差来的，忙笑道："老爷远道跋涉辛苦了，请这里坐。"遂命三小子泡出茶来，又叫人入内瞧瞧，上头在做什么，快来回我，我要替这位爷回事呢，一面便向江子云要了礼单。子云取出礼单，并耿王的信。那人道："礼单我先替交给账房，这封信请老爷亲自呈王爷吧。"

一时平西王传令进见。子云跟随那人入内。行过一条甬道，经过两所殿阁，到垂花门，那人便住了脚。见门外有护卫打扮的人候着，那人便向护卫道："这位就是耿王府差来的江老爷。"回头向子云道："请老爷随护卫进去吧，我有事，恕不奉陪了。"

江子云跟护卫进了垂花门，又经过了不少的地方，到一所精室门口。见有内监人等侍立着。那内监们见护卫到来，并不讲话，只点头微笑而已。护卫掀帘入内，一时出来笑着招手，轻言王爷传见呢。

江子云跟随入内，见很精致的一间屋子，炕上坐着一个老者，满脸苍白胡子，双睛奕奕，很是威严。旁边站有内监四名，知道就是平西王了，行下礼去。

只听平西王道："尊官路途辛苦，不拜吧。"

江子云行过礼，呈上耿王书信，内监接来转呈于平西王。平西王且不拆信，问几时到的，几时登程，靖南王在家可好，你在府中当什么官职。江子云一一回明。

平西王瞧过信，笑道："年年要靖南这么多礼，其实彼此通家至好，倒可以不必呢。大远地送来，又不好意思璧回去，想靖南没有袭爵时光，倒来过两三回，现在彼此为职守所拘，倒反生疏了。你且在此住上十天半月，逛逛云南风景。俟你回去时，我还有信烦你转呈靖南呢。"遂命护卫好好地管待江佐领。

江子云谢着出来，见平西府的行派势子，与别处藩府大不相同。两个护卫陪到外面耳房中，设筵管待，脚夫人等也有人另外招呼酒饭。席间谈论弓马营制，很是开怀。护卫问起靖南兵马，江子云道："五丁出一甲，二百甲设佐领一员。咱们那里共有佐领十五员，绿旗兵还不在内，约计也有六七千呢。藩府丁口一万左右，这里怕不止此数么？"

护卫道："我们这里共有五十三员佐领，还有左右都统，前后左右援剿四镇，分作十营。每营中兵一千二百，共有四位都统，十位总兵，五十三位佐领，六七万丁口。"江子云听了不胜惊讶。

到了寿辰这日，五华山前，花簇簇官来官往，闹嚷嚷客去宾迎，督抚司道提镇参游，无一人不到，没一个不来。那藩府都统吴应麒、吴国贵、夏国相、胡国柱等，藩府总兵马宝、王屏藩、王绪等，早先两日就来了，都在府中应酬宾客，帮忙一切。外省除靖南之外，还有广东平南王尚府，定南王的女婿孙延龄，都各专差来此送礼。此外，各省都抚提镇经平西王提拔的，更是不用细说。

额驸吴应熊修禀具礼，派人送下。那来人见了王爷，声言额驸在京随驾，势难南下，已在公主府正殿中设下寿堂，到了寿辰正日，额驸爷和公主都在那里叩祝。这几句话偏是当着众宾客说的，愈觉荣耀轩冕。原来平西王的儿子吴应熊，尚着当今的胞姐顺治公主。

过了寿辰，西藏活佛达赖喇嘛的寿礼方才送到，是藏佛一尊、寿生经一万卷、藏香藏红花各二十两。

江子云告辞回闽，平西王回赠靖南许多珍物。子云与十名脚夫都得了很重的赏赐，叩谢出府，离了云南径向福建进发。不意江子云才回到福建，藩府中已乱得麻一般了。

原来此时朝中正在议撤三藩，这件事的缘由，由于广东尚王、平南王尚可喜年老多病，府中一应事情都由儿子尚之信主持。尚之信大权到手，便就大事更张，应兴应革，悉遂己意，并不关白尚王。那失势的藩将便都到尚王跟前来哭诉。尚王瞧不过，把之信略说了几句，之信左性子，索性把尚王的心腹全都罢斥，尽调上新人物。尚王气极，撑着病体硬要出来理事。好个尚之信索性一不做二不休，调了几名心腹将，带兵入府把乃父软禁起来，只说是伺候王爷，护卫藩府。尚王要什么虱大的事，都先要关白之信。之信却酗酒淫横，愈益肆无忌惮。尚王竟然做了个藩府罪人，举动不能自由。尚王苦极，与幕客金光求计。

这金光就是尚王府中的"诸葛亮"，足智多谋，无论如何艰难的事，他总有法子。当下尚王便向金光求计，经金光想出一条奇计，叫他具本奏请归老辽东，留子镇粤。世子见了留子镇粤，自然不来阻止。朝廷见了归老辽东，势必召京陛见，王爷可于面圣时奏明苦衷，那就有法子了。

尚王大喜，果然折底拟好。尚之信并不怀疑，拜发到京，康熙帝交部议奏。于是兵部理藩院先后奏称，藩王告老，并无旧例可援，现在边疆无事，可令该藩王撤兵回籍，无用留子镇粤，似乎较为妥当。康熙帝敕交王大臣详议。

这个消息早有细作报到福建，耿王大吃一惊，即与府中幕客商议道："咱们吴耿尚三家，归顺虽有先后，却是一体蒙恩，封王拜爵。本朝入关之初，我们三家与定南王同承恩命，定南王打广西，我们先王同了平南王打广东，平西王打四川云南。自从定南王以忠殉难，我们三家分守滇粤闽三地，替朝廷出力。现在平南一动，偌大的铜鼎，短去一足，其余两足怕也不能支持，你们可有什么法子？"

众幕客纷纷献计，有主张奏请留住尚王，以固连疆的；有主张奏请撤兵，以探朝旨的；也有主张捏称海寇入犯，恐吓朝廷的。正纷纷莫决的当儿，江子云到了，入府销差。耿王听说江子云到，立刻传见，问他云南有何举动。

江子云先呈上了吴王回信，并回赠各种礼物，然后禀道："佐领登程时，是三月初头，云南地方不曾得着消息。"

耿王便把尚王撤藩的事向他说了一遍，问他有何意见。江子云道："此事果然发动了，佐领去年入府时，早已禀过，请王爷及早提防。"

耿王道："着呀，你的话真不错，现在可怎么样？"

江子云道："为今之计，第一须打听北京这个消息是否真确，第二应通函云南，询问做何举动。"

耿王点头道："还是这个主意好。"

又与众幕客商议，一个幕客道："打听北京消息，莫如立即奏请撤兵。如果不确，定有慰留的旨意到来。吴王那里，可即发一封八百里加紧公文去。"耿王依言，分头办理定妥。

云南的回文先来，不约而同，吴王也上本奏请撤藩回籍，听候北京回批，再定动止。

耿王道："北京地方，须得一精细能干之人，到那里去刺探一切。"陈四、陈五又保举江子云，耿王立命子云即日登程，悄悄往北京进发。于是江子云扮作客商模样，离了福州，取道往北京来。打从江西文信、建昌、饶州一带进发，这日行抵建昌地方，才打得尖，就听得掌柜的说打坏了人，了不得，胭脂虎的兄弟又不是好惹的，现在果然惹出事来了。

江子云听了，正欲询问，早见对面房中一个年轻客人走出来问道："是怎么一回事？"

掌柜的道："上月里建昌城中，忽然来了一个化缘和尚，浓眉大眼，须髯蜷结，状貌很是凶恶，负着一个铁铸的大木鱼，估去总有几百斤的重，敲着募化。游行街市，挨户硬化，要多少就多少，没一家敢忤他的。那和尚瞧店铺的大小，定捐钱的多少，谁要答应得迟一点子，他就把铁木鱼放在柜上，梆梆地敲起来，声震屋瓦，终日不去。人家怕凶横，无不有求必应。那一日，这和尚到裕源泉典铺，要化两吊钱的缘，典铺中人不去理他，他就把铁木鱼置在高柜上，狠命地敲，柜台札札欲破。朝奉没法，只得摔出两吊钱来，叫他把铁木鱼移去。不意和尚怒目大声道：'现在要我移去，非拿出二十吊钱来不可，不然休想。'众人见和尚这么无礼，都大抱不平，但也奈何他不得。典铺中有一个小郎，是胭脂虎的兄弟。"

157

那人听到这里，就问胭脂虎是谁，掌柜道："胭脂虎是个女子的绰号，就是小郎的姐姐。他老子原是著名拳师，死的时候小郎才四五岁，由他姐姐抚育长成。胭脂虎得父真传，闲的时候即教授小郎拳技，因此小郎的本领也很不差。此时和尚恃强恶化，小郎恰好从外面回来，瞧见众人与和尚争论，问系何事，众人告知所以，小郎笑道：'易事易事。'随手取一鸡毛帚到柜上拂灰尘，拂到铁木鱼所在，轻轻只一拂，有声铮然，铁木鱼已经落地了。和尚大惊，拾起木鱼向小郎合十道：'幸会幸会，改日再来请教。'说毕大踏步而去。典中人都向小郎道：'瞧和尚的情形，恨已切齿，你仍在这里，怕有祸及，不如暂时避他几时。'小郎听言有理，遂避到了姐姐家去。胭脂虎道：'和尚受此窘辱，必思报复，避也没中用。'遂把生平绝技教给小郎，朝夕练习。到了一个多月，小郎的本领大有进境。不意今儿狭路相逢，竟与和尚遇见了，在许真君庙中较量拳技。我恰在那里瞧热闹，亲眼瞧见的，这小郎大大地受亏，怕有性命之忧呢。"那人就问小郎现在哪里。

　　欲知掌柜如何回答，且听下回分解。

第二十七回

胭脂虎举手跌金刚
白泰官揉身伤铁佛

话说那人听说小郎受亏，赶问怎么一回事。掌柜道："先是和尚一个人在许真君庙里玩铁弹消遣，两枚大铁弹都有斗一般的大，那和尚把脚蹴来蹴去，宛如贴住在他脚上的一般，弹与弹相碰，铮铮响个不已。正这时光，小郎竟也进庙闲逛，和尚一见就道：'久不相见，想煞贫僧了，今儿幸会，我们可以较量一下子。'小郎应声说好，和尚就把两铁弹安放殿中，身登其上，向小郎道：'请你先打我一下，跌下了铁弹，就不是好汉。'小郎以手运气，尽平生之力，照准和尚的胸脯当的一拳，和尚身子一摇，随即忍住，屹立不动。瞧脚下铁弹时，已有大半个陷入砖内了。和尚笑道：'只有这点子本领么？如今你也须试一试了。'遂把铁弹取出，叫小郎登在上面。小郎站毕，和尚手呵气，脚运力，左旋右转了大半天，忽然一跃，离地二三尺，捷起一拳，小郎的胸脯上早着了一下。小郎身子摇摆，几乎跌倒，极力地忍住了。瞧铁弹时已经随脚向后移去有二三尺远，礴陷做两小沟。和尚狂笑道：'你这孩子，还有能耐，可惜七日后难保性命呢。'小郎面已脱色，飞步跑回去了。"

那人听到这里，大惊道："这个是绝拳和尚，奈何下此毒手？"

忙问小郎家在哪里。

掌柜的道："客人你问他做什么？"

那人道："我去救他呢。"

掌柜的道："南门外黄村胭脂虎吴大娘家，人人知道的。"

江子云见那人如此热心，知道也是一个非常人物，遂道："这位英兄，我与你同去走走？"

那人道："很好。"

于是江子云同了那人，向南门大街一径行去。将到城门，就见一女一男飞步而来，背后跟着一大队人。那女娘青绸包头，两搭角扎成个蝴蝶式结儿，身穿狭袖青绸短袄，青绸甩裆中衣，紧扎着裤脚，青布小靴，铜包头铁包根，粉脸如霜，双眸似电，一望而知是一位女英雄。后面那个男子，倒也清秀英武，只有十七八岁年纪。

只听跟着的人道："胭脂虎出手，这和尚可遭难了。"

江子云心灵，知道就是胭脂虎姐弟，遂向那人道："英兄，咱们不必前进，这一女一男，料就是胭脂虎姐弟。"

那人道："那么随她去瞧一瞧。"

于是跟着那女娘，回身向北。才走得两箭多路，就见来了一个和尚，雄赳赳凶光满面，狠霸霸杀气腾天。小郎指道："就是他，就是他！"

那女娘听说就是他，站住脚喝一声："和尚站住！"

和尚站住了问道："做什么？"

女娘道："方才伤一个孩子是谁？"

和尚道："是我。"

女娘道："你知道胭脂虎么？"

和尚道："知道的，女英雄呢。"

女娘笑道："既闻我名，为甚不泥首就死？"

和尚怒道："我大力金刚，岂怕你一个胭脂虎？"说着飞出一条禅杖，盖顶打下。女娘举手只一接，接在手中，只一屈，早把一支铁禅杖弯作蚯蚓模样，掷向地下去。众人齐声喝彩，江子云等两人也都点头称好。

只见女娘举手向和尚肩头轻轻地拍一下道："去吧去吧。"就见和尚皱眉急奔而去。胭脂虎挽着小郎的手，笑语而去。

江子云道："这女娘真不弱。"

那人道："太歹毒了，下的是绝手，我们快去瞧瞧那和尚，能够救他一命最好。"

江子云暗忖此人真可算得至公无私，两不偏袒。听说小郎伤了，急忙地奔去救他；瞧见和尚伤了，又忙忙地预备救他，真是个热心公气人儿。当下打听旁人，知道那和尚住在三官堂里，赶到那里，只见那位大力金刚，捧住了心，皱着眉不住地呼痛。

那人道："大和尚，你受伤了，我来救你。"

和尚喜道："居士真是菩萨化身。"

那人道："你受伤的是肩井穴。"遂问身体如何。

和尚道："胸口痛得紧。"

那人道："你受的伤，迟则七十日，速则七日必死无疑。我有妙药给你服。"遂要了些开水，取出药散，叫他服下。

和尚服下之后，顿时胸肋疼痛，心中说不出的难过，一时吐出不少的紫血来，吐去了心头顿觉清爽，疼痛也好了些。那人又换一种药锭，叫他用酒化了服，和尚依言服下。

那人道："如今虽无性命之忧，却要将息一个月，再者祸福无门，唯人自召。今后再萌不得报仇雪恨的念头。你明日到客店中找我，我再给你药。"

和尚道："恩公救我的性命，真是再造之恩，我连恩公的姓名都没有请教。"

那人道："我姓白，名泰官。"

和尚惊道："爷莫不就是江南武进东乡白泰官白爷么？"

白泰官道："不错，我是常州武进东乡人，和尚如何知道我？"

和尚道："我是铁肚佛的徒弟，我师父铁肚佛曾与白爷在太行山会过。"

白泰官惊道："和尚原来就是铁肚佛徒弟，我生平从不肯轻手伤人，在太行山令师实是咎由自取，相逼太甚，没奈何才伤他的。后来有一女子到舍寻仇，恰好我到了峨眉山去，不曾会着。现在我医好了和尚，不知和尚还要替令师报仇么？"

和尚道："断然不会，无论我新受大恩，师父犹且白送了性命，何况是我？"

原来这白泰官是常州武进县东乡人氏，保镖为生，开着镖局，闯走江湖，从未失过一回事。那一年，领镖人入山西，经过太行山，投店打尖。忽来一个和尚，投帖拜访，自言名叫铁肚佛。白泰官问他来意，铁肚佛道："小僧久慕大名，专诚拜谒，为的是要叨教拳艺，倘蒙不吝赐教，就是大幸。"

白泰官知道来者不善，善者不来，瞧那和尚暴眼阔腮，脑后青筋虬结，腮下满脸戟髯，绝非善良之辈，遂问如何较量。铁肚佛道："小僧站在当地，凭镖师先打三拳，倘然打我不倒，车中的东西悉当见惠。"

白泰官怒道："你既闻我名，何敢如此侮辱？"

当下铁肚佛当地而立，大言道："有胆的尽管打我。"

白泰官摩拳擦掌，运气舒筋，照准铁肚佛背后肺底穴，当的一拳。白泰官拳风所到，无坚不破，无物不摧，何况这一拳又是他格外地用力。瞧铁肚佛时，偏偏纹丝不动，依然没事人似的，有说有笑。只听他道："白镖师，请你不必用情，尽把气力加上些，别虑我打坏。"

这几句连讽带刺的话，激得个白泰官火炎炎的，用尽平生之力，望准了和尚肾腧穴，砰的一拳，铁肚佛依然如故。白泰官收回拳，右左盘旋，不住地行功运气好一会儿，趁他不防，陡地一拳，势如奔马，力可摇山，不偏不倚正打在铁肚佛胸前缺盆穴上。

铁肚佛大笑道："镖师你只有这点子本领么？原银放着，请镖师替我看守一夜，明日我来取拿。"说着大踏步去了。

白泰官大惊失色，此僧如此本领，自问终非其敌，山路崎岖，连夜登程也未必能够脱险，眼看他取去镖银，一世威名倒地，心实不甘，辗转筹思，迄无善策。听得梆声三传，时已夜半，忽然想到师训。师父说过：凡是僧道挺身来见的，必有绝人之技，不过遇着会得练气，把阳物缩入小腹的不可轻敌。现在瞧这和尚却还累然下垂，似乎还有法子可想。主意已定。

次日清晨，铁肚佛驱骡而至，就要搬取镖银。白泰官含笑出迎道："师父的神勇，小子十分敬佩，但不知再肯凭我一拳么？"

铁肚佛傲然道："可以。"遂摆了个坐马势，挺然不动。

一个是无心，一个是有意。白泰官退有一丈多路，取势猛进，但闻得铁肚佛狂叫一声，两枚肾丸早被白泰官抠置掌中了，顷刻之间伤了铁肚佛。白泰官的威名愈益远振，请他保镖的便叠二连三地拥挤。白泰官一个人哪里分发得开，只得叫妻子与妹子帮着做。好在白字镖旗扯出去，从没有人敢来轻惹的。

一日，有一个卸任藩台要回四川原籍去，聘泰官护送。泰官恰好远出未归，白娘子、白姑娘应招而至，谈定了酬金，两人各跨一骡，带着铁胎弹弓，伴护而行。一路平安无事。到了四川，那藩台以为女子有何武艺，徒以大言欺人，便欲减半酬谢。两女变色，开

163

言道："我们的铁胎弹弓，天下谁人不晓？经过某山某隘，都是盗薮，所以能够安稳过去，就为我两个人在。"说着姑嫂两人各取铁胎弹弓在手，相对开弓发丸。但见两丸相触，铮然迸落。连发二十余丸，没一丸不着的。藩台大骇，如数付金而罢。

一日白泰官保镖回家，忽来一个女子，年二十左右，弓鞋缚裤，北边的打扮。一进门就问白泰官在家么。白端详来势，知无善意，遂道："姑娘何人？从哪里来？白某是我师父，欲见吾师，有何贵干？我师父替人家保镖去了，总要半年之后才得回来。"因留坐献茶。恰好庭中有几段坚木，白泰官用三个指头撮取，碎如刀削，取来烹茶。

女子喝了茶，起身道："既然你师父不在家，回来烦你回一声，我是铁肚佛的徒弟，三年后当再奉访，叫他千万别走开。"

女子去后，瞧她行步过处，入石三分，宛如刀刻。白泰官大惊，怕她来寻仇，收去了镖局，西入峨眉山学习剑术，现在剑术学成，到处游行，广行方便。

当下救了大力金刚，回转客店，江子云才知道他不是等闲之辈，存心结纳。白泰官知道江子云是个英雄，自然也披肝露胆地结识。

次日，大力金刚来客店相谢，白泰官又给了他两服伤药，江子云乘间劝他投藩。大力金刚也很愿意。于是江子云替他写了一封荐书，才知大力金刚的法名叫作法楞。那法楞接了荐书，欢喜而去。江子云别了白泰官，径向北京进发。

这日，到得北京，落了店。日间无事去闲逛各处景致，一到晚上，却就全身装束，走脊飞檐，到各王大臣家探听消息。连探几日，竟被他探出几个紧要消息，于是急忙忙回福建来报知耿王。

欲知耿靖南接到报告之后有何举动，且听下回分解。

第二十八回

双侠夜探总督署
耿王突巡福建城

却说江子云回到福建，法楞和尚已经投藩多时了。耿王派他充当教师之职。当下子云进谒耿王，询问情形。子云道："藩是撤定了，不日就有明旨下降，王爷与吴王的奏到京之后，皇上就敕各王大臣详议，各王大臣都说滇黔苗蛮反侧，闽粤海寇未靖，如果徙藩之后，必须另派八旗兵驻防，劳费不赀，一动不如一静，还是不徙的好。"

耿王点头道："这才是大臣之见，皇上怎么样呢?"

江子云道："户部尚书米思翰，兵部尚书明珠，刑部尚书莫洛，这三个大臣却力请徙藩，皇上把两议交与议政王贝勒大臣等再议。议了一个多月，依然是各主各说，一半人主张徙，一半人主张不徙。我离京的上一日，夜入尚书明珠家中，探得尚书正与家人谈话，说徙藩这件事，上头乾纲独断，不日即降明旨，因为藩镇久握重兵，势成尾大，非国家之利。三藩兵饷每年两千多万，竟耗去天下财赋之半，不得不趁此谋一个一劳永逸之计。又因吴王的儿子，王爷的诸弟都在京中，总不会有意外。我探着这个确信，不敢再留，王爷快快想抵拒的法子。"

耿王听了，陡添一层愁闷。过不多几时，旨意下来，果然准许徙藩山海关外。晴空霹雳，轰打顶门。耿王聚集府中心腹计议，又无善策规避。正为难，忽报督院范承谟来拜，耿王出见，范督院只谈了一会儿闲话，辞着去了。从此之后，范督院来得很勤，三天两回与耿王会面。有时闲话，有时也有一二语涉及公事。

那藩府长史官赶造册子，一时造好，计本府移家人口约有十三万五千余，偏偏督院异常麻烦，仗着至亲世好，央恳核减虚冒。耿王碍着情面，核减去了一万四千多人，督院还不如意，节外生枝地央说原籍闽人，不愿北迁的，又硬欲留下万人。减之又减，只剩得十一万有余了，范督院方才造册具题，一面飞饬州县，备办装载的船只，过岭的兜舆，抬扛的夫役，忙得什么相似。

一时办差的州县上院禀称，藩府人口起行所需船只兜舆夫役，算过至少极少，总要四十五万，不但一时地方无措，那沿途打尖的歇店，也无宽地可容，这件事该如何办理，请督帅的示。

范督院问尽力可以筹办多少呢，州县回载运的清流船，尽地方所有搜刮起来，也只五千多只，每船连人带物至多可载三四人。

督院道："那么每一起只可运二万人左右，从福州下船，到浦城登岸，上下行李，往返时日要多少日子？"

州县道："一来一往，至快总要一个多月。"

督院道："那么只好分头起运了，每一运二万人，十一万多人口总要六运才完。每运一个月，六运就是半年。"

督院亲上耿府，与耿王商议。约定明年三月十五日起行，就为年内为日无多，大家忙着过年，正月里是不搬家的，自然让过。二月北边气候还寒，多所未便，三月天气是和暖了，日子又长，上半个月料理，下半个月正好长行。并且三月十五日，正是黄道吉日，

166

最利的是出行。督院回署，立命幕友起稿，行文报部。一面咨报邻省，檄行各属，酌虑水陆之费。

一日接到川湖蔡督院咨文，知道平西藩旅定于春初启行。范督院瞧过，把咨文递与幕客沈天成。沈天成道："预料三藩之众，当在江南仪扬之间会集，怕彼时地方必有变动呢。"

督院惊道："隔墙须有耳，窗外岂无人？沈君轻声。"

督院在屋中儆戒幕客，不意屋上的夜行人，早已大惊失色。原来江子云与陈四，黂夜飞行，双探督署，暗中窥视范督院的举动。督院言行举止，虮大的事情立刻飞报耿王。当下陈四闻言心慌，脚下一松，檐际的滴瓦掉下一块来，乒乓跌得粉碎。廊下站的戈什哈大呼屋上有人，顿时照灯的照灯，放箭的放箭，布梯的布梯，忙乱异常，阖署鼎沸起来。

等到布好了梯，戈什哈手执钢刀，呼喝着爬上屋去，影踪都没有了。下面照灯的人，大显奇能，争着上屋，十多个人在屋面上跑来跑去，踏碎了不少的瓦。

忽见戈什哈喝一声贼人在了，众人问他在哪里，戈什哈用力一指道："那边墙头黑影，不是贼子是什么？"

众人依他所指望去，果见那边一个人，站在墙头，影影绰绰的只顾动，不瞧时犹可，一瞧时都不觉身上有点子发毛，仗着人多势众，涨破喉咙地大喊，偏那贼子胆大，竟不退去。戈什哈着了恼，叫取弓箭来，一时取到。

这位戈什哈姓张，著名的神箭手，大有百步穿杨之技。当下接了弓箭，张弓搭箭，左手如托泰山，右手如抱婴孩，弓开如满月，箭去如流星，喝一声着，一箭早射在那人身上，还是不倒。恼得张姓戈什哈性起，觑得清切，飕飕飕，把满满一壶箭射完，瞧那人时还是挺站不倒。众人都不禁诧异，赶忙下屋，奔到墙头瞧时，哪里是人？原来是隔墙的树枝儿。正是：隔墙花影动，疑是玉人来。

却说江陈两侠，回到靖南府禀知一切，耿王便就暗暗提防。

这一日，是康熙十三年大年初一，往常元旦，耿王总非常欢喜，张灯宴客，并雇戏班子唱演年戏，说不尽的热闹。今年戏也不唱，客也不请，藩下人员来拜年，耿王也不接见，只叫人道乏。范督院初二日乘轿来府，耿王只叫挡驾，范督院见耿王忽然变了态度，很是不解。

到正月十一日，忽报京中有钦差爱大人到靖南王府传旨，耿王赶忙摆香案接旨。爱大人开读谕旨，却只寥寥数语，说是朕闻云南作乱，靖南王相应固守地方，不必搬家，钦此。

耿王接过谕旨，设筵管等钦差，探问云南情形。爱大人言离京系在腊月廿四日，匆匆登程，也不很仔细。钦差过了一宵就回京复命去了。耿王受了这个闷葫芦，很是疑惑，忽然范督院来拜，言奉到兵部密札，钦奉上谕，因云南有乱事，叫王爷固守地方，不必搬家。

隔了两天，是正月十三日，京中又下来一个钦差，到耿府传旨：靖南王既经固守地方，其两翼官兵，仍归靖南王管理，钦此。范督院奉到兵部密札也是如此。

次日，督院亲自送来两翼官兵花名册子。耿王不肯收，督院道："都是皇家公事，我奉兵部密札，理无不交。王爷既然奉到谕旨，也断无不受之理。"

耿王被他说得无言可答，只得接了花名册。接着左翼总后曾养性、右翼总后江元勋率领本翼兵弁，到靖南府参谒。督院去后，耿王疑终不释。

次日，京中又有旨下，耿王出城迎接，钦使却是御前侍卫二员，奉旨送来耿王的兄弟家书一封，拆开瞧时，别无他言，不过言国恩深厚，勉力忠孝而已。耿王此时愈益心疑，送过钦差之后，即聚集府中文武商议。

耿王道："吾家开府福建，世守海疆，自祖爷到本藩，已经三世，一径平安无事，自从范督院到闽之后，风波迭起，忽地要撤藩，又忽地叫不必搬家。两翼总兵忽地收了去，又忽地交了来。现在三日中京差两至，我看朝廷这么地疑忌，难保不有另旨，密交督院，叫他仓促相图。我想古来君疑臣则死，臣疑君则反。我的死期必不远了。云南作乱，平西必然起事，路途遥远，又不知成败若何？大家商议商议，该如何办理才能够免祸？"

江子云主张立刻起兵，杀官造反。一面联络云南，一面派使台湾，分兵两路，东取浙江，西攻江西，给他个迅雷不及掩耳。耿王因未得云南确信，不敢发难，只传令阖府藩将，尽都披甲防备。耿王自己也全身披挂，好似立刻要出征的一般。

正月十五日，是元宵佳节。范督院在衙门中大放花灯，大排筵席，请了抚院两司并本城文武、署中幕友，喝酒听戏，极歌舞升平的盛事。酒至半酣，督院叫放起烟火花炮，给众客解酒意。正在热闹繁华的当儿，一个戈什哈匆匆入报：不好了，靖南王忽然披甲行城，斫死百姓两人。

范督院急命罢酒，派人出去查看。一时回报斫死的人，耿王已令掩埋掉，不过城中人心惶惶，都言藩王与制台猜嫌这么厉害，总不免有相并相吞情事，已有搬家出城的。督院遂命出示安民，幕友拟好示稿，督院瞧过不合意，吩咐道："不必这么，只消说朝廷虑海疆多事，靖南王免撤。今方同心共事，尔等人民毋得惊疑自扰。"

次日福建总督范的安民告示，广贴四城。早有人报入耿府。耿王道："他出了示，我不出示，显见得我与他有意过不去。"也命出示安民告示。虽然发了出去，民心依旧不能安静。

169

耿王因范督院受着朝廷殊眷，到任以来每事相违，深虑有不测举动，府中藩将，无不人人披挂。一到晚上，又命江子云、陈四、陈五，穿了夜行衣裳，飞行入督署侦探动静，防备得十分周密。

这日，忽报钦差陈一炳来府辞行，耿王立刻请会，谈了好一会儿的话，陈钦差言择定二十一日登程还朝。原来这位陈一炳是撤藩钦差，还是去年腊月中旬来的，朝廷派往云南的是学士傅达，礼部侍郎折尔肯。派来福建的是范督院中表兄弟吏部侍郎陈一炳。云南乱事，爱钦差来传旨，但有云南作乱一句话。后来两次旨下，在钦使口中露出派往云南的两位撤藩使，已被吴王杀害，陈钦差听了胆寒，遂择日回京，到耿府来辞行。

当下耿王与陈钦差谈了一会儿，约定届时出城饯送。陈钦差去后，外面忽送进范督院名片，说督院来拜。耿王大惊失色。

欲知何事，且听下回分解。

第二十九回

福州城耿藩起反
台湾岛郑氏兴兵

话说靖南王听说范督院来拜，惊问他带了多少人马来。家将回道："督院轿也不坐，骑着马，只带得一名马夫、一个家人。"耿王才放下了心，吩咐请见。

从大门起直到丹墀，藩下各将站列了个满，一个个明盔亮甲，手执刀枪，宛如行兵布阵，排列得刀斩斧截，一呼百应，真是威风凛凛，杀气腾腾。范督院进来，两旁藩将齐齐地喊一声呐，真有天崩地陷岳撼山摇的声势。瞧范督院时，笑容满面，绝不露惊惶。

你道这范督院为甚单骑来拜？原来督院见耿王猜嫌，一天深似一天，绕阶叹息，知道变生肘腋，顷刻间就有大乱之事。陈钦差回京，耿王与督抚，例须出城饯送。耿王与自己偏有六七日不会面，很欲当面一晤，解除各种误会。恰好听得耿府周夫人病得十分沉重，范督原是亲戚至好，就借着亲情戚谊，单骑前来探望。

当下耿王接见范督，一拱手之后，即移床远客，板着脸道："听得你这几日正算计我，我是不怕的。"

范督却似没有听得一般，态度从容，谈笑自若。耿王方才霁颜，置酒欢饮，直喝到晚，范督骑在马上酩酊而归。次日公饯陈钦差，耿王与抚院刘秉政都到，尽欢而散。不意这夜五鼓，天色未明，会城中忽然炮声轰天，督院从床上惊醒，疑有变故，急差巡捕官查探。回报是靖南王洗炮。

督院道："照旧例王府洗炮，必须先期五日，咨会督抚，出示晓谕居民，叫他们不要惊恐。现在突然洗炮，出示已经不及了。"

这日洗了一日的炮，满城惊骇，人心惶惶。又一日，城头角声齐动，报说是耿王下教场操演，也不来署知照。从此之后，清晨午后、半夜三更，披挂出兵，鸣鼓吹角，不住地操演，并无准时，并无定刻。

范督院异常忧闷，向幕友道："时事如此，我不知命在何时？诸君想吧，总督标兵，名为三千，其实不过两千罢了，又都是土著之人，都与王府相通。那王府中额兵已经有到一万数千，旗下畜养的还不在内，并且府中男子满了十四岁，就都发给弓箭，习练骑射，卧榻之侧，遍伏干戈，叫我如何办理？我虽有驾驭之心，赤手空拳，何能搏斗？"

一个幕客献计道："滇氛已及湖南，不如借防备邻封为名，率兵据其上流。"

范督道："他的逆迹还没有大露，我一动倒给他一个机会，可以说我据了地算计他，激怒他的部下，那不是激变么？我想为今之计，只有出巡的一法，一可以避他的凶焰，二可以暗暗地防备。但是南北两条路，北路四百里是延平，又二百里是建宁，又三百里是浦城，才到浙境。中间千余里，水路是危滩逆流，旱路是悬崖鸟道，无兵可恃，欲退不能，这一条路断然不能走。南面那条路呢，虽属边海死地，但是兴化、泉州、漳州三府究竟有着海澄公与提督及各镇之兵，我想密饬提督与各镇，叫他们于二月十五日，在兴化取齐会巡。"

众幕友齐称妙计。范督于是一面具本奏请增兵以复旧额，一面飞檄提镇。布置才毕，巡捕官入禀藩府左路翼总兵曾养性请见，说有机密大事。督院立命请见，巡捕官引入，曾总兵一见督院，就请屏去左右。范督院屏去了左右，问他何事。

曾养性道："总兵的父亲自相国文肃公的门下，向受提携。总兵所以身冒万险，来此求见。现在时事不靖，请大人赶快告病去闽，万不要留恋。"

范督道："承蒙关切，感激得很。但是我钦承简命，秉钺来此，何能计及厉害？"

曾总兵见督院固执不化，叹息而去。隔了两天，曾总兵又来向督院道："请大人赶快离去福建，告病已经不及了，快快离去，大祸已在目前了。"

督院道："不要说吾家世受国恩，就是我受皇上特达之知，如何可以临难苟免？我现在死生早置于度外了。"

曾总兵去后，督院传巡捕官进来，叫他立刻去买一柄纯钢的短刀来。不一刻，短刀送进，范督院接在手中，就灯下瞧时，见有九寸来长，绿鲨鱼皮套子，四面镶着白银，掣出瞧时，寒浸浸，冷森森，晶莹可畏，确是一柄好刀。范督院摩弄了一会儿，亲自放在枕畔，一声长叹，大有慷慨就义的样子。

次日清晨，巡捕官入报：督标中军王可就投了藩府了。昨宵亲眼看见他在靖南府出来。

督院正要派人去传王中军，忽报靖南王派佐领江子云到此求见。范督院命传见。一时江子云走入，行了礼，遂道："王爷为了海寇犯境，请大人立刻到府商议军国大事。"

督院道："海寇犯境，我这里未曾接着军报。"

江子云道："王爷接的是细作密报，事情紧急，请大人立刻就来。"

范督院未及回答，抚院刘秉政乘马而至，力劝督院同赴藩府。范督院瞧见这个样子，知道有变。巡捕官请带兵而去，督院道："众寡不敌，带兵济什么事。"遂令备马，坦然按辔而行。

督署与王府相去不过五里左右，霎时间就到了。只见藩下各将，露刃而待，一个个明盔亮甲，站成一条甬道。众将大呼："王爷已举大事，归顺者生，逆命者死！姓范的快快归顺！"

范督院大怒，下马挺身而前，戟指大骂。江子云请斫掉。耿精忠道："这厮颇负虚名，颇得民心，杀了他百姓们不免疑惧。"叫把他囚在土室里。左右答应一声，立把范督院推拥而去。

原来耿精忠被江子云等一班侠客朝夕撺掇，反意遂决，派法楞和尚到台湾，派陈五到云南，请他们出兵相应，一面推说祖爷耿仲明入山海关时光，与吴三桂有过成约，机会一至，一同举兵，反清复明。

这日正午，靖南王竖起一面三丈高的大纛旗，写着斗大的字一行，是天下都招讨大元帅耿。四城门贴下蓄发易服的告示，抚院早已归顺，督院也已囚禁，街上刀枪耀日，旌旗迎风，去去来来，尽是耿府兵马。耿精忠分东西中三路出兵，派出三员大将，曾养性是东路，白显忠是西路，马九玉是中路，旗开得胜，马到成功。军报到来，总是大获全胜。耿精忠非常得意，且暂按下。

却说法楞和尚航海而东，到了台湾，巡查将士当他是奸细，法楞道："我是福建耿王差来的秘密使者，有耿王亲笔书信，要面呈藩主。"

巡查将士报知守将，守将叫人把秘密使者引到右武卫刘国轩那里去。法楞跟随那人一到右武卫衙门，只见五湖四海英雄，五岳三江豪杰聚集得真是不少。一时刘国轩出来，法楞上前，打一个问讯。

国轩先请了几句路途辛苦的应酬话，然后问起闽中情形。法楞便把撤藩的缘由、耿范的猜嫌、吴藩如何起反、京差如何屡下，把被逼不过、不得不反的理由，仔仔细细叙了一遍。

国轩大喜道："这才好男儿举动，我们这里都是不服清的英雄好汉，大和尚见过藩王完了公事之后，当与众英雄叙谈叙谈。"

当下刘国轩就去见延平王郑经，说明耿精忠派使求救的话。郑经传见法楞，法楞在贴肉取出一个油纸包，退去了油纸，却是一封耿精忠亲笔书信。拆开瞧时，许以漳泉二府割隶郑氏，只求立刻出兵西援。

郑经喜道："我在台湾，养精蓄锐，已有十年，既蒙尔主相邀，定当倾城往救。"遂向刘国轩道："将军替我好生管待着大和尚。"

法楞跟刘国轩到家，与众英雄互通姓名，才知就是著名大侠王寅生、毛聚奎、阮春雷等，谈论武艺较量拳技，意气倒很相投。忽然一个人唱着歌进来，见了法楞就问此位是谁。众人忙与介绍，才知就是大侠魏耕。

法楞在台湾住了数日，郑经给与回信，约定即日出兵西援，法楞和尚便先行回闽报信。这里郑经就点齐人马，率领侍卫冯锡范、左武卫薛进思、右武卫刘国轩、兵官陈绳武、吏官洪磊等，奉着大明永历二十八年正朔，渡海而西。王寅生、毛聚奎、阮春雷、魏耕等一众侠客，尽都随征。命陈永华为东宁留守，各海船满扯风帆，船上竖起大纛，写着"大明延平王朱"字样，大小海船一百多号，分为左右中三大队，突浪冲波，径向福建进发。

这日，行抵同安，大小战船列成"一"字，都下了碇。耿精忠特派王可就送来牛羊酒米，敬犒海师。郑经传见可就，询问漳泉两府交割事宜，并言本藩统帅西来，尽力帮助，望耿帅赶速践约。王可就应诺，回到福州。耿精忠问起郑氏军容，王可就道："我看海师

175

没什么用，甲兵钝敝得很，通只一百多号船，那些兵士，有十八九岁的小子，也有六十多岁的老人，也有上将精兵，不过是数千之数。”

耿精忠道："那么割给他两府之地，很是不值，不必理他是了。"遂把割地之事一笔勾销，不再提起。

却说郑经驻师同安，不见耿氏践约，不觉大怒，向左右道："他不割，我不会自己攻取么？"遂聚集文武，商议攻取同安之策。

右武卫刘国轩道："吾军利于海战，攻城下寨，本非所长。同安城小而坚，未必能够一攻即下，顿兵坚城之下，后无救应之兵，军无久持之粮，难保不有小挫。打仗的事情，全恃一股锐气，一挫何能再战？先王南京之败，可为前车。"

郑经道："刘将军的话真不错。为今之计，该如何办理？"

刘国轩道："同安的守将张学尧，却是先王旧部，于藩主不无故旧之情。现在先派一个能言善辩之士，进城去说他来降，不是比了率兵攻打好得多么？"

郑经道："谁是能言善辩之士？"

吏官洪磊道："张学尧虽是旧部，降敌已有多年，光派个说客去，未必就能够依从，总要使他畏威怀德才好。我看藩主且取些金玉珠宝出来，请一位侠客，怀了这珠宝金玉，带刀飞入城去，直闯张学尧卧房，传藩主的钧旨赐予他，就逼他开城迎接。这里大兵却就急忙地扑城。"

欲知郑经听从与否，且听下回分解。

第三十回

飞来豪士灯影刀光
敲去木鱼消灾免祸

话说郑经听了洪磊的话，连称奇计，遂取出珍珠宝玩十多件，盛在一个皮囊之内，笑向阮春雷道："阮侠士，费神走一回好么？"

阮侠道："自当效劳。"

刘国轩道："我去布置兵马，侠士一更之后，动身入城，我这里也就发动，准定三更扑城，大呼喊呐，这就叫出其不意，先声夺人，端的是妙计。"

这日夜饭之后，阮侠穿了夜行衣靠，浑身上下一黑如墨，背上插了一柄纯钢折铁倭刀，携带了珍宝皮囊，回身一拱手说一声"我去也！"一阵风早已影踪杳然，不知哪里去了。

却说阮侠春雷行到城根，听得城上柝声断续，灯影憧憧，知道城军在那里查夜。候他过去之后，纵身一蹿，便就蹿上了城头。借星光望去，市街寂静，只三五家楼窗上露出灯光，大致人还没有睡觉。阮侠迅步前进，只拣小街僻巷而行，听得大街在掌号敲梆，查夜之声不绝，阮侠不禁暗暗好笑。

霎时之间已到守备衙门，四顾无人来往，一蹿身，一条黑烟早上了墙头，举手遮住眉间，向下瞧看，见一带耳房并无灯火，轻轻跳上了屋，潜踪蹑足，雀步蛇行，宛如燕子穿帘，蜻蜓点水，蹿房越脊，飞过了两三进屋。估量地段，已经到了上房，望下去，两明一暗。那明室内人影憧憧。阮侠步到檐际，把足尖钩住檐溜，倒挂下去，就窗棂花板里向内张时，见案上高烧红蜡，守备张学尧正在灯下摩弄一柄刀呢，旁边站着两个亲兵。

阮侠一手拔刀，一手扳开窗隔扇，大喝一声，直跳下去。张学尧与两个亲兵，都吓一大跳，大嚷道："飞来一个人！"

阮侠道："别嚷别嚷。"

张学尧倒退三步，把刀防护着问道："你是什么人？"

阮侠道："我乃大明延平王藩府的上客阮春雷便是，藩王知道将军心怀故王，特叫我送珍宝来赐予你。"说着取出皮囊，把晶莹灿烂的珍宝一件件陈在案上，映着灯光，更显得宝光四射。

张学尧一见，又惊又喜。只见阮侠道："张将军，藩王说过，如果念起前情，请将军立刻跟我去相见，不愿意呢，也请立刻明白回答，藩王在水营中立候回音，你到底怎样？"说到这里，把手中的钢刀，咔嚓插入案中，笔直地竖着，颤巍巍动个不已。张学尧吓得愣了，没作道理处。

忽然连珠炮响，陡闻四面喊呐之声，天崩地陷，岳撼山摇，军报接二连三地进来，说不知哪里来的兵马，把本城围住了。张学尧此时已慌得六神无主，哪里还能够披挂迎战？

阮侠双目如电，喝声如雷，逼问："到底如何？肯随我去不肯，快说快说。"张学尧道："我张学尧甘愿反正。"

阮侠道："那么原不愧是个英雄好汉，请收了珍宝，跟我去见藩主。"

张学尧即把珍宝一件件收拾好，遂向阮侠道："我就开城迎接藩主。"于是传令开城，阮侠引学尧迎接出来。右武卫刘国轩率兵入城，立刻贴出告示，晓谕人民，标着大明永历二十八年正朔，主衔的是钦命招讨大将军延平王府前军都督右武卫刘。

张学尧到水营谒见藩王谢赏，藩主着实勉劳了一番，仍命他原官供职，候功升官。

郑经得了同安，商议进取之策。刘国轩道："海澄总兵赵得胜，潮州总兵刘进忠，都是先王旧部，同安兵不血刃，早已先声夺人，海澄、潮州最好派个人去说他来降。"

兵官陈绳武道："我与赵得胜、刘进忠都认识的，藩主给我书信，就我去一回吧。"

郑经大喜，随即发书交与陈绳武。陈绳武乔扮作茅山道士样子，拜别郑经，自向海澄而去。

刘国轩道："泉州、漳州都是大城，现在有一条计策，可以稳取泉漳。"

郑经问计将安出，刘国轩附耳说出，如此如此，这般这般。郑经皱眉道："化缘的和尚派谁呢？"

国轩道："现放着新来的法楞大师。"

郑经就叫把大师请来，向他说知。法楞道："巧得很，我的吃饭家伙，恰好携带在船。"

刘国轩问什么吃饭家伙，法楞道："是一个大铁木鱼，并木鱼槌，我从前化缘度日，这铁木鱼便是吃饭家伙。自从到了福州之后，没有用过。此番把它带着，渡海倘遇风涛，击它几下，就可稳风静浪。"

刘国轩道："这么灵验的法宝，取出来大家瞧瞧。"

法楞应诺，一时取到。大畚箕似的一个铁木鱼，那木鱼槌也有铜锤大小。刘国轩道："这么大的木鱼，我来持着击它几下。"

法楞含笑放下，刘国轩伸手去取，休想拿它得起，两手齐用，使尽平生之力，才举了起来，再休想能够锤打。只得放下，吐舌道："这东西怕不有五六百斤重么？"

法楞道："号称五百斤，折足却有三百五十斤。"说着却左手持着，右手取皮带络向颈间嘣嘣地击起来，其声清越，震得满城翁翁欲动。郑经大喜，立命置酒与法楞饯别。

原来法楞在闽中，不很得志。江子云叫他改投郑经。此番郑经西征，他即乘机投降，郑经颇为重视。当下席散之后，法楞就负了大铁木鱼，大踏步而去。郑经也就点兵派将，预备分攻海澄、潮州。这日，兵官陈绳武回来，报说海澄、潮州都愿归降，降书随后就至。果然隔不上三日，赵得胜、刘进忠先后派人送来降书。郑经万分之喜，且暂按下。

却说大力金刚法楞迅步登程。在路并不耽搁，不多几天，早到了泉州府城。入了城见街道广阔，店铺轩昂，市声喧杂，很是繁华富庶。法楞手敲铁木鱼，口宣佛号，嘣嘣嘣一路行去，惊得路上的人尽都住步瞧看，都说这和尚怪模怪样，定不是寻常之辈。有说是罗汉化身的，有说是妖精现世的，也有说他是强盗乔扮的。法楞并不理睬，在泉州城中大街小巷游了个遍，把铁木鱼敲得震天价响，引逗得妇女孩童都开门出来瞧看。

第二日再走，法楞在闹市中心，敲铁木鱼聚了一大堆人，大声向众人道："诸位要知道，大劫临头，灭门之祸，就在目前了，总缘人生造孽重大，不慈不孝，欺天欺人，人人忘却纲常，个个图谋利禄，造下了种种恶因，收这种种恶果。只可怜大劫临头，火已燃眉，

180

还醉生梦死的没有觉着。我在五台山焚修，蒙吾佛指示，授有解灾免祸的法子，特来此地拯救一方的生灵，所望有缘的坚信虔行，可以免祸，还望此后力行向善，痛改前非，可以永享太平。七月十六十七两日，就是泉州城大劫日，满城刀兵血光冲天，十分人死去七分，遍地尸骸。到那时节，有饭没人吃，有衣没人穿，有屋没人住，鬼声啾啾，狐鼠昼行，可怕不可怕？"

众人听了这惊心动魄的怪论，尽都骇然。早有人来请问大和尚，可有解救的法子。法楞道："我是为了拯救这一方生灵来的，只要坚信虔行，就可以免遭这大劫，平安无事。"

那人问要捐几多钱，法楞道："一个钱都不要，我此来一不受人布施，二不接受捐款，我奉佛旨救人，并非江湖游僧谎骗可比，你们愿意捐钱，就当做善事，不拘哪一桩，捐掉几个是了。"

众人听说不要化钱，更加地相信，便都叩问避难之法。法楞道："七月十五这日，男女老幼，都要斋戒，到十六、十七这两日，都不要出门行走，开着大门，设一香案，点了香烛，供着黄纸牌位一个，一尺一寸长五寸阔，牌上用朱笔写着'敬奉明王敕谕'六个大字，旁用墨笔写自己姓名某某人叩迎，内门紧闭，无论听得什么声响，不要出来观看。一出来就有杀身之祸，切记切记，要紧要紧。你们可把此法辗转告人，转告一人，一身有福。转告十人，一家有福。不听吾言，人亡家破。"众人听了，异常欢喜，便都纷纷转告去了。

法楞和尚在泉州城中留了三日，早已无人不知，无人不信。法楞知道其计已行，于是改道登程，径向漳州进发。

话休絮烦。到了漳州，便就如法炮制，漳州的人也个个入圈，人人中计。到第三日工程圆满，正欲动身，忽来一个女娘，笑向法楞道："你行得好计，不是明欺漳州城中没一个人识得此计么？你到底是清军细作？是海上奸人？"

法楞大惊失色，急忙瞧时，失声道："你不是师妹海月影么？"

女娘笑道："师兄好大法眼，连我都不识了。"

法楞道："师妹出了阁，出挑得老练多了。又隔了这许多年，难怪我老眼昏花。"

原来这海月影是铁肚佛的外甥女儿，拜从舅舅铁肚佛为师，学习拳技，学艺初成，家中有事，唤了家去。偏偏铁肚佛遇见了白泰官，伤掉性命，海月影闻知，只身寻仇，访到常州白泰官家，偏不遇而回。后来海月影出阁扬州，大力金刚到江西去化缘，两人从此分手。现在不期而遇，法楞问师妹如何在此。

海月影道："我们两口子到这里来采办桂圆，耽搁在客店中，昨日掌柜的说漳州城中忽来一个五台山僧人，敲着铁木鱼，警告大众，我就疑惑是师兄，现在果然遇见了。师兄此种奇言怪论，谅必别有用意。"

法楞道："师妹聪明人，被你一猜就着。"

海月影问现在哪里安身立命，法楞遂把在建昌遇着胭脂虎，险些伤掉性命，后经白泰官拯救，江子云荐书，投在福建的事相告："不意那班侠客都是心念前朝，志图恢复的。我为大义所迫，断难自外生成，自然和他们走在一条路上。现在延平王已经到了同安，我就同在那里帮助。"

海月影道："白泰官可就是我师父的仇人？这厮现在何方？我立刻就找他去。"

法楞道："万万找他不得，白泰官为了师妹寻仇，入山学剑，现在剑术已成，能够身剑合一，凌空杀人，你我万不是他的敌手。"

海月影沉吟了一会儿，开言道："那也只好看事行事，顾不得许多。师兄，你投耿藩很好，为甚改投郑经？从前我师叔不是被刘国轩暗算伤命的么？你在那里须要小心。"

法楞道："我也为大义所迫，不得不然。好在出家人原无利禄之心，好便好，不好依旧可以归隐的。"

海月影点头称是。于是说了一声珍重，两人分手，各奔前程而去。

欲知法楞回报延平之后有何举动，且听下回分解。

第三十一回

何总兵大破尚平南
法和尚私入漳州府

话说大力金刚法楞敲鱼演讲，居然一出成功。回到同安，告知郑经，郑经大喜，立刻出兵，命刘国轩带人马二千，赶往泉州，限十六日到城，左路武卫薛进思带兵二千，赶往漳州，限十九日到城。刘薛二将接了军令，各点二千人马，分头而去。

如今先表刘国轩带领人马，因为限期紧急，昼夜兼程，行抵泉州，恰值十六日清晨，即令抢入城去。大小军士一齐喊呐，守城清将得着警报，立刻披挂上马，传令下校场点兵，预备出城迎敌。不意才出衙门，就见家家香烛，户户黄牌，朱书大字敬奉明王敕谕，市街寂静，绝无行人来往。大惊道："本城民心全都变了，郑经是明封郡王，敬奉敕谕，不是奉郑经的令么？点香烛叩迎，不是迎接海师么？市不开铺，街无行人，百姓全都变心了，我如何好迎敌？"不禁慌了手脚，不下校场了，回进衙门收拾细软，带同妻小，出北门溜之大吉。这里刘国轩唾手得了泉州，一面出告示安民，一面派人到延平王那里去报捷。

隔不上几天，薛武卫露布到来，也是兵不血刃地得了漳州。于是郑经进驻泉州，同安、海澄、潮州、泉州都奉大明永历正朔，声

184

势十分浩大。

耿精忠闻报大惊道："我正三路出兵，与清将相抗，更何余力防备海师？况闽中将士，半属郑氏旧部，要他们出力攻打郑经，也很不易。为今之计，如何是好？"

江子云道："这件事，原是误听小人之言弄坏的，变友为敌，少了个帮手，倒多了个敌手，现在要补救还不难。"

耿精忠问如何补救法，江子云道："只消元帅派一干员，到延平王那里去议和，划界分守。倘然议和成功，联师合力攻打清军，虽然一时失地，似乎吃亏，既无内顾之忧，又得强邻之助，就可以取偿于清朝，替元帅算来，也很合得。"

耿精忠道："头痛救头，脚痛救脚，眼前也只好如此。"于是即命福州府知府张文韬到泉州议和。郑经倒也不很苛求，议定以枫亭为界。

此时中原鼎沸，吴三桂派兵在四川、陕西各地与清军开战，耿精忠派兵在浙江温台处金华衢各府，徽州、严州各界，江西广信、建昌、饶州各境，与清军开战，龙争虎斗，力敌智弱，各不相下。只有广东的平南王尚可喜，忠心清室，毫无贰志。云南吴三桂派使到粤，约令举事，尚可喜喝令把使者拿下，并把逆书具折奏闻，一面命次子尚之孝出兵攻打潮州刘进忠，又动本请以之孝袭封。

康熙帝降旨封尚之孝为平南大将军，尚之信为讨寇将军，协同征剿，又降不世之隆恩，晋封尚可喜为平南亲王，督抚以下咸受节制。于是尚可喜感恩图报，调集精兵十万攻打潮州。

郑经接着警报，立命刘国轩率同骁将何祐，马步兵五千星夜往援。阮春雷法楞充当步哨统领，率着五百名眼明手快、伶俐矫健的步卒先行出发，遇见敌军踪迹，立刻飞报大军。

一路哨探，探到鲎母山地方，就遇见清军大营。但见旗纛招展，刀枪耀日，人喧马嘶，从半山直到平地，重垒叠帐，约有十余里长，一片都是杀气。半山里绣旗飘荡，绣着平南亲王尚字样。山左是平南大将军旗号，山右是讨寇将军旗号，知道尚可喜父子都在这里，急忙差人回报，自己再探向前去。只见营前掘有战壕，四周布着鹿角，不能再走，把敌营的形势察看了一番，再派人返身飞报，一面派人偷过敌营，到潮州城送信。

不半日，尘头起处，一彪军马到来，打着大明旗号，正是骁将何祐。阮春雷接着，讲不到三五句话，听得半山中炮声震天，营门启处，一支人马风一般地杀出，为首一员大将，全身披挂，金盔银甲，跨着骏马，执着长枪，背后绣旗字样分明写着"平南大将军尚"，红顶蓝顶各级武官，跟随了数十员，藩下兵丁个个如生龙活虎。那尚之孝的气派姿态，宛如一尊天神，别说开战，望一望已经要吓炸了胆。

阮春雷向何祐道："敌军气势方盛，不可轻敌。"

何祐道："从古说骄兵必败，敌将势焰熏天，骄矜之气，咄咄逼人，已非临阵小心之道，你瞧他的披挂，何等贵重，大凡愈贵重的人，愈不肯拼命。自珍贵的人，愈不肯恤下。再瞧他的将士，叫嚣浮躁，绝无严肃威重的样子。吾军经历百战，不足惧也。"

只见尚之孝在马上大声道："尔等海外贼寇，游魂剩魄，不安安稳稳地伏在岛屿，还要兴妖作怪，不是讨死是什么？"

何祐下令守住阵势，不必理他。清军只道海师气怯，摇旗喊呐，冲杀下来。何祐俟他走近，一声令下，万弩齐发，早射倒了百十来个。尚之孝急把兵勒住。于是各守住了阵门。后面尘头大起，刘国轩大队已到。何祐向阮侠道："烦君转达刘将军，我先去接战，请刘将军速来接应，从敌阵的旁面冲杀进来。"说完，两足一夹，把枪一招，一马向前，哗啦啦跑开四蹄，突向敌阵中闯去。众裨将二十多骑跟着冲去，马队在前，步队在后，齐声喊呐冲杀，尘烟冲天，喊声震地。但见刀枪到处，血花四溅，一面大明何字军旗，在清营中左折右转，横穿直贯而出。

刘国轩催兵接应，人人奋勇，个个逞能，只拣有辫的斫杀。从午时直杀到酉刻，清军大败。尚之孝左臂中了流矢，第一个先跑，清兵争着逃走，自相践踏，死者不计其数。尚可喜在后营禁约兵将，想把后营扎住，不意败兵冲来，休想禁约得住，喊杀之声，愈杀愈近，尚可喜也只得弃营而逃。何祐、刘国轩率兵追赶，大呼擒献尚可喜父子的，赏银十万。追杀了一夜，追出四十多里，方才收兵。计点这一仗大胜，斩首二万有余，虏获七千多人，所获营帐铠仗军资无算，辚藉死的不计其数。

阮春雷、法楞入营来称贺，刘国轩道："本军侥幸得胜，全仗两位侠士暗中帮助之力。"

阮春雷道："经此大战，刘将军、何将军的威名震于南粤了。"

当下刘国轩立派红旗快马到延平王那里去报捷，一面杀牛宰马，宴劳将士。于是休兵释甲，畜养兵力，每日不过派遣小队分循未降的属邑，很是清闲安逸。

这日，刘国轩正与潮州镇总兵刘进忠从校场大阅回辕，忽报延平王特命大侠毛聚奎来此。国轩知道总有重大军国事情，急忙请见。毛聚奎见了国轩，先贺他战胜，然后传藩主的命，言漳州又被清将乘虚来袭，夺了去。现在清廷派守漳州的守将，就是先王叛将黄梧的儿子黄芳度。黄梧昔年受了先王铠甲之罚，就此叛主投清。清朝封他为海澄公，他就狠命助纣为虐，跟大明作对。现今黄梧已死，他的儿子黄芳度袭封为公，是个叛主的奸奴。

刘国轩道："这厮的来历我知道，漳州失守了，泉州少了屏蔽，倒是很要紧的所在，我立刻带兵去，好歹总要把个漳州夺回来。毛

187

大侠你就跟我同去走一遭，好么？"毛聚奎应允。

次日，刘国轩点齐人马，备足饷械，祭旗放炮，浩浩荡荡，径向漳州出发。这日兵到漳州，安下了营寨，城中海澄公黄芳度督同部将吴淑等，紧闭四门，登城固守。刘国轩写了告示，缚在箭杆上射入城去，叫早早开城出降，免遭屠戮。城内毫无动静，刘国轩督同将士攻扑，城上灰瓶石炮密如雨雹。改用云梯，城上用火烧梯，连攻两日攻不进。

刘国轩与毛聚奎商议，请他飞入城去，行刺黄芳度，乘间放火。但等城中人心一乱，即便攻城。毛侠应允。

这夜三更时分，毛侠结束定当，带上倭刀，藏好袖箭，出了营门，径向城壕去奔。此时国轩因兵少，只围了几座城门，四周城墙并未合围。城上守军也只守得四门，其余不过派队巡哨而已。六月初旬天气，一丝明月斜照城头，望去倍觉清晰。奔到壕边，偏偏上面角声吹动，有巡哨队喊着口号经过。

毛侠见壕边一带的杨树，在那里迎风微摆，树头的蝉声、四野的蛙声争鸣聒耳，好似军士喊呐助威的一般，躲身树后，且自藏着。俟城上巡哨队走过了，再上城去。

忽见一个黑影掠过城壕，转瞬已飞上了城墙，伶俐迅疾，本领不在己下，急忙飞过城壕，纵身上城，跟着那人行去，相离只有一箭的路。细看背影，是个和尚。只见他跳下了城，向西僻巷而去，毛侠紧跟着，转了两个弯，一阵靴声橐橐，忽然来了一官一兵，那个兵张灯前行，后面一个持刀晶顶武官，昂头仰面，大踏步而来。两边都是房屋，躲避已经不及，只见那和尚横身躺地，伸出一只腿，张灯的小兵一绊脚，扑的一跤，把灯跌灭了。

那武官骂道："混账东西，这么不小心。"

骂声未绝，那和尚拔刀向武官一晃道："嚷便杀却。"武官突然

188

见了这雪亮的钢刀，金刚般和尚，吓得三十二个牙齿，作对儿厮打起来。那个兵爬起身要逃走，不知怎么两条腿钉住在地上似的，再也移不动。

和尚一把抓住那武官，轻声喝问："黄芳度在哪里，你要死，不说实话。"

武官道："公爷现在提台衙门。"

和尚道："你当什么职司?"

武官道："我是公府戈什哈。"

和尚道："你把顶帽、衣服、靴子脱下，借给我用。"

武官不敢违拗，先除下藤缨子大帽，次脱下天青羽纱单马褂，蓝夏布长衫，并一柄挂刀，抓地虎快靴。和尚俟他脱卸完毕，喝一声"饶你不得"，手起刀落，挥为两段。那小兵一见便就没命地奔逃。毛侠一举手，一支袖箭直贯入小兵，连哎呀都不及喊，扑地死了。可笑那和尚，只顾更换衣服，并不瞧视小兵。

一时更换完毕，猛一瞧时宛然是个戈什哈模样。只见他把武官的腰刀丢掉，挂上自己的刀，踢开了尸身，大踏步径向提台衙来。

欲知有何举动，且听下回分解。

第三十二回

瓜香扑鼻智歼敌渠
月夜闻砧突来剑客

却说大侠毛聚奎暗中跟随那和尚，径向提署行来。毛侠为了全身夜行衣靠，未便街中行走，蹿上屋脊，蛇行雀步，腾赶如飞，霎时已到。腾身入署，从耳房上翻腾向内，听得下面刁斗相应，有不少的将弁往来行走，击梆传呼，灯火通明如昼。

毛侠翻过三四个屋脊，到一所幽静所在，见下面虽有弁目站立，却静悄悄的鸦雀无声，室内灯火通明，因为天气炎热，门窗洞开。一个二十多岁的男子，身上只穿一件竹网短衫，坐在竹榻上，旁边站着两个年轻小子，替他轻轻地打扇，对面坐一个胖子，赤着膊，把葵扇打秋千似的扇，因他面向着里，瞧不见面貌。

毛侠坐在对面屋脊之上，瞧得很清晰。只见那少年道："军门你这么怕热，如何好打仗？"

胖子回道："公爷休笑话。"

一语未了，外面哗然："有了奸细了！"胖子跳起来道："什么奸细？谁去瞧瞧？"廊下两个弁目应了一声，飞一般地去了。一时又一个家人入报："这奸细真了得，二三十个亲兵都吃他打倒了。这厮假充着戈什哈，口号不符，辕门守将叫抓，哪里知道他拔刀就斫人。

众亲兵围住厮杀，奸细的刀非常厉害，已被他斫伤了十多个人。"

少年同胖子齐声道："有这等事？待我们亲自去看来。"

弁目就齐喊："公爷与军门出来了。"张灯的张灯，跟随的跟随，一窝蜂出去了。

毛侠见屋内无人，就轻轻纵身下地，蹑足进屋，藏身案下，静静地等候。忽闻一阵阵清香扑鼻透脑，顿觉新凉沁骨，钻出瞧时，却是才剖的西瓜，平放在案上。一见西瓜，顿觉烦渴难熬，拔刀剖成小块，大嚼起来。吃毕，遂把瓜皮掷在庭心里，依然藏身案下，候了一会子，黄芳度不来，蚊子倒来了，嗡嗡鸣个不已，毛侠的两条腿，早被叮上了十来口。

正候得不耐烦，一路脚步声，自远而近，弁目簇拥着黄芳度并那位提督说笑而来。才进庭心，前头走的两弁，踏着西瓜皮，扑通跌了一双。黄芳度与提督接着也滑跌了。芳度身子伶俐，即行爬起。毛侠在案下，由暗中望到明处，觑得亲切，一举手，奉敬了他一支袖箭，黄芳度觉着肩窝上一痛，哎呀一声，重行跌倒。那提督方才站起，毛侠一举手，五寸来长一支袖箭，向心窝嗖地射进，两眼一白，倒地死了。

众弁目还没有知道，忙乱着搀扶。偏偏踏去踏来，都踏在西瓜皮上，滑得正打跌。黄芳度大喊："我已经中了暗器，你们快给我搜，屋中有了刺客呢。"

毛侠掀翻案子，一挺刀直奔黄芳度，众弁目尽吃一惊，急忙举刀来格。毛侠见屋小人多，不够盘旋，蹿出庭心，飞身上屋，揭瓦片向下飞掷，掷破了三五个头颅，鲜血直流。众弁目受了这大亏，又不能上屋，只好挺直了喉咙，大喊有贼有贼，瞧屋上时，早已声息全无。

外面兵弁闻警奔入，扶公爷入了屋，再去扶提台时，大喊不好了，军门大人出缺了。顿时都慌乱起来。忽报柴房走了水，陡闻人声嘈杂，霎时间火光炎起，映得庭心中都红起来，熊熊炎炎，烈烈轰轰，六月里的天，何等燥烈，早已烧成一片，黑烟自内冒出，哗哗剥剥，断椽碎木，带火飞爆而来，所着之处，火焰立即起发。黄芳度顾不得肩痛，拼命地向外奔跑。忽闻喊声大起，军探报称明军攻城。

黄芳度道："先救灭了火要紧。"弁目应声去救，还没有救灭，一个军弁喘吁吁奔来，大呼公爷大事不好了，吴将爷吴淑把囚禁的奸细和尚法楞释放出城，约明早来攻，就此南城投降。现在明将明军指名搜捕公爷，公爷快自处置。

黄芳度大惊失色，回身就逃，忽然喊声如雷，只听背后道："拿住黄芳度的，赏银十万。"脚步杂沓，势如潮涌。黄芳度穿小巷拼命地跑，跑未多路，面前屋上忽然跳下一个汉子，浑身一黑如墨，一挺刀大喊："毛聚奎在此，你逃向哪里去？"

黄芳度见巷中有一口井，双足一跳，扑通投井死了。

原来法楞和尚见刘国轩把行刺重任专托了毛侠，心里很不平，偷偷换上夜行衣靠，私入漳州府，想做出惊人的事情，显显自己手段。毛侠紧紧跟随他，因全副精神注在前面，并未觉着。法楞换上戈什哈衣服，径投提督衙门，忙中有错，不曾问得口号，被守门将弁察出，相杀起来。法楞虽然英雄，究竟双拳难敌四手，黄芳度与提督出来，喝令下面用绊马索，上面用钩镰枪，再叫藤牌兵四周叠牌如墙，不到半时就把法楞生擒活捉，略问一问，即交与部将吴淑看管。不意回进来就吃了毛侠一支袖箭，打了个落花流水。毛侠又到柴房纵了三五把火，等火烧得透顶，他就上屋蹿房越脊，到僻巷小街，高踞屋顶，乘晚风凉快。见火愈烧愈旺，杀声愈闹愈近，恰好瞧见黄芳度逃来，挺刀跃下。见他投井自尽，也就罢了。

此时吴淑已经放出了法楞，献城投降。刘国轩带兵入城，贴出安民告示。郑经接到捷报，亲自来漳按视。

这日，郑经向众将道："黄芳度投井自尽，已逃显戮，便宜了他。我想黄梧受先王抚养之恩，叛主降敌，那是人人切齿的，不能不追正典刑，以平将士公愤，叛将黄梧的坟墓在哪里？我要把他的棺木吊出来，开棺戮尸，你们看是如何？"

众将诺声如雷。郑经道："将士如此奋发，足见忠义自在人心。"遂命排队出城，到黄梧坟前。

但见石人石马石狮，一对对的两行排列，中间石亭翼然，石碑巍然，还有石鼎石台之属，旁边拱卫的松柏，倒也青翠可爱。石碑上写着"皇清诰授靖海大将军钦赐黄马褂宝石顶双眼翎敕封海澄公黄公之墓"一行大字。

郑经一见，顿时怒火中烧，喝令军士先把这不要脸的石碑扑倒了，军士一声答应，斧石交下，霎时之间就把这巍峨丰碑敲成三段。传令掘开坟墓，众军士百铲并下，人多手快，没半日早已掘见了棺木，吊出放在平地。只五六斧劈开了棺椁，见尸身犹未全腐。

郑经亲自验看，见黄梧的尸身头发已经半白，戴着铺绒帽，大红顶花翎，蟒袍外套，朝珠补服，一式的清朝打扮。郑经大怒，喝令戮尸。戮毕，遂叫架起松柴，举火焚掉。顿时烈焰飞腾，烧为焦炭。众将士都道这才是大快人心之举。事毕回城，已经是午牌时候。

潮州刘进忠派将到来报告军情，郑经立刻传见。来将道："刘帅叫多多拜上藩王，探得高雷清将祖泽清，已经叛清降吴三桂，又派大将马雄攻打肇庆，尚可喜东西受敌，力不能支，听说现在已经拜表北廷，自陈卧病将不起，请江西清兵急来援救。刘帅叫请藩王示下，可否立刻发兵乘势去抢惠州。倘不趁此机会，多夺几座城子，等清朝救兵开到之后，可就难了。"

郑经遂与刘国轩商议。刘国轩也主张立刻起兵。于是立下军令，叫何祐、刘进忠带兵攻打惠州。

此时军探飞马递报军情消息，每日总有三五起，战云变幻，忽进忽退，乍胜乍败，瞬息之间，情形大异。忽然报称清朝所派的将军觉罗舒恕、副都统莽依图，带了八旗精兵，已到广东。舒恕扎营高州，莽依图驻军肇庆。又报尚之孝统兵救惠州，巡抚金光祖也到了高州。忽又报尚之信与吴三桂遣使相通，局势已将大变。又报尚之信已经接受吴三桂封号，称为招讨大将军，更改服装，变易旗帜，杀掉他老子的谋士金光，并用兵守住平南王府，把他老子软禁起来，不准府中有一人出入，移檄府县，叫纳款吴三桂了。又报巡抚金光祖受了吴三桂札子，引本部人马五千，回肇庆去了。舒恕、莽依图两支人马，被金光祖阻拦住，不能前进。又报平南藩属的总兵孙楷廷，水师副将赵天元、谢厥扶都已叛尚投吴，尚之孝孤立无助，已经解除了兵柄，回广州去了。又报清将舒恕被尚之信开炮打跑，莽依图也已退回江西去。尚可喜发愤而死。吴三桂封尚之信为辅德亲王。

郑经喜道："广东如此扰乱，我可以急攻惠州了。"遂命刘国轩统兵三千，赶往前敌接应。刘国轩奉到大令，点齐人马，即日登程出发，不在话下。

却说郑经自刘国轩带兵去后，薛进思又派在泉州镇守，唯与侍卫冯锡范、兵官陈绳武、吏官洪磊、大侠毛聚奎魏耕阮春雷法楞等闲话消遣而已。

这夜明月当空，星河在望，满庭月色，映照得那屋子宛如浸在水里的一般。郑经高兴，邀了陈兵官洪吏官并众侠客，喝酒赏月。

法楞喝了几杯酒，喝彩道："好月色，咱们几个人，宛如在水晶宫里。"

郑经道："光阴真快，不过咱们出兵的时候，新苗还没有下种，才一转瞬，已经残暑将消，新凉乍起了。"说着时，一阵微风过处，捣衣的砧声断断续续，一声声吹送入耳。

洪磊听了，便觉凄然有感，正是：永夜闻砧难入梦，他乡见月易思家。

席间诸人瞧见洪磊这个样子，也都不大高兴起来。正这当儿，突然一个黑影从天而降，宛如梧桐叶落，落到阶前，却是一个人。众人尽吃一惊，仔细瞧时，是个肥头胖耳的大和尚。

郑经吓得直跳起来，指着那僧人道："你……你不是来行刺我么？"

那和尚大笑道："藩主怎么不认得我了？"

郑经心疑，仔细打量，十分面善，只是再也想不起。遂道："大和尚咱们在哪里会见过？恕我健忘，再记不起。"

和尚道："从前在东宁，随侍着师父与藩主是常相见的，一别数年，藩主贵人事情多，自然记不起了。"

郑经闻言，如梦初醒。

欲知此人是谁，且听下回分解。

第三十三回

了因腾身踞高塔
马宝蓦地拳剑师

话说郑经恍然大悟道："你不就是紫凝道人宗衡的高徒了因大师么？"

了因笑道："藩主究竟眼力不错。"

阮春雷等便都与了因见礼。郑经道："了因大师，这几年在哪里？现在从哪里来？"

了因道："我因闻得藩主西征图恢复，战无不胜，攻无不克，本要趋辕称贺，恰好吴大元帅叫送一封信来，一举两便，用剑术飞行，从湖南动身到这里，也整整走了两天呢。"

郑经道："原来大师现在吴三桂那里。"了因点头称是，遂在胸口探出吴三桂书信，呈于郑经。

原来了因自从入了峨眉之后，凝神一志地练习剑术，心不外驰，思不他务。他是内功出身的人，积精全神，根基本是不同，自然事半功倍，进境比众快速。三年工夫，练成了一柄神剑、两枚弹丸。也是白猿老人数当兵解，了因艺术既成，心想只有白猿老人技艺高出己上，如果把老人害掉了性命，自己就可以天下无敌。于是趁白猿老人游眺山景时光，冷不防吐出剑花，一道青光直奔老人颈际。

但见青光缠绕，老人的脑袋顿时堕下。了因收回了剑，把白猿老人尸身照礼安葬。好在吕元等一班同学早已离山他去，知道的人很少。了因办好了丧事，在师父坟前哭祭一番，出山游行。

恰值吴三桂起兵叛清，贵州、湖南、荆州，尽都失陷，襄阳总兵杨嘉来，广西将军孙延龄、提督马雄、四川巡抚罗森、提督郑蛟鳞、总兵潭洪、吴之茂，福建耿精忠，便都响应，六省官兵都听受吴三桂号令，声势非常浩大。了因不禁技痒，走谒巡抚罗森，愿以剑术帮助军事。

罗森不很信，了因道："请大人当场试验。"

罗森问他如何试法，了因道："大人调一千兵到校场，各带强弓硬弩，把我围困在中心，大人下令尽把我当作箭靶子，叫他们万弩齐发，如果有一箭射中了，我的剑术就是不济。"

罗森听了，半信不信道："有这么的本领？本部院别说没有见过，连听都没有听过。"

当下就在抚标中挑选了一千名神箭手，一个个都有百步穿杨之技，每人带上一张弓，满壶箭，命一员参将统着到校场伺候。

罗森与了因并马到校场，向了因道："万箭穿身，可不是玩的，大和尚还是不试吧。"

了因笑说不妨。罗森道："性命攸关，这是大和尚自己情愿呢。"

了因道："绝不怪及大人。"说毕合十道："请大人升坐演武厅发令。"说了这一句，回身径奔校场中心，合目坐地，调神息气，宛如入定似的。

罗森落了演武厅。只见一个旗牌官，手捧大令，从演武厅上下来，向外站住，大声道："抚帅有令，着大小将士速把了因师团团围住，听候发令。"

众将士应声如雷，即见左盘右旋，把了因困在垓心，围得铁桶一般。遂见旗牌官传下第二个将令，叫军士望准了和尚放箭。这一声令传下，就见人人扣箭拽弓，呼呼呼，那箭便飞蝗似的向了因射来。

此时演武厅上除罗森之外，还有提台郑蛟鳞、镇台谭洪吴之茂，都在那里聚精会神地瞧看。只见了因口中吁地吐出一股青光，电光似的盘旋飞舞，愈绕愈急，哪里有什么了因，只见一大团青光，在那里闪动而已。射去的箭碰在青光上，叮当有声，纷纷堕地。

一时军士的箭射完，了因收了剑，徐徐起身道："如何？小僧可是谎语么？"

罗森见了骇然，郑提督走下演武厅。只见校场中一个大圈儿，尽是箭支，圈内没半支，齐齐地尽在圈外，拾起一支瞧时，箭头的锋芒早已削去，千支一式。

了因见校场东首有一高塔，高矗云霄，数去恰是九层，笑向众人道："我可以不由梯子，径上塔顶，博诸位一笑。"

说毕，只见他腾身飞跃，横空直扑，宛如一只玄鹤，才一转瞬，已上了塔尖，径登葫芦之上，凌空坐着，向四周合十行礼。瞧得众将士喝起连珠的彩来。罗森瞧得目定口呆，不住口喊奇怪。

了因腾身飞下，走上演武厅。罗森道："大和尚是罗汉临凡，凡人断难比拟，本部院立刻修书，荐大和尚大元帅那里去。"

了因大喜，罗森问："大和尚道德高深，必是吃素的。"

了因道："荤素不拘，我是极随便的。"

于是大排筵席，专宴了因。办的是八珍燕菜。了因当筵大嚼，谈笑风生。罗森待以上宾之礼。住了两天，罗森的荐书已经修好，了因藏了荐书，别了罗森，取道登程，径投湖南来见吴三桂。

原来吴三桂此时已亲赴常德、澧州督战，檄调土司苗猓，以助军锋，伐取黔楚山木，打造楼船巨舰，采取云南白铜铸造钱币，以利用通宝为文，转运川湖之粟，以充军饷。派大将吴应麒镇守岳州。

这吴应麒真也了得，在岳州城外掘下三重壕沟，设下陷马坑，布下鹿角蒺藜，以拒马步。又在洞庭峡口密密钉下梢桩，以拒船只。澧州石首华容松滋各要地，都布下重兵，成为掎角之势。清朝诸帅统着雄兵猛将，云集在荆州、襄阳、武昌、宜昌、诸郡，没一个敢渡江开仗的。

吴三桂在常德地方，终日操练人马，布置一切。当下了因一到常德，径投大元帅辕门，投递荐书。只见辕门上大小旗帜一白如雪，卫士如林，作对儿站立，从辕门直到大殿凡墀，整齐划一，刀斩斧截相似。各路将帅上辕请谒的，络绎不绝。了因见众将上辕的，都先到传事处回话，便也到传事处回明缘由，传事处见说是四川罗抚院处来的，不敢怠慢，立刻入内通报，吴三桂立命进见。

了因跟了传事官到便殿，见吴三桂已把短发蓄长，两鬓已都斑白，居中南向而坐，幅巾便衣，并不穿着公服。两旁侍坐着十多个文武，都是明朝服式。了因上前行礼，呈上荐书。吴三桂瞧过，改容起身道："原来大师是剑师，吴某失敬了。"遂延了因上坐，以宾主礼相待。

这夜又特备盛筵，与了因接风。众将见三桂如此礼待了因，心下都很不服。内中要算总兵马宝最为气愤不过。这马宝原是大明晋王李定国部将，生有万夫不当之勇，弓马娴熟，武艺精通，善使一柄长枪，在百万军中舞枪驰突，如入无人之境。顺治末年，吴三桂穷追李定国，在磨盘山中了伏，几被活擒，也是马宝所为。李定国死后，马宝率众来投。吴三桂表奏为部藩总兵，征水西、征苗猺，战功都是第一。为三桂军中第一员虎将，军中称他筋铁骨常胜将军。

当下马宝见了因高踞首座，大喝大嚼，大有旁若无人的气概，遂偷偷出席，密至了因身后，舒筋运气，使尽平生之力，握起钵头般的拳，缩退三步，蓄足势，望准了因腰里，虎奔而前，狠命地一下。马宝的拳头非比等闲，挝在石狮上，也要碎掉一大块，何况这一下是使尽平生之力。瞧了因时，竟没事人似的依然吃着笑着讲话。只听马宝哎哟一声，已经跌倒一丈开外，也不曾见了因还手，如何跌倒，连马宝自己都不曾知道。

众人尽都骇然，都道："吾师真是天人。"了因不过微笑而已。

吴三桂因问大师此种本领，是天生的还是学习成功的，了因因言起初跟师父宗衡在台湾学习内功，做了基础。后来遇着异人入山学剑，等到剑术学成，传授剑术的师父弃世仙去。"师父出世，我就入世"地略说了一遍。

吴三桂道："这么说来，大师与郑延平是认识的?"

了因回言认识。吴三桂道："我此番起兵，也为的是恢复中国疆土，与郑延平宗旨相同，所以郑耿相争，兵连祸结，是我叫耿招讨退让，与延平议和，定了枫亭之约。现在延平攻打惠州，又与辅德亲王尚之信争城夺地，我看清廷窃据中国，大敌在前，我们当一德同心地对外，很不该自相吞噬。大师既与延平有旧，好极了，这件事我也不去再派别人，就专托了大师吧。给你一角公文、一封书信，公文递与尚辅德，叫他依我的令，把惠州割给郑延平。书信交与延平，就请他弃仇修好。尚辅德那里先去，郑延平那里后去。"

了因道："大元帅差遣，了因自当遵令。"

吴三桂大喜，遂命幕客起草一角公文、一封书信，用过了印，都交与了因。了因辞别三桂，登程出发。先到广东见了尚之信，呈上公文。

尚之信见是吴三桂的命令，自然不敢违拗，向了因道："既是大元帅这么说，尚某自当顾全大局，让出惠州，烦大师上复大元帅，说尚某已经遵令。"

了因在广东耽搁了两日，领了回文，就到漳州来。行抵漳州，恰好明月当空，砧声断续，了因就借剑术，腾身空际，飞落庭阶。

当下郑经问起别后情形，了因约略说了几句，并言奉吴三桂之命，来此议和，遂解开衣襟，从胸口取出一个油纸包儿，解去油纸，是一封书信，交与郑经。郑经瞧过，也很欢喜，因问近日军情。了因道："西藏达赖喇嘛也肯帮忙，已替大元帅游说北廷，劝康熙割地封吴，免得生灵涂炭，北廷是否听从，还未有消息。"

郑经道："荆楚要地，被清军扼住，吴氏终难飞军北上，我这里得着军报，知道清朝已命顺承郡王勒尔锦为宁南靖寇大将军，统率到荆州，贝勒尚善为安远靖寇大将军，助攻岳州；安亲王岳乐为定远平寇大将军，出兵江西，简亲喇布为扬威大将军，镇守江南；贝勒洞鄂为定西大将军，攻打四川，康亲王杰书为奉命大将军，攻打福建。八旗精兵，倾国南下。吴氏能够支持，已非易事。"

了因道："藩主于战阵的事，经历已多，自古倾国之兵，后难为继，何况以王贝勒而拜大将军？休论靠着上代余荫，袭爵为王，素来不懂军务，此辈富贵已极，谁肯拼命血战？大将军这么多，各不相统，各自逞能，能够济什么事？"

郑经听了，不禁点头称有见识。

欲知后事如何，且听下回分解。

第三十四回

双侠叩马谏精忠
一士单骑招大任

话说了因听了郑经的话，答道："吴大元帅已分道出兵，一支由长沙窥江西，一支由四川窥陕西，江西的吴军与耿精忠合兵攻下三十多城，四川的吴军联合着陕西王辅臣，也很得手。"

郑经道："吴大元帅的军略原很不错，但是不为本朝立君，名义终欠正大，怕难号召天下，维系人心呢。"

了因道："大元帅原要访求崇祯太子，立之为君，宏光隆武永历，都以藩王继统偏安，大元帅不很合意，所以不曾出来相助。"

郑经道："但愿他能够如此，我也初无成见。"

了因问起宗衡、顾肯堂、席文延，郑经道："阔别已久，近来听得席文延隐居在太湖中，宗顾两人隐居在天台山，你要知道详情，只要去问魏侠士，他是会面过的。"

了因于是访问魏耕，才知席文延腾身水面，飞刺康熙，受伤一足，成为残疾，并曹仁父流寓东山，吕元订婚周女的事，备细说了一遍。次日，郑延平写下回书，付与了因。了因告辞登程，自回湖南而去。这里郑经立刻颁令，叫前敌统帅刘国轩带兵入惠州，与尚氏画疆而守。

此时清廷派出各位大将军，果然不出了因所料，爵至亲王贝勒，养尊处优惯了的，只知占居民房，广渔民女，部下将士更仗了主帅的势，骚扰淫掠，恨不得把个世界翻了过来，哪里来闲工夫出兵开仗？因此吴三桂的声势一日强似一日。

王辅臣据守平凉，吴三桂知道陇右形势为天生险塞，难得易守，急发犒师银二十万两，给与王辅臣，一面派大将王屏藩、吴之茂，由汉中出陇西援应。吴三桂亲至松滋接应。不意康熙帝竟然派出一员谋勇兼优的大将来。

此人名叫图海，姓马佳氏，是满洲正黄旗人，由笔帖式出身，官至大学士议政大臣。康熙初年带兵出征十三家七十二营，宛如风扫落叶，只半年工夫，四川湖广郧襄全境肃清。现在康熙见兵久无功，遂拜图海为抚远大将军，总辖陕西全省，亲王贝勒以下咸听节制。图海到军，即督诸将出战，一战就夺着虎山墩，截断吴军饷道。王辅臣被逼出降，吴军顿时势蹙。

耿精忠在衢州九龙山地方与清将相持不下。军报络绎报入漳州，郑经即与部下文武商议。

兵官陈绳武道：“古人说得好，只可而进，知难而退，趁他扰乱当口，咱们急速进兵，多占几座城子，将来不管他谁成谁败，咱们的基础坚固了，谁也不怕。善来善御，恶来恶挡。”

郑经道：“陈兵官的话，与我意合。”再问众人，众人也都言机不可失，郑经决计即日发出水陆两路人马，攻打江邵诸府。毛聚奎等一众侠客乔扮作江湖星卜，先军而行，埋伏在紧要所在。大兵一到，里应外合，因此旗开得胜，马到成功，攻克下不少的城子。

只苦了耿精忠，外抗清兵，内御郑氏，顾了这里顾不了那里，狼狈之极。于是派儿子耿显祚到清营投降，献上吴三桂给的总统印信，怕范承谟搬弄是非，遣人到土室逼他就缢以灭口。

这范承谟真也是个铁汉，在械所三年，头戴御赐的顶帽，身穿别母时的衣服，每遇朔望，捧了康熙历本一册，北面再拜。

当下耿将奉令到土室传谕，时已夜半，范承谟从梦中惊醒，索取顶帽。耿将夺帽掷地道："死要死了，还怕冷么？"

范承谟大怒，即用手靠挝耿将道："逆奴省得什么？我是不忘君恩祖德。"于是整肃衣冠，望北行了三跪九叩礼，方才就缢而死。

耿精忠得着范承谟死信，遂命文武各官、马步各将跟随自己，到清军投降。正欲起行，突然奔来两人，一人伸手抢住精忠马嚼道："既有今日，何必当初？总统一入清营，就是死路，我不忍见总统死在北京法场呢。"

耿精忠道："都为听了你们，联吴结郑，才结出现在的祸来。现在你们还要阻挡我么？"

众人瞧那扣马而谏的，却是江子云、陈四两人。只见江子云道："清帝本属胡人，满汉久已歧视，总统就使忠心事主，恭顺万分，他还要百计千谋地算计你，终难保始终富贵，何况三藩同举大事，天下半已倾动，势成骑虎。现在投清，任你沥胆披肝，洗心革面，他总刻刻防闲，不肯相信。吴尚一朝被夷，总统必遭不测。"

陈四接着道："打仗的事情，胜败原是兵家常事，才一小挫，就要灰心，已经不可，况现在闽粤川楚，联成一气，一地动摇，震及全局，总统万不能降清。"

耿精忠道："我计已决，不必多言。"策马径行。

江陈两侠知道谏也无益，长叹一声，便丢下耿氏，隐向他方去了。此时陈五已经殁于战阵，陈四到处遨游。在江西地方遇着一位老镖师姓许，十分投机，许老镖师家有一女，年正及笄，虽无十分姿色，却懂几路拳脚，就招赘陈四为婿。江子云却一叶扁舟，到太湖中找寻席文延，从此不问兴衰治乱，都不在话下。

却说耿精忠投到清营，一见奉命大将军康亲王杰书，即跪地痛哭，口称世受国恩，原不敢叛，一时糊涂受人之愚，现在痛自悛悔，情愿充作向导，引大兵征剿海寇郑氏，戴罪立功。

杰书道："我已许过你代乞天恩，还封世职。现在既然反正，当立刻题本请旨，望你今后好好儿做官，再不要忘了天恩祖德。"耿精忠叩谢起身。

杰书笑向左右道："姚熙之一人之力，不弱于十万之师。"遂命请姚过来。差官应声而出，一时请到。只见那人七尺来长身子，阔额长髯，双瞳闪闪如电，见了杰书唱名行礼，吐语声若洪钟，举动皆有英气。

杰书一见那人，改容相待，遂道："耿藩反正，都是熙之之力，本邸专折奏闻，保举熙之为闽省藩司。"

那人道："这都是圣上天威，王爷洪福，职道也不过是因人成事，适逢其盛罢了，何敢再邀殊奖？"

杰书道："不必谦逊，本邸也无非为国家荐贤呢。"

原来此人姓姚，名启圣，字熙之，浙江会稽人氏。天生的膂力，能开廿石之弓，权诈机警，多谋善断。年轻时候好侠，犯了人命，就投了旗，隶在汉军镶红旗。康熙登位，他以布衣上疏，请八旗开科。康熙二年，八旗第一次乡试，他就中了解元，出为香山县知县。该县连年荒歉，前任知县为了欠粮因在狱中的，共是七人。

姚启圣叹道："明年连我为八人了。"于是张罗置酒，请七人出狱痛饮。饮毕各赠川资，纵使回家。一面通详上司，言七令名下应追之银十七万，已于某月日，如数收库清讫，恰遇澳门大盗霍侣成之乱，香山失守，此案就无从查究。

霍盗猖獗异常，督抚遣将调兵，竟难制服，经姚启圣设计生擒。不意大遭督抚之忌，竟诬他私通海寇，奏请军前正法。启圣得着消息，夜见平南王尚可喜，自诉冤枉。尚王替他动本，督抚为了此事，都畏罪自杀。此番康亲王杰书奉旨南征，他就以家财募兵，带了妻子何氏、长子姚仪赴军前效力。

他妻子何氏是个女力士，力能扛鼎，走及奔马。儿子姚仪能挽强弓，百步外洞穿四札。大车驾了四头劣马，驱车飞驰，一手自后挽住，四马齐都倒行。一门武勇，又加上他的能谋善断，自然连战皆胜，擢升为温处道佥事。

杰书派他为前部先锋，攻入仙霞关，他就派人说耿王投降。耿精忠狐疑莫决，姚启圣匹马闯入耿营，请见精忠，力劝他归顺。

精忠设筵宴客，启圣饮啖笑乐，指画伉爽，精忠不觉心折道："公是李抱真一流人，必不诳我。"遂决定投降。姚启圣差人报知杰书，催军速进。耿精忠果然来降。

当下杰书保奏姚启圣为福建布政使，遂下军令，命姚启圣同了耿精忠，率同降军进攻郑经。行到邵武地界，大河阻住去路，姚启圣命军士备办船只渡河。郑将许耀雄正在尼庵中喝酒快乐，得报清军临河，慌了手脚，立刻仓皇逃走，弃下甲仗军资不计其数。姚启圣渡过了河，邵武郑军守将吴淑，率众来迎。启圣派儿子姚仪出战，姚仪答应一声，提枪上马，飞出阵来。遇见吴淑，也不询问姓名，举枪就扎。吴淑用刀背格开，觉着来枪很有力量，格去十分沉重。战到二十多合，姚仪的枪活似一条怪蟒，左盘右扎，厉害非凡。吴淑抵挡不住，拨马便走，姚仪把枪一招，马队步队一齐冲杀过去，喊声大震，尘埃冲天。吴淑不敢回城，率领残败人马逃向兴化去了。

姚启圣得了邵武，派将到康亲王大营报捷。忽报吴三桂派骁将韩大任从吉安突围而出，由赣入汀，将与郑经联为一气。姚启圣大惊道："韩大任绰号小淮阴，有万夫不当之勇，是吴军中的名将。如果与郑经联合了，猛虎生双翅，为害不浅。"下令马步三军，兼程前进。只两日工夫，已抵汀州地界。离城十里扎下了营寨。姚启圣传令备马，只带得一名老兵出营，径向汀州而去。阖营将士尽都失色，偏偏姚启圣临走下令，不论是谁，无故离营立即斩首，因此都不敢跟随。

这夜启圣并不回营。次日辰牌时候，忽见尘头大起，人喧马嘶，姚启圣与韩大任并马而行，后面马步三千，紧紧跟随。姚仪出接，大喜过望。

原来姚启圣匹马到汀州，把韩大任一夕话说降。检阅他的军队，得着死士三千，即用为亲兵，并马带队回营。不废一兵，不折一矢，唾手得了汀州。姚启圣带队入城，下令休养士马，且待过了残年，再图进取。一面派出细作，到郑军所驻各城，搬唇弄舌，大施反间之计。

次年就是康熙十六年，一过年初五，启圣统率马步，浩浩荡荡直向兴化进发。兴化郑军守将一个就是名震南粤的何祐，一个是赵得胜。兵临城下，不意这两员虎将都中了姚启圣反间计，互相猜忌起来。

欲知后事如何，且听下回分解。

第三十五回

刘国轩威震八闽
姚启圣计图两岛

话说何祐疑心赵得胜与清军相通，赵得胜指天誓日，力言没有什么，何祐哪里肯信？赵得胜见清军已临城下，急率本部人马出城迎敌。何祐登城瞭望，见赵军才过吊桥，就哗然溃散，心想：倘不通敌，如何会这么不济事？

却说赵得胜一马冲过吊桥，忽闻背后哗闹之声，回头见手下兵将纷纷溃散，不觉大怒，抽箭扣弦，连发数箭，个个应弦而倒。射了一会子，瞧见城上何祐按兵不动，喑道："我不幸与你们共事，该当死了，该当死了。"跳下马手挽强弓，射杀数十人。清军冲上，力战而死。何祐蓬发出奔，兴化就此失陷。

姚启圣乘胜进攻，先声夺人，势如破竹，兵到泉州，锋都没有交，郑军已经退去。到漳州也就不劳而获。郑经不敢再战，遁入厦门，以避其锐。姚启圣又派韩大任到潮州说守将刘进忠来降，居然一说成功。刘进忠举城投降。

郑军大将刘国轩在惠州，失去了潮州屏藩，唇亡齿寒，知道坚守也无益，于是也弃下了惠州。郑军所得的七府疆土，一时都溃。

郑延平经过此回崩剥，颓丧异常，封刘国轩为武平侯，军国大事尽委托武平侯办理。刘国轩大事整顿，挑选强壮，淘汰老弱，信赏必罚，厉行军法，礼待诸侠士，虚衷延纳。毛聚奎、魏耕、阮春雷、法楞等无不悦服。

那东宁留守陈永华知道国军不利，便接济了大批军粮铠仗弓矢三十艘来。刘国轩大喜，日夕训练操演，把军士练得精强齐一，英锐异常。到次年正月，各将弁郁愤踊跃，都愿一战。

刘国轩喜道："此军可以用矣。"于是立刻下令出发。

这一回的军锋，果然十分厉害，沿海洲堡无不望风归附。不多几天，早下了十多座城子。清军守将告急文书雪片也似打到大营，于是各路援兵陆续到来。开到的计有：福建总督郎廷相、海澄公黄芳世、都统胡兔，都是从漳州来的。福建提督段应举从泉州来的，宁海将军喇哈达、都统穆赫林从福州来的，平南将军赖塔从潮州来的。各路兵马共有七大支，人喧马嘶，声势十分浩大。

刘国轩只有七千人马，分为前后中三军，命吴淑统人马两千为前军，何祐统人马两千为后军，国轩自率三千为中军，前后中三军驰突冲杀，急如飘风，锋锐莫挡。各路将帅无不震栗咋舌。

众侠帮助战斗，法楞在前军，阮春雷、毛聚奎在中军，魏耕在后军，斩击尤众。自正月出兵开战，杀到闰三月，黄芳世、穆赫林在弯腰树地方大败，胡兔在镇北山地方大败，段应举在祖山头地方大败。杀败了这几路清兵，刘国轩的威名重又大震。

当下刘国轩乘胜攻下平和，进兵围攻海澄。围了三匝，掘了无数的壕堑，钉上无数的星桩，休说人马，就飞鸟也难渡过。围攻了半个月，忽报清将段应举统了大队救兵到来。阮春雷即欲出迎。刘国轩道："清兵初来势盛，未可轻敌。"

毛聚奎道："不知来有多少救兵，我去哨探一番。"

刘国轩道："好极。"毛侠飞步出营而去。这夜三鼓才回营，报告道:"段应举人马号称三万,实有一万左右,半是绿营,半是旗营,倒都骁勇得很。"

刘国轩道:"这倒是个劲敌,毛君可有高见?"

毛侠道:"咱们跟他开仗,倒有腹背受敌之虞,依我主见,不如开围一面,放他入城,城中粮食本属有限,现在平添上一万多的吃口,自然粮食耗得更快。粮一断,兵就乱,这座海澄城不是不攻自破么?"

刘国轩喜道:"真是奇计。"下令开围一面。清军不知是计,尽数入城。刘国轩放起号炮,把海澄城依然围得铁桶一般。清军几次冲突,哪里冲突得出?

围至六月,城中食尽。国轩请阮侠飞身入城,侦察得明白。突令军士担沙负草,叠与城齐,一声炮响,蚁附而登。清军饥疲已极,如何能够抵抗?只半日工夫,海澄早已攻下。清将自都统提督总兵以下,都被杀死。满汉人马杀掉三万多。

刘国轩得了海澄,遂命吴淑攻打漳平、长泰、同安,何祐略取南安、惠安、安溪、永春、德化。国轩亲统得胜之兵,围攻漳州。请阮侠率兵围攻泉州,法楞大师带步兵一百拆毁漳州的江东桥,毛侠带步兵一百拆毁泉州的万安桥,以防清军来救。

这时光武平侯刘国轩,威震八闽,清军主帅康亲王杰书屯兵福州,不敢前进。军报传到北京,康熙帝大怒,立下严旨,叫把总督郎廷相革职,拿解来京。一面谕康亲王,速保堪胜闽督的人。

康亲王力保姚启圣为福建总督,吴兴祚为福建巡抚,杨捷为福建提督。这吴杨两人都是姚启圣的好友。一时旨下,准如所请。并令姚启圣节制各军。姚启圣拜折谢恩,就在谢恩折中,密陈方略。

康熙向阁臣道:"闽督得人,海寇快要平靖了。"于是降旨褒劳姚启圣。姚启圣愈益感恩图报,立即登帐发令。命平南将军赖塔率领轻兵抄袭敌人的饷道，命提督杨捷攻打惠安，命巡抚吴兴祚攻打漳平，调度井井。

不多几天，杨捷、吴兴祚的捷报先后递到。惠安、漳平都已遵限克复。杨提督并乘胜袭破陈山坝，以出万安桥之背，夺着了万安桥。接着又报平南将军赖塔的兵已从安溪小路抄出同安，泉州的敌军已经解围遁去。

姚启圣道："刘国轩不是无谋之辈，连着几路失事，必然退守漳州，倒不可轻视。"

此时流星探马飞报军情，每日总有三五起。姚启圣办事认真，吩咐差弁，探马到来，不论何时，立引进见。倘有阻拦等事，察出定按军法。

一日军探报称，刘国轩已率二十八镇兵马，回到漳州。筑起营寨十九座，吴淑、何祐也率兵马十一镇，扎营溪西，成为掎角之势。

姚启圣道："果然不出我之所料。"于是定计出兵。命都统胡兔为前部先锋，耿精忠为右拒，赖塔为左拒。姚启圣自为后应。

耿精忠见郑军连营结寨，号称十万，声势十分浩大，心颇惶惧。

姚启圣道："刘国轩恃胜而骄，必不把我们视作大敌，趁此大雾，突然出击，我信剿平海寇，就在这一回呢。"说着口吹筚篥，马步一齐出队。霎时之间，已到龙虎山，与郑军相遇。先锋胡兔带着钟宝、张黑子两个勇士，突马冲阵，挺矛乱刺。郑军中法楞大师接住厮杀。大师两柄戒刀，神出鬼没，力敌三员马将，毫不畏惧。一时张黑子的坐骑，被戒刀斫断了一足，把张黑子颠下马来。钟宝救回，奔回本阵。胡兔如何是法楞对手，一马一步，一高一低，不一时就见马上那位胡都统汗珠粒粒，气喘吁吁，很有支持不住的样子。姚启圣、姚仪双刀并出，亲往救应，也难取胜。

耿精忠一见，拔剑斫地道："我得与此贼同尽，死也不恨。"立

211

斩退后者三人，大呼驰突。清军继续涌进。

此时战场上，鼓声、喊呐声、弓弦声、刀枪接触声、人马驰突声，百响齐鸣，千声并作，宛如江翻海倒，岳撼山摇，尘埃滚滚，也辨不出谁是敌军，谁是本军。只认旗帜所在，就奔杀前去。这一场恶战，真杀得尸横遍野，血流成渠。清将人人奋勇，个个争强，从辰初直战到酉末，连破郑军营垒十六座，阵斩郑将、郑英、刘正玺、吴潜等，生擒一千二百多人，斩首数万，溺死的也有一万多人。大侠毛聚奎、阮春雷都被溺死，刘国轩泅河逃入海澄。

这座海澄城，峻险异常，三面都环着海，陆地只有得一面。国轩一到海澄，就督率军士，在陆地这一面掘壕引潮，阻止清军。筑堑高至数丈，排列艨艟大舰，与厦门、金门、海坛，首尾相应，并时时出攻江东桥的清营，窥伺漳州。姚启圣竭尽智勇，终难一鼓荡平。相持了一年有余，没有进退。

康熙十八年冬十月，启圣遣兵进攻萧井寨，郑军大将吴淑出战，依然杀了个不分胜负。偏偏这夜里，一垛旧墙压下，吴将军适当其冲，就此死于非命。郑军都很懊丧。

却说姚启圣见海澄地险难拔，遂换了一个法子，奏请在漳州地方开设修来馆，大事招抚，专以官爵银币诱致郑军将吏，凡从郑军中来的人，即盛为供帐，金帛一切，有求必应，就是逃去了也不追问。捉着奸细，不但不杀，并且待得十分优厚。奸细感恩知己，倒把来意倾筐倒箧地说出。漳州城中几所沉沉宅第，都满贴上门条，大书特书，煌煌官衔，某镇某官公馆。有时督院传谕，叫备办公馆，声言某月某日，某将当来投降。这么一来，郑营各将就互相猜疑，时起龃龉，送款的没一日不有。

也是清朝运不该绝，它的心腹大患吴三桂，竟会在湖南地方得病身死。尚之信、孙延龄重行投清，所失之地渐渐恢复。此时清军水师攻破了岳州，康熙立命水师提督万正色，带了湖南江浙战船三百艘从海程赴闽助战。姚启圣、吴兴祚新修三百艘战船，也恰恰完工。

万正色船到漳州，姚启圣备酒接风。席间谈起郑军情形，万正色道："我有一条平海之策，不知可用不可用？"

姚启圣忙问何计，万正色道："请制府遣将派兵，沿海与他浪战，把郑军各将牵制住了，我督着水师，以诸将之锐，扬帆突浪，直逼海坛，制府捣他陆路，我攻他水路，两路夹攻，破敌必矣。"姚启圣连称妙计。

次年，福建清将水陆并出，大举伐岛，时康熙十九年正月也。早有细作报入厦门，延平王郑经大惊，立命左武卫林升，督同援剿左镇陈谅，左虎卫江胜，楼船左镇朱天贵率兵抵御。

这林升原是个无谋之辈，瞧见清军势盛，哪里敢出兵抵抗？立命弃下海坛，退守辽罗。

朱天贵谏道："海坛形势与海澄呼应，为金厦两岛屏藩，海坛一失，海澄也不能守。海澄不守，两岛绝难保全。请统帅万勿轻离。"

未知林升听从与否，且听下回分解。

第三十六回

赖贝子一意议和
武平侯两回遇刺

话说朱天贵见林升要弃下海坛，苦言力谏。林升道："藩主既命我为主将，军务须由我做主，我意已决，不必多言。"下令大小三军，立时退出海坛，都向辽罗退去。

朱天贵叹道："如此的主帅，国军必败。与他共事，无非同归于尽。"于是率领本部人马降清。朱天贵一降，诸戈船无不望风溃散。

刘国轩见大势如此，知道战难取胜。于是全军而退，弃下海澄，回到厦门来。姚启圣乘势进兵，收复了十九寨。刘国轩测度形势，知道金厦两岛终不可守，于是趁清兵未至，奉了郑经还台湾来。

郑经的母亲董太夫人听得郑经败回，立命召入，正色道："冯陈之业衰矣，犹有先君黄洪之刃。若辈其庸可赦乎？不才子徒累维桑，则如勿往也。"郑经一语不敢置辩，诺诺连声而退。

此时的郑经，潦倒抑郁，日以醇酒妇人，消磨这无聊岁月，一应国事都由武平侯刘国轩、忠诚伯冯锡范两人处决。

一日，大清平南将军贝子赖塔专差武弁一员，搭船来台，送上一封书信。郑经拆开，见上写着：

大清平南将军贝子赖塔，致书于明延平王郑足下：

　　自海上用兵以来，朝廷屡下招抚之令，而议终不成，皆由封疆诸臣，执泥割发登岸，彼此龃龉。……足下父子自辟荆榛，且眷怀胜国，未尝如吴三桂之僭妄。本朝亦何惜海外一弹丸地，不听田横壮士逍遥其间乎？

　　今三藩殄灭，中外一家，豪杰识时，必不复思嘘已灰之焰，毒疮痍之民。若能保境息兵，则从此不必登岸，不必剃发，不必易衣冠，……于世无患，于人无争，而沿海生灵，永息涂炭，唯足下图之。

　　郑经见兹事体大，立召武平侯忠诚伯并一众文武商议。刘国轩道："来书诚恳切实，倒非虚辞浮说可比，国兵新败，不得不培养元气，徐图恢复，保境息兵，是很要紧的要着。清国这么的大，犹愿讲和，咱们反倒不愿和，天下从无此理，藩主自该应允。"

　　冯锡范道："清朝虽大，为了三藩的事，元气也必大伤，并且旗人不习海性，先王时光，几次发兵几次覆没。现在的和事，一半是为培养元气，一半也为惧怕我们呢。论到议和这件事，自然不能不允他，但也不能就允他。我看藩主复他信，一切都依他的教，不过请他留出海澄作为互市公所，俾两地人民得以通商贸易。现闽省大吏禁止商船出洋，禁止台船进口，使本岛茶铁布匹一应日用东西，异常腾贵。本岛的土产鱼米水果异常低廉，为本岛民生之大患。这互市公所是必要的事情。"

　　郑经听说有理，遂照冯锡范意思，回了一封书，交与来员带去。差官回到福建，赖塔见了复书，就要题本请旨。姚启圣力争不可，和议遂没有成功。

　　却说郑经自从兵败东归，纵情酒色，不问政事，就此得了一病，病的是内损症，本属难医。岛上又没有良医，杂药乱投，自然轻病变重病，重病变死。延到康熙二十年正月壬午日，一瞑不视，归天去了。

郑经一死，岛中就起了个小小骚乱。郑经的长子名叫克𡒉，是乳婢所出，为人却礼贤下士，谨守法令，物望归之。郑经为娶陈永华女。康熙十三年，郑经统兵西征，听从陈永华之言，命克𡒉监国，永华为留守，助理庶政，把两千八百里的台湾，治理得井井有条。群小见他这么明察，很是畏惮。郑经的诸弟也各存私心，颇不以克𡒉得立为利。

郑经兵败东归，忠诚伯冯锡范先用计削去陈永华兵柄，永华郁郁而死，克𡒉失去了帮手，遂共在董太夫人跟前，大进谗言，说上克𡒉许多坏话。妇人家耳根子软，自然信以为真。到这会子郑经的气才断，冯锡范就带兵入府，口称奉董太夫人命，收取郑克𡒉的监国印，遂令兵士把克𡒉缢死，旋拥郑经次子郑克塽嗣为延平王。这郑克塽通只八九龄的孩子，懂得什么，一切国事都由冯锡范一人办理，各将都各愤愤。

一日，海船抵埠，有一僧一俗两客登岸，指名请见武平侯。刘国轩心疑，请入相见。见那僧人就是阔别已久的了因剑师，惊喜交集，忙问：“我的师别来无恙？此位是谁？”

了因道：“这位也是剑师，姓路名民瞻，是我的好友。”

刘国轩道：“吾师不是在云南建立非常么？怎么有暇来此？”

了因道：“云南的事情已经大坏，侯爷还未知么？”

刘国轩道：“路途遥远，不很底细。”

了因道：“吴王起事之初，六省响应，声势倒很浩大。后尚耿两王与孙廷龄、王辅臣先后降清，陕西、广东、福建三路大援，尽都失去。疆宇日蹙，部下各将反都上表劝进，吴王竟也高兴，就在衡

216

山脚下，筑坛郊天，即位做皇帝，国号大周，改元昭武，升衡州为定天府，居然称孤道寡起来。偏偏这位皇帝来得命短，三月里登基，到八月就驾崩了。皇太孙吴世璠即位，改元叫洪化。吴王在世时光，诸将纷纷献计，有主张渡江北上的，有主张直下金陵的，也有主张出巴蜀据关中的。吴王不肯轻弃云贵根本，都不采用。初得湖南，即下令诸将，毋得过江。"

刘国轩听到这里，掀髯道："吴三桂真是英雄，不过江则兵聚力雄，事纵不成，也可划长江而为国。后来可怎么样？"

了因道："吴王一死，那几位开国元勋可就意见纷歧了，夏国贵大倡弃滇之议，言为今日计，有进死，无退生，宜舍湖南不顾，北向以争天下。陆军出荆襄与蜀兵相合，直趋河南，水军下武昌，掠舟舰南下以撼江左。马宝首先梗议。吴将议论未定，清兵已经三路入云南，一路从湖南进发，一路从广东进发，一路从四川进发。四川这一路的清将最为厉害，姓赵名良栋，是清营上将，从蜀到滇，大小百战，从未败过一仗。这位洪化皇帝急极了，派我入西藏，向达赖喇嘛割地求救。也是吴王数合当败，我在村店中喝醉了酒，不意这座村酒店也是清军所开设，酒中是有药的，我醉后昏然不知，他们搜我行囊，机密全都泄露，吴王的国书被清军得着，他们用解药把我救醒，想要审问我，被我用剑术逃出。再回到云南时，正见五华山宫城火光冲天，哭声遍地，却正是清军大破云南城也。我就离了云南，到广东闲逛。无意中遇见了这位路兄。路兄说要到东宁访友，邀我同行，所以同他一起来此。"

刘国轩问路民瞻道："贵友是谁？"

路民瞻道："是阮春雷。"

刘国轩把阮春雷亡故的话说了一遍，民瞻十分嗟叹。

了因道："侯爷，我告诉你一件事，我们此番从广东搭船到厦门，又从厦门搭船来此，在厦门得着一个消息，请你把左右退去了，我告诉你。"

刘国轩知道此事十分机密，遂叫左右回避过了。

了因道："此间是否有一个施亥？"

刘国轩道："有的，是先王的宠人。施亥便怎么样？"

了因道："还有一个傅为霖是么？"

刘国轩道："也有的，现居行人之职。傅为霖如何？"

了因道："姚启圣曾经重赂施亥，叫他设法擒献藩王，恰值藩王病了，没有行得。现在又买嘱傅为霖，叫他暗约十三镇，同日发难。"

刘国轩大惊道："天派吾师发觉此事，不然可就不得了。"当下刘国轩立派心腹将弁，不动声色，把傅为霖拿到，严刑审问，审出情由，果然做了奸细。国轩从此把了因、路民瞻，待为上宾，礼貌在法楞、魏耕之上。

一夕，国轩与民瞻在书房下棋，忽闻屋瓦声响，国轩即欲舍棋出视。路民瞻止住道："这是猫儿打架，咱们只顾下棋。"

国轩心不在棋，一局未终，陡见窗格移动，抬头见一个大汉在上边探身而入，明晃晃钢刀耀眼争光，失声道："有刺客！"

但见路民瞻略一回顾，闪电似的一道白光射向窗格上面，遂发大声朴然，却是刺客堕地死了。护兵闻声奔集，用灯照时，一个执刀的大汉死在地下，浑身并无伤痕，只喉间一个小窟穴，有血水淌出来。

刘国轩叫把尸身拖开，收拾地上血迹。偏这路民瞻拖住了，还要下棋，国轩道："被刺客败了清兴，吾心已乱，如何好举子？"

路民瞻道："剩下这残局怎么样？"国轩无奈，勉强奉陪，终了这一局。

从此之后，武平侯府守得非常严密，一到夕阳西下，门内墙外都派有兵士巡逻，屋顶上也时有步将登屋哨探，刁斗终夜。日间出外也舍骑乘轿，前呼后拥，军备森严。并且一式的轿子，共有两三乘，究竟刘国轩坐在哪一乘，连跟随的护兵都不很知道。

一日从校场大阅回来，行至半途，忽一人虎吼而来，掉臂直前，护兵挡着，波开浪裂，哪里挡得住？那人奔到轿前，一手扳住轿杠，一手举刀向轿中直刺，只听轿中人大叫一声，跌出轿外。那人见刺着了，拔刀逃走。众将弁大呼追逐，那人行得风一般快，哪里追得上？众人都哗说侯爷被刺了。其余众护兵旋拥着三乘轿子回到武平侯府，走出轿来，魁梧奇伟的刘国轩，依然无恙。

原来四乘轿子，刘国轩在第三乘内，在护兵中挑选了面貌相似的三个人，分坐第一、第二、第四三乘轿子，现在遇刺的是第一乘轿子。

刘国轩回到府中，立传将令，搜捕刺客。忽见魏耕入言道："将令空下，刺客是搜捕不着的。我有一策，可以永绝刺客之患。"

刘国轩问计将安出，魏耕道："刺客必是福建清吏所派，清吏怕我出兵入攻，所以如此。为今之计，莫如致书姚启圣，言藩王愿称臣入贡，不剃发不登岸，如琉球、朝鲜之例。清人见我们这么恭顺，自然再不会猜疑了。"

欲知刘国轩听从与否，且听下回分解。

第三十七回

施提督破浪出征
蓝先锋拖肠大战

却说刘国轩听了魏耕之策，立刻写了一封书信，派人送往福建。

福建总督姚启圣接阅来书，笑向幕友道："我因台湾郑经新死，子少国乱，为千载一时的机会，已奏请起兵征讨，他倒又来请抚了。"

幕友道："征台必用水军，统帅颇难其选。"

姚启圣道："我已奏保施琅为水师提督，统师征台。施琅投诚已久，原该大用。偏偏王大臣因他是郑氏旧部，虑他通海，钦召入京，置之闲散，很为可惜。施琅与郑成功有不共戴天的杀父大仇，为何会通海？我已经以百口保他，并把万正色改为陆路提督，腾出水师提督，让施琅接任。统帅一节，那不是不必忧虑了么？"

幕友道："郑氏求抚，倒也不能回绝，制军如何对付呢？"

姚启圣道："那有何难，只消回他，代奏朝廷请旨定夺就结了。将来准否权操自上，都与我不相干。"幕友齐都钦佩。

不多几天，报说新任水师提督施琅到了。一时施提督来辕拜会，姚启圣急忙出接。因为施提督新承恩命，加衔太子太保，是个宫保，所以逾格优礼。一时接入，只见施琅提督身干伟硕，举止豪迈，两目精光炯炯，满面英气昂昂，确是个英雄上将。姚启圣大喜，当下谈了几句海疆情形，讲了一回出兵方略，随即辞去。

姚启圣叫幕友起稿，复了刘国轩书，就札下州县，叫备办一切出兵的供应。

这位施琅提督到任之后，一面训练水军，申明赏罚，一面广派间谍，到台湾勾通旧部，约为内应。朝夕操练，不过半年工夫，已练成水师精兵二万、战船三百艘。才待定期出发，不意这一年七月，彗星忽现。于是给事中孙蕙、尚书梁清标先后上本谏征台湾。康熙帝降旨，着暂停进剿。

施琅奉到圣旨，大为不然，立刻奏上一本，言臣已简水师精兵二万、战船三百艘，足灭海寇，请饬督抚馈饷，而独任臣以讨贼，无拘时日，但遇风色顺利，立即进兵。康熙帝大为嘉许。

康熙二十二年夏六月，施琅部署兵船，即欲乘着南风出发。姚启圣主张候北风起后，直趋台湾。两人意见不合。

福建有一个绅士李光地，也是非常人物，往见施琅道："人都言南风不利，将军偏乘了南风出兵，究竟是何意思？"

施琅道："这真是市侩的见识，北风日夜狂吹，愈到夜狂得愈厉害，从这里到澎湖，纵能鱼贯而行，幸不漂散，但是岛屿悉为散踞，未能一鼓攻下，船没有停泊所在，风涛震撼，军不能合，如何可以打仗？夏至前后三十多日，风微夜静，海平如练，随处可以抛锚停泊，聚而观衅，不过七日，可以克敌。用北风是侥幸万一，南风是十全之算。但是旬日间恐有飓风，或亦间岁不起，此则天意，非人虑所及。"

李光地道："将军自料几时可攻下台湾？"

施琅道："敌将刘国轩为彼中魁杰，如果用他将守澎湖，就使打了败仗，未必就服，必须再战。如果澎湖守将是刘国轩，或死或败，则势穷胆裂，台湾可以不战而克。"

李光地退向人道："台湾平矣。为将者必识天时地利，且较将之智力，施将军兼之，能无平乎？"

当下施琅扬帆出发，三百艘战船开出铜山口，先攻下花屿、猫屿、草屿三个小屿，乘着南风进发，冲开锦浪，劈破绿波，船头下浪花，激为喷沫相似。船中将士雀跃欢欣，高兴得如赴宴一般。按下慢表。

却说武平侯刘国轩见议和的事毫无眉目，知道清朝绝不肯善罢甘休。于是率兵出屯风柜屿、牛心湾，另遣大将林升出镇鸡笼屿。国轩亲自测度形势，督工沿岸筑垒，环有二十多里，垒间排列火炮，星罗密布，布置得十分周密。

剑师了因献上一张毒烟火药方，照方配药，如法研晒，合制成功之后，装入喷筒或炮内，临阵用之。敌人只要闻着烟气，立刻昏眩仆倒。有歌一首，单道那毒烟火药的厉害。歌曰：

炮响如吐雾，迷人鼻与睛。
昏晕无可救，喷嚏不绝声。
不见并不走，满营自纵横。
驱兵前追进，个个可生擒。

刘国轩自然欢喜，当下就传进中军守备甘英，叫他合制毒烟火药三百斤听用。

这甘英是崇明伯甘晖的儿子，将门将种，英武天生，弓马娴熟，拳技精通，马上步下都很来得，并且做事勤奋，为后辈中最肯耐苦之一人，所以刘国轩把这合药的事交给他办理。

甘英领命下来，即派差弁传了好几家药铺子掌柜来，开出各药分量，叫他们把药品送来，一一亲自验看，监视他们研杵修合，首尾才只五日，三百斤毒烟火药，都已合就。刘国轩又令多置喷筒，预备发射，一面又叫把做成的火箭悉数取来，与喷筒相辅而行。

这一日，是丁亥日，刘国轩黎明出帐，正拟巡视营垒，抬头见旗蘗飘荡，海上已起微风，大惊道："海上风起，敌军必来攻岛了。"急令各垒将士，坚守汛地，防备敌人来攻。这一个将令还没有传遍，守望台上军士进营飞报：清将蓝理、曾诚、吴启爵、张胜、许英、阮钦为、赵邦试等七艘乌艚船，冲波突浪，杀入岛中来也。

刘国轩立命甘英督舰出迎。甘英奉到军令，立率战船三十艘，鸣角出海，正与清舰相遇。只见清舰上旌旗飘荡，大书着"游击蓝理"字样，一个蓝顶武官，手执大刀，高立船头，高声呼喝："来将何人？快快通名！"

甘英道："鞑奴不见我旗么？我崇明伯甘英也。"

蓝理大声道："你爷爷不识字。"

此时两船愈逼近，蓝理挺刀大呼，甘英接住厮杀，两军喊喊如雷。刘国轩怕甘英有失，派大将曾遂驾舟出海求应。

原来这蓝理是清军中一员虎将，生得虎头燕颔，口可容拳，力能举八百斤，足能追千里马，恃勇好斗，遭过好多回官事，坐过好多回牢狱。康亲王杰书统帅征耿藩，他就投军充向导，以军功得授参军，又为替人家代认杀人之罪，革职坐监，自请随征自赎。奉旨交施琅差遣。施琅久闻他忠勇，署为右营游击，委任为前部先锋官，驻扎在厦门，训练水师。

一日，先锋营有两个兵上市买东西，恰遇施琅的戈什哈两员，正在使酒骂人，两个兵不合站住脚望了一望，被戈什哈抓住就打，两兵忙说我们是先锋营的人，不要打。戈什哈听说是先锋营，索性提起蓝理名字，囚犯长囚犯短，骂了个狗血喷头。两兵抱头鼠窜而回，哭诉蓝理。

蓝理笑道："打架也是寻常事，我问你们，打胜呢还是打败？"

两兵都道："受人家打是了，哪里讲得到胜败。"

蓝理怒道："快把这两个没中用东西推出去斫了，当了兵，连两个戈什哈都打不胜，哪里还能够打仗？快快斫了，快快斫了！"

两兵同声呼冤道："我们为是统帅的戈什哈，让他的，请放我们再去打，如果不胜，甘愿斩首。"

蓝理点头，两兵果然去把戈什哈揪住，打了个畅快，回营报称大胜。蓝理大喜，叫两兵卧在板扉上，宰起一头鸡来，淋得头面上都是鲜血，舁往见施琅道："大帅的戈什哈，无端把弁丁打伤，求大帅恩典，请把闯事的戈什哈两人交给卑弁办理。"

施琅不允，蓝理道："现当用人之时，士卒不能爱生命为大帅出死力，大帅很该一概抚恤他们。戈什哈仗势行凶，殴了士卒不算，还把卑弁大骂，损先锋的威重，摇惑军心，大帅不把这两人交付卑弁，怕士卒人人解体呢。"

施琅没法，只得把两员戈什哈交给了他。蓝理带了两戈什哈回到营中，立刻备文飞报施琅道："今日上吉，先锋官起行，出海征剿。"一面喝令把两戈什哈绑了押赴海岸，斩首祭江。遂命轰放大炮，满拽风篷，冲波而出。果然军锋所到，锐不可当。花屿、猫屿、草屿，也守有少许人马，蓝理一荡击就克了。

施琅闻报蓝理杀了戈什哈，心上很为不快，陡闻炮声震天，报称先锋官出海去了。施琅道："真是虎将，此行必然成功，趁此南风，我本来也要起程呢。"遂亲统水师全军，继续出海。见蓝理通只七艘乌艚船，已经攻下三岛屿，急传将令，不准轻进，俟有南风起再进。

这日清晨，南风已起，蓝理大喜，下令启碇进攻。撞着甘英，

224

两人都是虎将，船与船相撞，将与将相斗，就此大战起来。战到二三十合，不分胜负。郑将跃上助战的，都被蓝理砍伤，自辰至午，砍死八十多人。蓝理也身被十余创，虎吼而前，宛如一头疯牛，甘英等哪里挡得住。

忽闻角声一鸣，甘英等尽都退去，蓝理喝令舵工驶船追逐。陡然敌阵中大炮雷轰，一个炮弹斜飞而来，正从蓝理腹际掠过。蓝理应弹仆倒，只听得郑将曾遂大呼道："蓝理死了，蓝理死了。"

蓝理的兄弟蓝瑶从背后把蓝理扶起，蓝理立拳虎吼道："蓝理在此，曾遂死了。"大呼拿刀来，杀敌杀敌杀敌！连叫几声，声如霹雳，震得四围海水都沸起来。船上将士陡然气壮，挥刀奋斗，无不一可当百。左右见蓝理肚腹已破，肚肠拖出，血水淋漓，遂替他掬纳腹中，用布匹连腹背束缚定当。握刀大呼，奋跃而出。郑军尽都骇然。

此时两军拼命战斗，风吼潮鸣，一海震动，郑舰争进，都用铁钩钩住清舰，清舰也用铁钩钩郑舰，火箭、火弹互相激掷，烟焰障天。郑军中大侠魏耕抱住了大桅杆，猱升而上，衔刀负篷而立，即欲跃入清舰，被蓝理的兄弟蓝瑶腾身飞上，一刀挥为两段。郑军夺气，清军跳上郑船，蓝理喝令掷放火药包放火。立时攻沉郑军两舰。清军虽勇，究竟通只七舰，簸荡漂散，彼此不能救应，只得收舰而回。

施琅听蓝理拖肠大战，亲来慰问，一面命伤科小心医治，一面专折奏闻。伤科瞧过创口，言须七日弗动气，才可平复。

欲知后事如何，且待下回分解。

第三十八回

郑克塽纳土降清
甘凤池深山练剑

    却说甘英、曾遂收船回岛，刘国轩见折了许多将士，损了许多船舰，又伤掉大侠魏耕，心下很是不乐，申诫岸营诸将，小心守御。

    次日南风又起，刘国轩知道施琅必来攻岛，命林升率领轻舟十艘出海巡哨，专事引诱清军，只要败不要胜，能把清军引到浅滩就是大功。林升接令，驾着轻舟去了。刘国轩把战舰分为两翼，叫甘英带了右翼，国轩自己带了左翼，但等清军到来，立即驾舰夹击。

    布置才定，就听得连天炮响，清军已经摇旗喊呐，蔽江而来。原来施提督见海上起了南风，正欲启碇，忽报有郑军哨船来此窥伺。施琅立命启碇张帆而进，随行叫万勿使蓝理知道，他的创口七日才能平复。于是大舰衔尾而出，追逐郑船。

    郑军的哨船偏偏持舵徐行，清军行迟，他就从后艄放出火箭来，招惹清军。

    降将朱天真道："敌船这么屡进屡退，莫非有计？"

    施琅笑道："刘国轩已成釜底游魂，就使有计，我也不怕。"当下战舰乘了南风，行驶如马。只听船头下水声潺潺作响，一时已进澎湖口。只听得大炮轰天，接二连三一阵炮响，从两边岛湾里驶出两大支舰队，一面旗上大书"武平侯刘国轩"，一面大书"崇明伯甘英"，炮矢并发，两路夹击将来。

施琅还炮相击，海面上烟焰涨天，喊声如潮。两军战舰，互相逼近，各以铁钩钩船。施琅乘势锐进，不知怎么竟搁在浅沙之上，不能动摇。郑军战舰蚁附围绕，刘国轩下令，擒住施琅的赏万金，封侯爵。于是人人拼命，个个争先，万众齐呼："施琅快降！施琅快降！"

施琅虽被困垓心，指挥应战，神气倒还闲定。郑军中甘英拈弓搭箭，望得真切，嗖地就是一箭，不偏不倚，正射中在施琅右目上，施琅大呼痛死我也，舰上军士一见统帅受伤，都各怕骇无措。

正急迫万分的当儿，都见郑军齐声大叫"蓝理来了，蓝理来了！"只见一艘大舰，冲波突浪，飞一般地驶来。舰上大纛飘荡，写着两丈广阔的"蓝理"两个大字，船行如箭，早已到了。但听虎吼般的声音道："鼠辈认得蓝理么？"遂见钢刀闪处，蓝理奋跃而出，跳上郑营中军船，大呼挥刀，刀锋到处，血花乱飞，霎时间早斫死了十多员裨将，反身跃还本舰，活泼得生龙活虎相似。郑军不觉夺气。蓝理往来冲击，杀得郑军披靡四散。蓝理夺得敌船一艘，请施琅换坐了，张帆而回。

施琅执手慰劳，并言："医教七日勿动气，今才两日，为什么遽来？"蓝理笑道："主帅有急，即创裂而死，我亦不顾。"

原来蓝理在船养伤，见将士鬼鬼祟祟，互相耳语，诘问所以，将士不敢谎语，实言施帅座船搁浅被困，蓝理大惊，急命启碇出救。

当下施琅回到本营，即命匠役修理船只，所有受伤将弁都叫伤科医治。休养七日，又遇南风，施琅申严号令，把水师分为三路，命总兵陈蟒率舰五十艘，出牛心湾，总兵魏明率舰五十艘，出鸡笼屿，这两只作为奇兵，以分敌势。施帅自领大舰五十六艘，分为八队，直捣中坚。另以八十艘为后应，每一路中，又各分为三队，不列大阵。下令本军各将，以五艘攻敌一艘，各自为战，免得顾此失彼。传毕将令，三路清舰，联樯而进。

郑军各舰听得炮声，列队来迎。炮声起处，清将林升、朱天贵两总兵，突入敌阵，八舰队突浪奋呼，踊跃接战，东西两路夹攻，波涛腾沸，杀声震天。刘国轩下令发射火箭喷射，霎时毒焰涨天，清将清兵闻着毒烟火药，一个个发昏跌倒，郑将乘势挥刀杀死不计其数。朱天贵等尽被斫掉。

不意施琅突下军令，叫将士掩鼻接战。此时清营军士裹创酣鏖，锐进不已，从辰初直杀到申末，焚毁敌船一百多号，郑军大将林升、甘英、邱晖、江胜、陈启明、吴潜、王隆等尽都战死。

刘国轩在后面调遣，挥众拒敌，忽睹东南角有微云起，欢喜道："云起则风转，风转则火反，清舰尽成焦炭了。"欢喜未了，忽闻雷声殷殷，国轩推案而起，叹道："天命，天命。"

原来海行云起占风，闻雷则止。当下刘国轩乘一小船，从吼门逃去，逃回台湾。顿时全岛震动，冯锡范等无不惊惶失措。

你道澎湖一失，台湾为什么这么震动？原来闽督姚启圣因知道黄性震与刘国轩有旧，授他千户之职，派到台湾来招刘国轩。国轩瞧过来书，不合复了一封信。哪知黄性震竟把国轩的手书公然宣布，克塽君臣未免暗怀疑惧，这是前两个月的事。现在迭次大败，失去澎湖，怎么不要上下解体？清军乘胜进逼台湾，船抵鹿耳门，水浅不得入，停泊海中，守候机会。泊了十二日，潮终不至。

忽然天发大雾，海潮顿高丈余，舟浮而过，台人大骇道："先王得台湾时，鹿耳门潮涨。现在又涨，真是天意。"于是遣使乞降，献上延平王金印一颗、招讨大将军金印一颗、公侯伯将军银印五颗，并土地户口府库军实册籍，明监国鲁王世子并各宗室，也都投降。

只有太祖九世孙宁靖王朱术，具冠服设宾礼于庭，北面再拜二祖列宗，大哭道："是吾归报高皇之日也。"招台人别饮，舍所居为佛寺，从容投缳而死。

施提督率兵入台，刑牲祭告延平王朱成功之庙，自读祭文道：

> 自同安侯入台，台地始有居人，建赐姓启土，始为岩疆，莫敢谁何。今琅赖天子威灵，将帅之力，克有兹土，不辞灭国之诛，所以忠朝廷而报父兄之职分也。独琅起卒伍，与赐姓有鱼水之欢，中间微嫌，酿成大戾。琅于赐姓，翦为仇雠，情犹臣主，芦中穷士，义所不为，公义私恩，如是而已。

读罢，投地大恸，遂奏请经略台湾，礼待郑克塽及诸将帅。

大凡战胜将士对于征服地人民，总不免挟势妄行，何况战乱时光，自然更多骚扰。此时清兵在南城一带肆扰，扰到一家子姓甘，是崇明伯甘英的宅第。甘英殉了国难，一门细弱，如何能够御侮？

甘英的夫人谢氏，是王府典礼官谢品山的妹子，为人幽娴贞静，所生一子，年已三龄，名叫凤池。听得乱兵逼近邻右，谢夫人就把凤池交给奶妈子，叫她逃到舅老爷家去，嘱咐道："甘氏两世，唯此而已。"

奶妈才抱凤池出后门，前门清军早已进来了，见人杀人，见物抢物。谢夫人怕受辱，投井而死。老甘国公两个姨太太也都悬梁自尽。众婢仆杀的杀，掳的掳，逃的逃，转瞬之间，风流云散，只有甘英的妹子苕华，为一少年清将所得。

那谢品山国亡之后，就一叶扁舟，浮家泛宅，做了个盛世逸民。后来到江南镇江城外之谢村，因见境地清幽，村中二三十家人家，恰都姓谢，遂觅地卜宅，做了个江南寓公。

甘凤池到十岁上，遇着剑师路民瞻，民瞻见凤池骨相非凡，心地纯厚，发愿收他为徒，遂设法把他诱出谢村，领到山深林密之所，悉心教练，面壁二载，练剑三年，才造成了个剑侠，准他入世行道。

这剑侠非比寻常拳术，须要有三个资格，才能够升堂入室。第一要心地纯厚，第二要体魄坚强，第三要智慧绝人。这三项资格里，心地一项尤为要紧。因为侠家的练剑，差不多就是道家的炼丹，心地不良，再也不得好果。宝剑未成以前，须先面壁练气。宝剑既成之后，便能剑气合一，运行自如。水中可断蛟龙，陆上可斩虎豹，云际可击鹰鹫，无不如意。有了这么的本领，剑侠方才成功，由此入世行道，攘除奸凶，铲削强暴。最要紧的是六不，一不慕荣华，二不贪贿赂，三不近声色，四不避权贵，五不轻然诺，六不尚意气。勤行不怠，到一二十年之后，功行圆满，那时节，精气神剑，合而为一，便能超凡入圣，离去侠界，登入仙界了。

甘凤池潜心练习，首尾五年，师父路民瞻许他艺术已成。这日，民瞻唤凤池近前道："现在北京发生一桩大案，我就交给你办，考验考验你的办事能耐，限你来去十天，把这件事办妥，你可能够应下？"

甘凤池问是怎么一回事，路民瞻不慌不忙，说出这件大案来。

欲知何事，且听下回分解。

第三十九回

戴名世著书获奇祸
吕四娘割辫警胡皇

话说康熙帝内定三藩，外平郑氏而后，便就偃武修文，精神贯注地咬文嚼字，专从文字上寻人过失。偏偏有一个都御史姓赵名叫申乔的，素喜吹毛求疵，遇事生风。现在遇着这个机会，他就大显神勇，掀起滔天世浪来。

一日，赵申乔特上一本，奏参翰林院编修戴名世，妄窃文名，恃才放荡，该编修为诸生时，私刻文集，肆口游谈，倒置是非，语多狂悖，今身膺恩遇，叨列巍科，犹不追悔前非，焚销书板，实属荒谬之极。参得十分厉害，奉旨调阅文集，调到戴名世著的《南山集》，进呈御览。康熙帝龙颜大怒，立下严旨究办。

原来桐城方孝标，以科第起家，官至学士，为了与江南主考方猷丁酉科乡试有了无私有弊的事，都得了革职充军的处分。遇赦归来，就远游云南。吴三桂起事，拜为大财翰林承旨。等到吴军势蹙，方孝标亏得见机，首先迎降，得以蒙恩免死。

他在云南久了，吴三桂起事始末，一切亲知灼见，兴亡虽快，究竟也是一代典章，不免发为文辞，著起书来。著了两部书，一部叫《钝斋文集》，一部叫《滇黔纪闻》。据事直书，凡三桂指斥北廷吴臣桀犬吠尧之语，无不全载。

这两部书被戴名世瞧见了，非常欢喜，所著的《南山集》，竟有一大半采录方孝标所记的事，尤云锷、方正玉替他捐资刊行。云锷、正玉以及同官汪灏、朱书、刘岩、余生、王源，都有序文，书板寄藏在侍郎方苞家里。现在经赵申乔奏参了，奉旨交九卿会审。

顷刻间雷厉风行，捕下了不少的现任官员，铁锁锒铛，轮流审讯，定案下来，戴名世照大逆不道律，凌迟处死。五服以内男女，十六岁以上者，均斩立决。十六岁以下者充发极边。朱书王源已故免议，尤云锷、方正玉、汪灏、刘岩、余生、方苞，都定了谤毁朝政之罪，绞立决。方孝标已死，定了个凿棺锉尸之罪。尚书韩菼、侍郎赵士麟、御史刘灏、淮阳道王英谟、庶吉士、汪份等三十二人，都议了个降级革职处分。方孝标的儿子登峄、云旅，孙子世樵都斩立决。方氏族人有服的都处斩。这一件案子，牵连下狱的足有一千多人。

路民瞻闻知，不禁义愤冲霄，遂命甘凤池立刻进京施救，临行授与他施救方略。凤池领命，叩别了师父，即用剑术飞行。但见一道白光亘天，排云驭气，闪电似的自南而北，何消一日，早已到了北京。凤池收了剑术，借了一家客店，日间先到市中闲逛，瞧瞧都市的繁华，车马的喧闹。游了几处，热闹繁华，果与别处不同。

才要回来，忽闻马蹄声响，回头见是一个小姑娘，骑着一匹黑马，如飞而来。那小姑娘虽只得十二三岁，却生得面目如画，可惜马走得飞快，一闪就过去了，不曾瞧得仔细。

这夜人静之后，凤池合目趺坐，凝神练气，调匀鼻息，默数出入。到了三更，身剑合一，穿窗而出。才飞行得二三里路，忽见迎面一道剑光，其光白中带青，亘如匹练，疾若流星，从皇城而出。凤池暗称奇怪，这是谁呀？瞧他的剑术在我之上，倒要跟他去瞧瞧。

遂收住剑术，随便躲在人家屋上，等候那道剑光过去。

霎时剑光已到，凤池让过了，随即运剑跟上。跟到一处，见那剑光落下，凤池也跟着落下。见是一所尼庵。那先前的剑光，却是一个小姑娘，仿佛就是日间骑黑马的那女孩儿。凤池暗吃一惊，心想这小姑娘年龄比我小，剑术比我高，真是了不得。见那小姑娘穿窗而入，凤池也跟着穿窗而入。

小姑娘回头见有人飞跟入屋，喝问："你是何人？跟我来做什么？"

凤池道："小子姓甘，名凤池，乃是大明甘国公的孙子，粗知剑术，此回因奉师父之命，来京勾当公事。方才瞧见剑光，顿触所好，跟来瞧瞧，惊动了姑娘，自知鲁莽，很多不合，尚望恕我则个。"

那姑娘道："原来是位贵公子，尊师何人？"

甘凤池说了路民瞻姓名。那姑娘道："原来是路剑师，知道的。我师父曾经说起过。"

看官，你道这位姑娘是谁？却也是本书中主要人物，姓吕，排行第四，人家称她为吕四娘，浙江人氏。四娘的父亲名叫留良，是个理学名儒，学者称为晚村先生。吕氏上代原是明朝王府仪宾。这位晚村先生于明亡之后，不胜旧君故国之思，自号为明朝遗民，浙中大吏荐他博学鸿词，晚村道："如果逼我，我即自尽。"后来又以山林隐逸荐于朝廷，晚村听得此事，立即剃发为僧，大吏只得嗟叹而罢。

吕晚村共生二子四女，长子吕葆中，是个翰林；次子吕毅中，是个秀才；女孩儿四人中，四娘最小，却最是聪明伶俐，蕙质灵心，柔肠侠骨，晚村夫妇爱如珍宝。八岁上遇着一个化缘的姑子，那姑子一见四娘，就说此女不宜深养闺中，很宜出家。就向晚村要化她去做徒弟。晚村哪里肯依。

那姑子笑道："她自有佛缘，你们哪里能够阻挡？请藏好着，我自会把她摄去也。"

果然这一夜，门不开，户不启，顿失四娘所在。晚村遍处寻访，哪里有什么朕兆。年深月久，一隔五六年，家中人已渐渐置之度外。

忽一日，四娘独个儿回来，拜见父母，晚村夫妇欣喜欲狂。吕太太搂入怀中，心肝肉儿乱叫，问她这几年在哪里，四娘只说跟着姑子学习本领；问学什么本领，回称不过是讽经叩佛。哪里知道到了夜里，往往门窗不启，忽失四娘所在。到天明之后，却又安然卧在床上，穿衣起身，谈笑举动如常。

吕太太疑她遇了妖怪，很是忧心。晚村却坦然道："吾女端静，妖怪何敢相近？意者其红线隐娘之流欤？瞧她骨相非凡，或有异遇也说不定。"

吕太太不信，执住了女儿手，盘问不已，并言汝父如此料汝，汝果然如何？吕四娘道："我们父亲真是圣人了，女儿果然遇着了剑师，习练剑术，为惧骇人听闻，未敢禀知大人呢。"遂言遇着一个折臂姑子，带到山中教授剑术，先习《易筋经》《五禽图》，练了两年，然后给一柄晶莹宝剑，连柄通只一尺多长，叫我静坐蒲团，托剑在手，剑锋向外，剑柄向内，凝神注视，目不旁瞬，并叫向着剑柄呼吸，每日晨暮两课，各练一个时辰，余时静坐参禅。练到百日开外，呼吸的功夫大有进境，一呼剑上生晕，宛如一层薄雾，一吸则雾尽消散，莹如新磨。师父又教我七出八反练气归神之法，愈习愈熟，愈练愈精。练到两年开外，剑为气化，气与剑俱，便能气剑合一。练到三年开外，心之所之，剑皆听命。白练横空，捷如闪电，百步外飞斩人首，不异探囊取物。师父又教我身剑合一之法，身与剑合，可行可止，可疾可徐，先后六年，师父说我剑术已成，许我回家。但师父有差遣时，令到即行，不能少有延宕。这几日晚上，都替师父办事。

吕太太问她办的什么事，四娘道："那是不便说的。"

吕太太告知晚村，晚村笑道："如何？我说是不错的。但是儒以文乱法，侠以武犯禁。现在父为儒，女为侠，一门之内，儒侠双全，能保不遭天忌？"

从此之后，四娘离家外出，不再瞒着父母了。不过所做的事，从不泄露一词半语。这一年戴名世的南山集案发动，株连众多，惨声载道。晚村废书嗟叹，颇与狐兔之感。四娘私语晚村道："孩儿北京去一走，此案即能终了。"就这日四娘又不见了。

四娘是精于剑术的人，就仗了剑术飞行，只半日工夫，已到了北京。为嫌客店嘈杂，向尼庵借了一间禅房住下。趁黑夜进宫，施了一个小小警诫手段。

次日康熙帝穿衣起身，传旨预备早朝，忽见内监慌慌张张报称皇上的御冠上，缺了一颗珠顶，却有一张字条儿，康熙叫取来我看，见上面写着"戴案宜宽办"五个大字。康熙帝龙颜大怒，立下严旨，命领侍卫内大臣，与步军统领立刻入宫问话。

两大臣慌忙进宫叩过头，还未知道是什么事，偷窥圣容严厉，心中都未免惴惴。只见康熙帝道："朕宫中昨晚失了窃，每日上朝戴的大帽上，那颗珍珠顶无端地丢了。这大胆的贼子，却还留下字条儿，所以传你们两个进来问问，该如何办理。一个珠顶呢，原没什么稀罕，但是你们都是护卫禁城的人，禁掖中都出了事，难保不有他变么？"遂把字条儿掷下道："你们自去看来。"

两位大臣接到字条，都吓得面无人色，不住碰头称死罪。康熙道："姑给你们五天的限，务须人赃并获。不然禁掖中也不用侍卫，京城中也不用步军了。"两大臣碰头谢恩，随即退下。

于是京城中顿时鼎沸起来，一面悬赏缉拿，一面大街小巷，挨户严搜，哪里有一个踪迹，白闹了两天。到第三日，内监传出圣旨，叫领侍卫内大臣、步军统领不必查拿贼子。

原来这日康熙帝一觉醒来，忽觉枕畔有一个坚硬的东西，摸出一瞧，却是一颗珠顶，珠顶下却有一柬，取来瞧时，胡桃大十六个字："还尔珠顶，取去尔辫。再不照办，立取尔命。"

康熙摸自己辫子一瞧，只剩得半截，吓得面无人色，于是立降两道旨意，一道叫领侍卫内大臣步军统领不必查缉贼子，一面命把戴名世案从宽办理，凡议绞者改为编成。汪灏以曾效力书局，恩赦出狱。方苞编入旗下。尤云锷、方正玉免死，其家人加恩发遣。方孝标业已锉尸，其五服以内族人，加恩免死充发黑龙江。韩菼、赵士麟、王英等，只因平日与戴名世论文相交，尚无不法情事，俱著加恩免议。

这一道恩旨全活的共有三百多人，另有一旨交武英殿总管道："戴名世案内方苞，学问天下莫不闻，可以白衣入值南书房。"这都是甘凤池未到京时的事。

欲知后事如何，且听下回分解。

236

第四十回

广慈师一线天卜宅
灵隐寺八剑侠联盟

话说甘凤池进京迟了一步，已被吕四娘祖鞭先着，都已办理定当。当下吕甘两剑侠见面之后，四娘问凤池有何贵干，凤池就一字不瞒，把奉师父之命，来京办理《南山集》大案的话，说了一遍。

吕四娘笑道："如此说来，我们倒是同道，我先到一步，有占得很，此事都已办结，不劳费心了。"遂把盗顶、还顶、割辫、留柬的事，从头至尾说了一遍。

甘凤池道："恨我来迟，偏劳了姑娘了。"

吕四娘道："都是分内之事，不必说客气话。最喜的我此番进京，却访着了一位大儒。"

凤池忙问姓名。吕四娘道："就是方苞方望溪先生，方望溪在刑部牢中，专心研攻经学，著《礼记析疑》《丧礼或问》两书，非但不知苦甘，并且忘掉生死。有人进牢去瞧他，谈到经学，高兴起来，他竟解衣磅礴，咨经诹史，旁若无人。同监的人向他道：'你就忘掉此地是牢狱，此身是囚犯？不怕旁人笑话么？'他也不理，定了死罪之后，同囚的人无不恐惧，望溪依然没事人似的朗诵礼经，反复研求。有人夺他的书，掷向地下，道：'性命就在顷刻了。'他道：

237

'朝闻道，夕死可矣。'我父亲最喜欢此等人，归告吾父，吾父定然欢喜。'"

凤池听了，也很称奇不止，当下就问："姑娘今晚动身么？"

吕四娘道："在京也没什么事，我想趁四更起程，明儿申酉时，总可以到家了。"

甘凤池道："我也拟回报师父，姑娘府上在浙江哪里？敢许我们师父慕名来访呢。"

吕四娘遂说出了地址，凤池告别出来，回到店中，算结了账，趁天色未明，就长行了。抬头见剑光亘天，宛如白虹贯日，穿云织雾，如飞地自北而南，知道女剑侠吕四娘已经借剑飞行了。此时路上还未有行人，凤池也行起剑术，排云驭气，飞行如电，到山中时夕阳还斜挂树梢呢。

入门叩见师父，禀知一切。路民瞻道："小姑娘通只十二三岁，就有这么的本领，难得难得。"

师徒正在共话，忽有两客破扉而入，问路公在家么。民瞻出视大喜，急忙延坐。原来来的两客，一个是周浔，一个是曹仁父。周曹两人坐定，就问白泰官、吕元在此几日了，路民瞻回称吕白两人并未来过，两兄怎么知道他们在此间呢。

周浔道："两个月前，我到常州访友，遇见白泰官，问起你，他说月底吕元在洞庭山成亲，娶的是才女周琰，邀我同去吃喜酒。我因了因师约游终南山，已经预先约定，没有应他。约他两月后同到尊府相会，白泰官允下了，并言无论如何，总拖吕元同来一叙，因此我只道他们已经先来了。"

路民瞻道："并未来过，曹兄与周兄是约会了来了？"

曹仁父道："在路上不期而遇，并且还要约吾兄同游杭州，为的是了因师在杭州，咱们几个人可以同时一叙。"

路民瞻谈了几句，就与周浔谈起画来。周浔道："现在常州新出了一个名画家，知道不曾？"

路民瞻回说："没有知道，是谁呀？"

周浔道："此人年龄还小，画法超绝，已入神品。品行偏又极高，家况很贫，风雨之日，常常闭门忍饿，求画的人，身份品格不入他眼，终不肯易下笔。视千金犹如土芥，古文书法都很好，时人称之为三绝。"

路民瞻道："此人姓甚名谁？"

周浔道："姓恽名格，江南武进人氏。他的老子恽逊庵，原是南中大儒，他的哥哥恽祯也是永历朝的大将，死于蒲城之难。"

路民瞻道："莫不就是恽寿平先生？"

周浔道："是的，你也会见过么？"

路民瞻道："会面是不曾，画却见过。恽寿平是专画花卉翎毛的。"

周浔道："这寿平起先也喜画山水，后来与常熟王翚相识，见了王翚的山水，遂道：'让你独步当世，我誓不为第二手。'于是改画花卉翎毛，不作山水了。这恽寿平是被人掳去过，重又归宗的。他的救星是个和尚，就是杭州灵隐寺的谛晖大师。"

路民瞻道："这倒不曾知道。"

周浔道："当清军攻破建宁时光，恽寿平年只十三岁，为清将陈锦所得。陈锦无子，就认寿平做儿子。陈锦的夫人见他聪明清秀，疼爱异常。后来寿平跟随陈锦夫妇在杭州灵隐寺烧香，无意中遇见了老子恽逊庵，相对凄然，碍着仆从，不敢私通一语。恽逊庵与谛晖大师原是至交，当下就向谛晖问计。谛晖应允，即乘机向锦妻道：'老衲略知相法，方才相得那位少爷，人极聪明，就可惜短寿。'锦妻大惊，恳求解救之法。谛晖道：'唯有一法，可以解救。只是夫人定然舍不得，说也无益。'锦妻道：'无论什么，只要我这孩儿延年，我都肯依。'谛晖道：'除是把这位少爷舍身佛寺，出家做和尚，可以免祸。'锦妻力求另想他法。谛晖道：'除此别无他法，留人不留命，留命不留人。'锦妻信以为真，遂把寿平留在灵隐寺中，涕泣而去。"

路民瞻道："原来如此。"

此时甘凤池献出茶来，逐一敬奉。周浔见凤池剑眉星眼，举止如龙，知道必是不凡之辈，忙问此位何人。路民瞻道："是小徒甘凤池。"遂令凤池谒见三位师伯。

曹仁父也赞不绝口，问剑术如何，路民瞻就把派他进京干事的话，说了一遍。周浔道："那么已经是成材了。"

凤池谦逊了几句，曹仁父道："不必客气，我们又多了一个剑友，屈指算来，连了因师共有七人了。"

路民瞻道："天下之大，人才之众，哪里止七个人？凤池此回进京，就得遇了一个小姑娘，姓吕叫四娘，剑术何等厉害。"遂命凤池讲说与周曹二人听。凤池便从头至尾，述了一遍。周曹二人都不胜欣慕。

周浔道："我们会齐了同去访她可好？"

曹仁父道："以男访女，怕不很妥当。最好凤弟先去知照吕姑娘一声，约一个地方相会，告知她我们都非常的渴慕。"凤池应诺。

晚饭之后，凤池当着众人施术，但见剑气冲霄，一道白光，穿云而去，其行如电，云浪都被激荡移动。周浔失声道："可儿可儿。"

却说甘凤池倚剑飞行，霎时之间，已到吕晚村家门。才待收剑落下，忽见剑光如电，自吕家飞射而出，知道是四娘使剑飞行，急忙跟上。吕四娘见有人跟来，立刻收住了剑，下落于地。凤池也收剑下地。四娘问："来者何人？"

凤池道："是甘凤池。"

四娘忙与相见，问有何事。凤池就把众剑侠渴慕得很，原要造府奉访，为有不便的地方，特命来此相约的话，从头至尾说了一遍。

四娘道："使剑的人约在一处会会，此种盛举，我也很高兴，但是目前我没有暇。师父有事唤我，约半月后才得暇。"

凤池道："半月后也好，在什么地方相会呢？"

四娘道："杭州灵隐寺吧，谁先到谁候着。"

甘凤池道："好，咱们准灵隐寺相见。"说着一道白光，自回去报信去了。

这里吕四娘排云驭气，行到山东泰安府，与师父相见。四娘的师父法号叫作广慈，经典精熟，戒行高深。当下四娘见过礼，广慈道："我现在新得着一部太阳真经，立愿要度人救世，已在直隶飞龙岭一线天地方，看定了一块地，不日起造太阳庵，作为焚修之所。"

原来这位广慈就是崇祯帝的长女长平公主。她这一条左臂还是闯贼破城时，被崇祯爷用剑斫坏的。后来遇着了个老尼替她摩顶受戒，又授与她剑术。

广慈虽然髡缁空王，一心稍申罔极，积思通神，取日乃君象之义，撰了一部《太阳经》，创立起太阳教来。这太阳神名是太阳星君，实是崇祯皇帝，怎见得呢？有《太阳经》为证：

太阳明明诸光佛（明指明朝，诸朱同音），四大神州镇乾坤（言统御四方）。

太阳日出满天经（首出庶物），晚夜行来不住停（健行不息）。

行得快来催人老，行得慢来不留存。

家家门前多走过（泽被苍生），到惹后生叫小名（李闯移橄指斥）。

恼了二人归山去（帝后殉国），饿死黎民苦众生（中夏无君）。

天上无我无晓夜，地下无我少收成（昏天黑地之象）。

个个神明有人敬，谁人敬我太阳星（悲人心之陷溺）。

太阳二月初一日（春阳当令期望中兴），佛殿之期要诚心。

有人焚香虔心敬（万众一心佐光复），消灭延寿保安宁（攘夷尊王之效）。

太阳三月十九生（崇祯殉国之日），家家念佛点红灯（纪念旧君）。

有人传我太阳经（忠义臣民），合家大小免灾星。

无人传我太阳经（指投清臣民），眼前就是地狱门（指清朝）。

佛说明明诸光佛（指明帝），传与善男信女听（忠臣义士）。

每日朝朝念七遍（心存君国），永世不走地狱门（永世不服清）。

临终之时生净土，九泉七祖尽超生。

当下广慈把择地建庵的事告知四娘，四娘非常之喜。

广慈道："我引你去瞧瞧，新屋落成之后，就可以到那边来找我。"遂备了两匹马，师徒两人跨马而行。非止一日，已到飞龙岭。只见峭壁悬崖，山峰插云，一线羊肠曲径，两边山石上都是合抱参天的大树。大风震林，宛似万鬼呼号，很是阴森可怖。

师徒两人下骑徒步，路径愈走愈作回蜒曲折，仰望天空，被两边石壁遮满了，只露出一线微光。约有半里光景，豁然开朗，别有洞天。见一片斜坡，约有百亩光景，许多水木匠正在那里工作，忙碌异常。

广慈引四娘逛了一回，遂道："你认得了？"吕四娘回称已认得，广慈道："我还要叫你干一件事。"遂附耳说了几句话，四娘应诺，起身自去，暂时按下。

却说甘凤池回到路师父家，见白泰官、吕元也来了，见过了礼，路民瞻问吕四娘在家没有，凤池就把遇见四娘，约定半月后在灵隐寺相会的话说了一遍。

周浔道："了因师从终南山回来，也在杭州闲逛，那么会剑的人会在一处，倒是很有趣味的。"

吕元道："那么我们早几日起身，先到杭州等候四娘，乘便逛逛西湖风景。"众人都称大妙。

于是路民瞻等六人，即于次日由水程赴杭。到了杭州，先借了个店，然后同游灵隐寺。恰好了因与谛晖方丈正下棋，见了路民瞻等，推枰而起，互见之后，谈了一会儿别后的话，路民瞻叫甘凤池过来见礼。了因问知缘由，喜道："吾道不孤，可贺可贺。"

周浔又把吕四娘的事告知了因，了因更是欢喜。众剑侠从这日起，每日步行游逛，登山渡水，探异访奇，倒也十分忙碌。一瞬之间，半月已过。

这日，众剑侠正要到灵隐探信，谛晖方丈专差火工道人来报，有一小姑娘来访甘小爷，现在寺中相候。众人大喜，跟着火工道人就走，到寺中一瞧，果然就是吕四娘。当下由甘凤池双方介绍，彼此都各欢然。

了因道："今日相聚，良非偶然，我看咱们八个使剑的人，恰好都是南边人，抱负志愿又恰都相同，不如就称为南中八大剑侠，嗣

243

后同心同意，相扶相助，倘有破坏大局，自相戕贼的，七个联合了共除掉他，你们看是如何?"

周浔道:"很好，甘凤弟艺术成功，我们原该贺贺他。这件事必须正式结盟。此间是客中，多所未便，不如到路兄弟家去，一来是庆贺，二来是结盟，一举两得。"众人齐都称好。

于是八人齐到路民瞻家，举行结盟大典。就此了因、周浔、路民瞻、曹仁父、白泰官、吕元、甘凤池、吕四娘成为八大剑侠。

附　录：

陆 士 谔 年 谱

（1878—1944）

田若虹

1878 年（清光绪四年　戊寅）一岁

是年，先生出生于江苏青浦珠街阁镇（今上海市青浦区朱家角镇）。先生名守先，字云翔，号士谔，别署云间龙、沁梅子、云间天赘生、儒林医隐等。

《云间珠溪陆氏世系考》曰：

> 考吾陆，自元侯通食采于齐之陆乡，始受姓为陆氏。自康公失国，宗人逼于田氏，南奔楚，始为楚人。入汉而后，代有名贤，遂为江东大族。自元侯通六十三传而文伯卜居松江郡城德丰里，吾宗始为松人。自文伯九传而笏田公避明末乱，迁居青浦珠街阁镇，而吾族始有珠街阁支。

清代诗人蔡珑《珠街阁散步》述曰：

> 行过长桥复短桥，爱寻曲径避尘嚣。
>
> 隔堤一叶轻如驶，人指吴船趁早潮。
>
> 胜地曾经几度过，千家烟火酿熙和。

朱家角古镇水木清华，文儒辈出。仅在清代，就出了举人、进士三十余名。文人雅士创作的诗词、编著的文集，及专家撰写的医书、农书等各类著作达一百二十余种，名医、名儒、名家，层出不穷。

祖父传：寿铨（1815—1878），字仁生，号稼夫，捐附贡生，直隶候补，府经历敕受修。生嘉庆乙亥十一月初四申时，殁光绪戊寅十一月二十二日午时，享年六十四岁。葬青县十一图，月字圩长春河人和里主穴。配沈氏，子三：世淮、世湘、世沣。

祖母传：沈氏（1814—1889），享年七十六岁。

《云间珠溪陆氏谱牒》曰：

洪杨乱起，遍地兵氛分，相挈仓皇避乱。乱事定而故居半成瓦砾，于是艰苦经营，省衣节食，以维持家业，及今已逾二代尤未复归。观然守先等得以有今日，则沈儒人维持之力也。

父传：世沣（1854—1913），字景平，号兰垞，邑禀生，生咸丰甲寅十一月二十日寅时，殁民癸丑二月二十七日戌时，享年六十岁。配徐氏，子三：守先（嗣世淮）、守经、守坚。《云间珠溪谱牒·世系考》记曰："吾父兰垞公讳世沣，字景平，号兰垞，邑禀生。聘温氏，生咸丰甲寅十一月二十四日寅时，殁同治癸酉六月十三日。配徐氏，生咸丰乙卯八月三十日。"

守先谨按：徐孺人系名医山涛徐公之女。性温恭，行勤俭，兰垞公家贫力学，仰事俯育悉孺人是赖，得以无内顾之忧。一志于学，成一邑名儒，寒窗宵静，公之读声与孺人之牙尺、剪声，每相呼应，往往鸡唱始息。今年逾七十，勤俭不异少时。常戒子孙毋习时尚，染奢侈俗，可法也。

兰垞公生子三人：守先居长；次即大弟守经，字达权；三即小弟守坚，字保权。

守先谨按：公性孝友，事母敬兄家庭温暖如春。母沈孺人病，亲侍汤药，衣不解带，旬日未尝有惰；容兄竹君公殁，出私财经纪其丧，抚其子如己子。艰苦力学，文名著一邑。于制艺尤精。应课书院，辄冠其曹而屡困。秋闱荐而未售，新学乍兴，科会犹未罢，即命儿辈入校肄业，其见识之明达如此。其次子，守先之弟守经，清华学堂毕业，留学美国政治学博士，司法部主事、厦门公审会堂堂长、江苏地方审判厅厅长、淞沪护军使秘书长；其幼子守坚，毕业于南洋公学铁路专科，沪杭铁路沪嘉段长。"皆驰声军政界，为世所重。"兰垞公为其后代定辈名为："世""守""清""贞"。

嗣父传：世淮（1850—1890），字同元，号清士，同治癸酉举人，大挑教谕，内阁中书。生道光庚戌七月二十一日，殁光绪庚寅十月初十日，得年四十一岁。

《陆氏谱牒·河南世系》记载："寿鈝长子世淮，字同元，号清士，同治癸酉举人，大挑教谕，内阁中书。生道光庚戌七月二十一日，殁光绪庚寅十月初十日，得年四十有一。"

《青浦县续志》卷十六（人物二·文苑传）曰："钱炯福，字少怀，居珠里。为文拗折，喜学半山。同治庚午副贡。癸酉与同里陆世淮同领乡荐。世淮字清士，亦工文。"

《云间珠溪陆氏谱牒》曰：

> 公刚正不阿，任事不避劳怨，终身未尝二色。应礼部试，过沪江，同年某公邀公同游曲院，公秉烛危坐，观书达旦，竟无所染。角里路灯，系公所发起，行人至今便之。市河淤塞，公聚金开浚，今已越四十年，执政者无复计议及此。

嗣母传：石氏（1851—1914），生咸丰辛亥八月十一日亥时，殁于民国三年旧历甲寅三月十七日卯时，享年六十四岁。子三，守仁、守义、守礼，俱殇。

249

1881 年（清光绪七年　辛巳）三岁

其弟守经（1881—1946）诞生。守经，字鼎生，号达权。守经曾先后赴日、美留学。后历任厦门公审会堂堂长、江苏及上海审判厅厅长等职，亦曾任清华、燕京、南京等大学教授。

1883 年（清光绪九年　癸未）五岁

其妹陆灵素（1883—1957）诞生。陆灵素，原名守民（一作秀民），字恢权，号灵素，别署繁霜。南社社友。自幼聪慧好学，喜吟咏，善儒曲。陆灵素在黄炎培所办广明师范毕业后，于光绪三十二年（1906）去安徽芜湖皖江女校任教，与同校任教的苏曼殊、陈独秀相识。宣统二年（1910）与上海华泾刘季平（刘三）结婚。季平在北京大学任教时，灵素亦在北京，与陈独秀、沈尹默等有来往；季平在南京任教时，灵素也与黄炎培、柳亚子有往返。民国二十七年（1938）秋刘季平病逝，陆灵素悉心整理遗著，辑为《黄叶楼诗稿尺牍》。寄柳亚子校正，不幸遗失于战火，直至民国三十五年（1946）才以副本油印分赠亲友。新中国成立前夕，柳亚子在北京写诗怀旧："交谊生平难说尽，人才眼底敢较量。刘三不作繁霜老，影事当年忆皖江。"[①]

陆灵素是个女诗人，擅昆曲。每逢宴客，季平吹箫，陆唱曲，人皆比之为赵明诚与李清照。1903 年，邹容从日本回国，因撰写《革命军》号召推翻满清统治，建立中华共和国，被捕入狱，于1905 年瘐死狱中。季平为之葬于华泾自己家宅的附近。章太炎在《邹容墓志》中云："……于是海内无不知义士刘三其人。"

---

① 参见《上海妇女志·人物》。

1887 年（清光绪十三年　丁亥）九岁

是年，先生从朱家角名医唐纯斋学医，先后共五年。世居江苏省的青浦。

唐纯斋曾以"同学兄唐念勋纯斋氏"为之《医学南针》初集和二集写序，极力赞其"好学深思""积学富""学尤粹""每发前人所未发""青邑望族代有闻人，而以医学名世则自君始"。并赞曰："角里地灵人杰，王述庵以经著名，陈莲舫以医术行世。惜莲舫之道行未有述，述庵之学之博而未曾知医。君今以经生之笔，释仲景之书，明经络之分治，导后学以准绳，湖山增色。"

1890 年（清光绪十六年　庚寅）十二岁

10 月 10 日，嗣父世淮殁。

是年，弟守坚（1890—1950.10）诞生。守坚，字禄生，号保权。毕业于南洋公学铁路专科。毕业后，又赴美国旧金山大学留学，专攻土木学，回国后，任沪杭铁路沪嘉段段长等职。

1892 年（清光绪十八年　壬辰）十四岁

是年，先生到上海谋生：

在下十四岁到上海，十七岁回青浦，二十岁再到上海，到如今又是十多年了。①

少年时曾为典当学徒，不久辞退回里。

---

① 陆士谔：《新上海》第一回。

1894 年（清光绪二十年　甲午）十六岁

8 月 1 日，中日甲午战争爆发。这一史实，在其历史小说《孽海花续编》中作了详尽而深刻的描述：

> 却说中国国势虽然软弱，甲午以前纸老虎还没有戳破，还可虚张声势。自从甲午战败而后，无能的状态尽行宣布了出来，差不多登了个大广告，几乎野心国不免就跃跃欲试……究竟都立了约，都定了租期。我为鱼肉，人为刀俎，国势不强，真也无可奈何的事。①

1895 年（清光绪二十一年　乙未）十七岁

4 月，本县始有机动船航班，载运客货通往外埠。

是年，先生回青浦。在青浦行医的同时，亦在家阅读了大量的稗官野史和医书。

1898 年（清光绪二十四年　戊戌）二十岁

是年，先生再次来到上海。先是以默默无闻的穷小子悬壶做医生。弃医改业图书出租，"收入尚还不差"，继而又潜心钻研小说，渐悟其中要领。大胆投稿，竟获刊登，由短篇而中篇，由中篇而长篇。那时还有几家书局收购了他好几种小说稿刊成单行本，风行一时。先生走上小说创作道路，与孙玉声先生很有关系。陆士谔来上海后认识了世界书局的经理沈知方，以及孙玉声。孙玉声这时在福州路麦家圈口开设上海图书馆，知道陆士谔学过医，就劝他一方面

---

① 陆士谔：《孽海花续编》第三十六回。

写小说，一方面行医，且允许他在上海图书馆设一诊所。在创作小说的同时，先生亦从事租书业务。

是年，青浦青龙镇十九世中医陈秉钧（莲舫），经两广总督刘坤一等保荐，从是年起，先后五次受召进京为光绪帝、孝钦后治病。

1899 年（清光绪二十五年　己亥）二十一岁

娶浙江镇海茶叶商人之女李友琴为妻。夫妻感情甚笃。李友琴曾多次为其小说写序、跋及总评，如《新孽海花》《新上海》《新水浒》《新野叟曝言》等。

《云间珠溪陆氏谱牒》记载：先生配李氏，镇海李兰孙次女；继李氏，泗泾李凤楼长女。

1900 年（清光绪二十六年　庚子）二十二岁

是年，先生长女敏吟（1900—1991）诞生。其与丈夫张远斋一起创办了华龙小学和山河书店。张远斋任校长，敏吟任教员。

1902 年（清光绪二十八年　壬寅）二十四岁

是年，先生次女陆清曼（1902—1992）诞生。其丈夫徐祖同（1901—1993），青浦镇人。

1904 年（清光绪三十年　甲辰）二十六岁

刘三与《警钟日报》主编陈去病在沪创办《世纪大舞台》杂志，提倡戏剧改良。同年，又与堂兄刘东海等于家乡华泾宅院西楼创办丽泽学院，并购置图书一万五千余册。在该院任教的有陆守经、朱少屏、黄炎培、费公直、钱葆权等。

1906 年（清光绪三十二年　丙午）二十八岁

是年，先生作《精禽填海记》发表，署"沁梅子"，由愈愚书社刊行。阿英《晚清小说史》提及此书，并称其为"水平线上的著作"。

8月，作《卫生小说》，后改为《医界镜》，由同源祥书庄发行。吴云江活版印刷再版时，先生以"儒林医隐"之笔名在书前小引中曰：

> 此书原名《卫生小说》，前年已印过一千部。某公见之，谓其于某医有碍，特与鄙人商酌给刊资，将一千部购去，故未曾发行。某公爰于前年八月下旬用鄙人出名，将缘由登在《中外日报·申报论》前各三天（某公广告，鄙人所著《卫生小说》已印就一千部，因中有未尽善之处，尚欲酌改，暂不发行。如有他人私自印行及改头换面发行者，定当禀究云云），是版权仍在鄙人也。今遵某公前年登报之命，已将未尽善及有碍某医之处全行改去。因急于需用，现将版权出售。

> 儒林医隐主人谨志

在《医界镜》中，先生曾论述过中西医孰长的问题，他指出：

> 西人全体之学，自谓独精，不知中国古时之书已早具精要。不过于藏府之体间有考核，未精详之处，在西书未到中华以前，虽未尽合机宜，而考验全体之功，其精核之处自不可没也。

是年，作《滔天浪》，古今小说本。先生用笔名"沁梅子"。阿英提及此书曰：

沁梅子著，光绪丙午年俞愚书社刊。

又道：

沁梅子不知何许人，据可考者，彼尚有《滔天浪》一种，亦是历史小说。唯纪实性较弱，是如他自己所说，凭自己高兴张长李短地混说。[①]

是年，作《初学论说新范》共四卷，由文盛书局出版发行。该书由末代状元张謇题写书名。

1907年（清光绪三十三年　丁未）二十九岁

先生所著之《新补天石》《滑头世界》《滑头补义》及《上海滑头》写成。在《新上海》中，陆士谔借主人公梅伯之口提及其书：

梅伯道："你这《新中国》说得中国怎样强、怎样富，人格怎样高尚，器物怎样的精良，不是同从前编的什么《新补天石》一般的用意吗？"我道："一是纠正其过去，一是希望其未来，这里头稍有不同。"梅伯道："同是快文快事，我还记得你《新补天石》几个回目是'杀骊姬申生复位，破匈奴李广封侯''经邦奠国贾谊施才，金马玉堂刘

---

① 阿英：《晚清小说史》第十二章。

济及第''奉特诏淮阴遇赦,悟良言文种出亡''霸江东项王重建国,诛永乐惠帝再临朝''岳武穆黄龙痛饮,文山南郡兴师''精忠贯日少保再相英宗,至诚格天崇祯帝力平闯贼'。"一帆道:"我这几天没事拿小说来消遣。翻着一册《滑头世界》里头载着金表社的事,他的标题叫《滑头金表社》,你何不回去作一篇《滑头补义》?"我道:"不劳费心,我已作过的了,停日出了版,送给你瞧就是了。"①

是年,在《神州日报》上发表了《清史演义》一、二集。先生所撰《清史演义》始披露于《神州日报》,陆续登载。发刊未久,阅者争购,报价因之一增。有目共赏,数月以来,风行日远,尤有引人入胜之妙,而爱读诸君经以未窥全貌为憾。或索观全集,或购定预卷,无不介绍于神州报社,冀速遂其先睹之。社友于是商之,陆君即将一、二集先付剞劂,其余稿本修定遂加校雠,不久可陆续出版。

是年,江剑秋先生于《鬼世界》（1907）序中提及先生所作另外几部小说:《东西伟人传》《文明花》《鸳鸯剑》等。上述几种应为先生 1907 年之前所作。

1908 年（清光绪三十四年　戊申）三十岁

元月,作《公治短》,载《月月小说》十三号,署名"沁梅子",为短篇寓言故事。译《英雄之肝胆》,标"法国乌伊奇脱由刚著,青浦云翔氏陆士谔"译。亦作《官场真面目》《新三角》《日俄战史》三种。

---

① 陆士谔:《新上海》第四十二回。

《新孽海花》序录李友琴与陆士谔关于《官场真面目》等书之问答云：

> 今秋复以《新孽海花》稿相示。余读云翔书，此为第十八种矣。评竟问之曰：君前所著，意多在惩恶；此书意独在劝善，然乎？云翔笑曰：唯，子何由知之？余曰：君前著之《官场真面目》《风流道台》等，其中无一完人，嬉笑怒骂，几无不至。①

夏，作《残明余影》，李友琴女士于《新孽海花》载宣统元年（1909）冬十月序中曰：

> 友人以陆君云翔所著之《残明余影》稿示余，余亦视为寻常小说未之奇也，乃展卷细读，见字里行间皆有情义，而笔情细致，口吻如生，古今小说界实鲜其匹，循环默诵，弗胜心折。九月重阳，《医界镜》修改后再次出版发行。吴云记活版部印，同源祥书庄出版。

1909 年（宣统元年　己酉）三十一岁

是年，作《新水浒》《新野叟曝言》《风流道台》《改良济公传》《军界风流史》《骗术翻新》《绿林变相》《女嫖客》《女界风流史》《绘图新上海》《新孽海花》《苏州现形记》和《新三国》十三种。

2 月，作《风流道台》，此书在《新上海》及《晚清小说史》中均提到：

① 陆士谔：《新孽海花》序。

当下梅伯到我书房里坐下，见了案上的两部小说稿子《风流道台》《新孽海花》，略一翻阅笑道："笔阵纵横，到处生灵遭荼毒。云翔，你这尊也作得不浅呢！"我道："现在的人面皮厚得很，恁你怎样冷嘲热讽、毒讽狂讥，他总是不瞅不睬。不要说是我，就使孔子再生，重运他如椽大笔，笔则笔，削则削，褒贬与夺，再作起一部现世《春秋》来，也没中用呢。"

梅伯抽了两袋烟问我道："你的新著《风流道台》笔墨很是生动，我给你题一个跋语如何？"我道："那我求之不得，你就题吧。"……只见他题的是：《风流道台》，以军界之统帅效英皇之韵事，未始非官界中佳话。第以惜玉怜香之故，竟至拔刀操戈，殊怪其太煞风景。乃未会巫山云雨，顿兴宦海风波。于以叹红颜未得，功名以误，峨眉白简旋登，声望全归狼籍，可恨亦可怜矣。①

阿英《晚清小说史》亦云：

> 陆士谔著，六回，宣统元年（1909）改良小说社刊。

是年，作《新野叟曝言》，为国内最早之科学幻想小说，谈文素臣全家至月球事。全书共六册，约四十万字，宣统元年五月初版，同年同月发行，由上海小说进步社印行。此书亦另有磊珂山房主人撰的《新野叟曝言》一种。

7月，作《鬼国史》，改良小说社刊行，阿英评曰：

---

① 陆士谔：《新上海》第一回。

维新运动是失败了，立宪运动不过是一种欺骗，各地的革命潮，在如火如荼地起来。中国的前途将必然地走向怎样的路呢？这是不需要加以任何解释就能以知道的。把握得这社会的阴影，是更易于了解晚清小说。其他类此的作品尚多，或不完，或不足称，只能从略。就所见有报癖《新舞台鸿雪记》、石儃山民《新乾坤》、抽斧《新鼠史》……陆士谔《新中国》……也有用鬼话写的，如陆士谔《鬼国史》（改良小说社，1909 年）……专写某一地方的，也有陆士谔《新上海》、佚名《断肠草》（一名《苏州现形记》）等。①

阿英《晚清小说目录》称：

《女嫖客》，陆士谔著，五回，宣统年刊本。

陆士谔《龙华会之怪现状》中谈及《女界风流史》：

秋星道，你也是个笨伯了，书是人，人就是书，有了人才有书呢。即如《女界风流史》何尝不是书。试翻开瞧瞧，你我的相好怕不有好多在里头么。穷形极相，描写得什么似的……这符姨太小报上曾载过，她是磨镜党首领呢，像《女界风流史》上也有着她的事情。②

---

① 郑逸梅：《艺林散叶续篇》。
② 阿英：《晚清小说史》。

11 月，李友琴为其《新上海》序于上海之春风学馆，序中进行了评述：

　　盖云翔之用笔与他小说异，他小说多用渲染笔墨，虽尽力铺张扬厉，观之终漠然无情；云翔独用白描笔墨。写一人必尽一人之体态、一人之口吻，且必描出其性情，描出其行景。生龙活虎，跳脱而出，此其所以事事必真，言之尽当也。云翔在小说界推倒群侪，独标巨帜。有以夫，余读云翔新著二十三种矣，而用笔尖冷峭隽，无过此编。云翔告余曰，与其狂肆毒詈，取憎于人，孰若冷讥隐刺之犹存忠厚也。故此编于上海之社会、上海之风俗、上海之新事业、上海之新人物以及大人先生之种种举动，虽竭力描写淋漓尽致，而曾无片词只语褒贬其间，俾读者自于音外得悟其意。此即史公《项羽本纪》《高祖本记》《淮阴列传》诸篇遗意欤。

第六十回，镇海李友琴女士评曰：

　　书中描摹上海各社会种种状态，无不惟妙惟肖，铸鼎像奸、燃犀烛怪，使五虫万怪，无所遁影。平淡无奇之事一运以妙笔，率足以令人捧腹，是真文字之光芒而世道之功臣也。若夫词隐而意彰，言简而味永，按而不断，弦外有声，《儒林外史》外鲜足匹矣。

是年 5 月 4 日至次年 3 月 6 日，作《也是西游记》（注：十七期上署名"陆士谔"），在《华商联合报》连载。后又结集出版。

1910 年（宣统二年　庚戌）三十二岁

　　是年，长子清洁（1910.6—1959.12）诞生。1927—1937 年间，清洁悬壶杭州。十七岁起在杭州创办医报《清洁报》，并历任浙江省国医馆顾问、中医院院长、疗养院院长等职。1937 年抗日战争全面爆发后回沪，先于白克路行医，后又迁往吕班路。1944 年先生病逝后，又迁回汕头路 82 号行医，直至 1958 年。清洁先生亦著有多种医书，如：《备急千金方疏证》十二册、《金匮类方疏证》三册、《伤寒卒病论疏证》三册、《伤寒类方疏证》二册、《评注王孟英医案》二册、《评注本草纲目疏证》七册等。

　　是年，其妹守民与刘三相识，经南社诗人苏曼殊撮合而结为伉俪。

　　是年，作《乌龟变相》《新中国》《最近官场秘密史》《六路财神》《逍遥魂》《玉楼春》《最近上海秘密史》七种。

　　3 月，作《官场新笑柄》，在《华商联合报》连载。

　　腊月，《六路财神》刊行，版底云：

　　　　大小说家陆士谔先生健著十一种。先生著书不下五十余种，此十一种均系本社出版者：《新上海》《新鬼话连篇》《新三国》《风流道台》《新水浒》《六路财神》《新野叟曝言》《骗术翻新》《新中国》《改良济公传》《新孽海花》。

　　是年，在《新上海》中，他曾借主人公之口评述《逍魂窟》和《玉楼春》两种：

261

我道:"这月里通只编得两三种,一种《新中国》,一种《逍魂窟》,一种《玉楼春》,稿子幸都在这里。"说着,把稿本检了出来。梅伯逐一翻阅,他是一目十行的,何消片刻,全都瞧毕。指着《逍魂窟》《玉楼春》两种道:"这两种笔墨过于香艳,未免有伤大雅。"①

1911年(宣统三年　辛亥）三十三岁

是年,先生弟守经被录取在美国威斯康新大学学习政治。与之同往的还有竺可桢、胡适、李平等。

是年,作《龙华会之怪现状》《女子骗述奇谈》《商界现形记》《官场怪现状》《官场艳史》《官场新笑柄》《十尾龟》《血泪黄花》八种。

4月,作《商界现形记》,由上海商业会社印行。

《商界现形记》共二集(上下卷),十六回。于宣统三年三月付印,宣统三年四月发行。著作者百业公,编辑者云间天赘生,校字者湖上寄耕氏。在《商界现形记》初集上卷,书前署曰:"作者真实姓名和生平事迹,则无从考察。"此书与姬文的《市声》、吴趼人的《发财秘诀》及托名大桥式羽著的《胡雪岩外传》皆为晚清反映商界活动的力作。阿英均收入《晚清小说丛抄·卷四》。现据本人考,该书为陆士谔先生所撰。②

长篇小说《十尾龟》共四十回,由上海新新小说社印行。

是月,《龙华会之怪现状》标时事小说。上海时事小说社发行,

① 陆士谔:《新上海》第五十九回。
② 可参见田若虹《陆士谔小说考论》第六章第一节:《〈商界现形记〉著者探佚》。

共六回。

《女子骗术奇谈》二册共八回，古今小说图书社刊行。"是指摘当时所谓新女子的作品，对撤拾一二新名词即胡作非为的女子加以讽刺，间有一、二宣扬之作。所见到的有吕侠《中国女侦探》……陆士谔《女子骗术奇谈》。"①

9月，《绘图官场怪现状》大声小说社版，初集十回。

在《最近上海秘密史》中，陆士谔借书中人物之口，介绍他的另外几部小说时道："他的小说像《官场艳史》《官场新笑柄》《官场真面目》都是阐发官场的病源。《商界现形记》就阐发商界病源了，《新上海》《上海滑头》等就阐发一般社会病源了。我读了他三十一种小说，偏颇的话倒一句没有见过。"

10月10日，晚九时，武昌新军起义，辛亥革命爆发。11月，起义军攻陷总督衙门，占领武昌全城。革命党人成立中华民国湖北军政府，推新军协统黎元洪为都督。12日，革命军占领汉口，湖北军政府通电全国，宣告武昌光复。

11月，先生创作讴歌武昌起义的《血泪黄花》，又名《鄂州血》。这部小说出版于1911年11月，距武昌起义仅一个月。作者满腔热情地歌颂辛亥革命，描写了起义军民的英勇奋战，表达了他对旧民主主义革命的向往之情。

1912年（民国元年 壬子）三十四岁

是年，《孽海花续编》由上海启新图书局、国民小说社、大声图书局出版，续编共有二十一至六十一回。在《十日新》封底的小说广告中登有陆士谔所出小说数种：

---

① 阿英：《晚清小说史》第九章。

《历代才鬼史》二册（洋八角）、《清史演义》（初集）四册、《清史演义》（二集）四册、《清史演义》（三集）四册、《清史演义》（四集）四册、《孽海花》（初集）各一册、《孽海花》（续编）四册、《女界风流史》二册、《女嫖客》二册、《末代老爷大笑话》二册、《也是西游记》二册、《雍正剑侠》（奇案）三册、《血泪黄花》二册。

1913 年（民国二年　癸丑）三十五岁

8 月，先生次子陆清廉（1913.8—1958.8）诞生。陆清廉，字凤翔，号介人。

《青浦县志·人物》记曰：

陆凤翔原名清廉，朱家角镇人，中国共产党员，革命烈士，陆士谔次子。1958 年 8 月 20 日，在北京开会返宁途中，因飞机失事不幸遇难，时年四十五岁。后经江苏省人民委员会追认为革命烈士。

《青浦文史》亦记曰：

陆凤翔（1913—1958），原名清廉，青浦朱家角人，为通俗小说家、名医陆士谔次子。早年毕业于苏州高中，后在胡绳等的影响下，接受共产主义思想，创办社会科学研究会。1936 年 9 月加入中国共产党①。

---

① 《青浦文史》第五期。政协青浦委员会、文史资料委员会编，1990 年 10 月。

是年，创作《宫闱秘辛》、《朝野珍闻》、《清史演义》第一部、《清朝演义》第二部四种。

8月，《清史演义》第一部由大声局发行，标历史小说。

民国二年至十三年（1913—1924），陆士谔完成了《清史演义》一至四部的撰写：

余撰《清史演义》，此为第四部。第一部大声局之《清史演义》，第二部江东书局之《清史演义》，第三部世界书局之《清史演义》。第大声本书有一百四十回，长至七十万言。而江东本只三十万言，世界本只二十万言。

同时，他阐明了"演义"之缘由：

夫小说之长，全在表演。何为表？叙述治乱兴衰及典章文物、一切制度。何为演？将书中人之性情、谈吐、举动逐细描写，绘形绘声，呼之欲出。故旧著三书，唯大声本尽意发挥，或可当包罗万象；江东本与世界本为篇幅所限，未免蹈表而不演之弊。然而一代之功勋以开国为最伟大，一代之人物以开国为最英雄。与其歌咏升平，浪费无荣无辱之笔墨，孰若记载据乱，发为可歌可泣之文章。此开国演义所由作也。

10月10日，先生生父世沣殁，得年四十有一。

1914年（民国三年　甲寅）三十六岁

元月，《清史演义》三集共四册出版。

是月，《十日新》第一至四期连载言情小说《泖湖双艳记》。

2月，《孽海花续编》再版，大声图书局出版。又，上海民国第一图书馆版本，标历史小说。本书从第二十一回写起，至六十二回止。回目全用曾朴、金松岑原拟。

10月，《清史演义》四集初版，继而出版五集。

是月，《也是西游记》题"铁沙奚冕周起发，青浦陆士谔编述"。在第八回回末，先生述曰：

> 《也是西游记》八回，奚冕周先生遗著也。笔飞墨舞，飘飘欲仙，士谔弩下，奚敢续貂。第主人谲谏，旨在醒迷，涉笔诙谐，岂徒骂世。既有意激扬，吾又何妨游戏。魂而有灵，默为呵者欤！

己酉十月青浦陆士谔识

在上海望平街改良新小说社广告中登有特约发行所改良新小说社启：

> 新出《也是西游记》，是书系铁沙奚冕周、青浦陆士谔合著。登华商联合会月报，海内外函索全书纷纷如雪片，盖不仅妙词逸意、文彩动人，而远大之眼光、华严之健笔，实足振颓风、挽末俗。或病其文过艳冶、意近诲淫，则失作者救世苦心矣。

12月10日，在《十日新》第一期发表短篇小说《德宗大婚记》《新娘！恭献！哈哈》《贼知府》《泖湖双艳记》①。

---

① 陆士谔：《泖湖双艳记》第一至四期连载，标艳情小说。

是月 20 日，在《十日新》第二期发表逸事短篇小说《赵南洲》。

是月 30 日，在《十日新》第三期发表滑稽短篇小说《花圈》《徐凤萧》《英雄得路》。

是年，其文言笔记《蕉窗雨话》由上海时务图书馆出版。《蕉窗雨话》（共九种），记乾隆间吏部郎中郝云士诮事和珅事，记杜文秀踞大理事，记石达开老鸦被擒异闻，记董琬欲从张申伯不果事，记张申伯为太平天国朝解元事，记王渔洋宋牧仲逸事，记说降洪承畴事，记岳大将军平青海事，记准噶尔与俄人战事①。

1915 年（民国四年　乙卯）三十七岁

是年，先生妻李友琴病故，终年三十五岁。先生悲痛不已。常以医术不精、未能挽爱妻为憾，遂更发奋钻研医学。又创作几种笔记体文言短篇小说，如《顺娘》《冯婉贞》《陈锦心》《顾珏》等，皆散刊于上海《申报》。

3 月 14 日，作笔记小说《顺娘》，在《申报》"自由谈"、"红树山庄笔记"栏目发表。

3 月 15 日，继续连载《顺娘》。《顺娘》以庚子事变之后"罢科举"，选派留学生到西方留学的这段历史为背景。其中又穿插了男女主人公雁秋和顺娘悲欢离合的故事。故事虽未脱俗套，但情节曲折，人物个性鲜明，其中不无对世俗的道德观和封建习俗的批判。

3 月 19 日，作笔记小说《冯婉贞》，在《申报》"自由谈"、"爱国丛谈"栏目发表，亦见于《虞初广记》。写咸丰十年英法联军火烧圆明园时事，当时有圆明园附近的平民女子冯婉贞率少年数十

---

① 收于《清代野史丛书》。

人以近战博击的战法，避开敌人的枪炮，击溃了敌军数百人，杀死百余人。文章的结尾陆士谔曰："救亡之道，舍武力又有奚策？谢庄一区区小村落，婉贞一纤纤弱女子，投袂起，而抗欧洲两大雄狮，竟得无恙，引什百于谢庄，什百于婉贞者乎？呜呼！可以兴矣！"①其书在1916年被徐珂收编入《清稗类钞》，修改了原文。亦被列入中学范文读本。

4月，《清史演义》五集再版。

8月，作《顺治太后外纪》，由上海进步书局出版。1928年2月五版。

提要曰："是书叙顺治太后一生事实。夫有清以朔方，夷族入住中原，论者多归之天而不知兴亡盛衰之故乃操之于一女子手。盖佐太宗之侵掠，说洪氏之投降与有力焉，然而深宫秘事史官既讳而不书，远代茫然罔识，是编记载最为尽，诚足广异闻而资谈助也。"

1916年（民国五年　丙辰）三十八岁

4月7日，作笔记小说《顾珏》在《申报·自由谈》发表。

《顾钰》刻画了一位身怀绝技、武力超群，而又恃强踞傲、强不能而为之的"勇"者形象。顾钰，亭林先生八世孙。其躯干彪伟，孔武有力，一乡推为健士。他夜不卧床榻，巨竹两端而剖其中，"卧则以两臂撑之。竹席如弓，身卧其内。醒则疾跃而出，竹合如故"。"稍迟延，臂竹猛夹裂颅破脑，巨竹之张合，常在百斤左右"，其两臂之力可谓巨矣。然山外有山，人外有人，顾终因"耻受人嘲"而不自量力，在比斗中惨败。

4月10日，作笔记小说《陈锦心》，在《申报·自由谈》发表。

---

① 陆士谔：《冯婉贞》，《申报·自由谈》1915年。

《陈锦心》以"义和团运动，洋兵入京"之时代为背景，描写了男女主人公国华和锦心的悲欢离合。国华就读于武备学校，他与锦心约"俟武校毕业始结婚"。不料被"匪"掳，"迫为司帐"。荡析流离，积二年之久，始得归。而锦心虽误以其为死，却"死生不渝"，"矢志柏舟"。小说终为大团圆之结局。作者将国华与锦心之婚姻悲剧归罪于"红巾"之乱，无疑体现了其封建思想之局限性，但小说中又通过叙事主人公的视角简要地描述了庚子事变联军入京后之情况：

> 国华被匪掳去，迫为司帐，不一月而大沽失守，洋兵入京，匪众分队四散。国华被众拥出山海关迁流至奉天，又至黑龙江，积二年之久，始得归。

这篇笔记小说，与吴趼人的《恨海》和忧患余生的《邻女语》皆为反映庚子事变之题材。虽不能与之媲美，但亦有异曲同工之妙。

是年，作《帐中语》，上海进步书局印行，署"云间龙撰"，标家庭小说。首语云："留作世间荡子的当头棒喝。"

提要曰："夜半私语恒于帐中为多，此书叙夫妇二人帐中问答。语言温柔旖旎，有时为诙谐之谈笑，有时为正当之箴规，亦风流亦蕴藉，是小说别开生面之作。"

是年秋，作《初学论说新范》，张謇题书名。弁首编辑大意共八条，如第一、二条阐明编辑题旨："本书论说各题皆自初等教科书中选来，即文中曲引泛论用典、用句均不越教科书范围。""本书条文词句务求浅近，立意务取明晰、务期初学易于开悟。"

1917 年（民国六年　丁巳）三十九岁

是年，娶松江泗泾李氏素贞为续室。

6月，作《八大剑仙》，一名《清雍正朝八大剑仙传》。共十九回，约七万余字。现存民国六年（1917）六月，上海交通图书馆铅印本一册。该本至民国十二年（1923）十月，已出至十版。

是年，作《剑声花影》。1926年3月，五版。其提要曰：

> 女中豪杰载清史籍者，令人阅之心深向往。本书所述杀身成仁之侠女韩宝英，更属巾帼中所罕见者。宝英本桂阳士人女，逊清洪杨之役为贼所掳，几至辱身。幸遇翼王石达开援救脱险，并为杀贼报仇扶为义女。宝英感恩知遇，卒以死报，脱翼王于难。全书自始至终叙事曲折详尽，文笔亦简明雅洁，堪称有声有色、可歌可泣之作。

1918年（民国七年　戊午）四十岁

是年，"岁戊午，挟术游松江"。[①] 在松江西门外阔街悬壶。行医中将十多年来对医学研究的心得，写成医书十余种。

7月，先生作《中国黑幕大观·政界之黑幕》共一百零一则，由上海博物院路8号鲁威洋行发行。编辑者路滨生，发行者葡商马也，由蔡元培等人作序。陆士谔所写"政界之黑幕"有别于当时鸳鸯蝴蝶派小报所津津乐道的秘事丑闻，与其社会小说宗旨一致。他的此类小品文皆以社会现实和时事新闻为描写题材，广泛而深入地触及当时社会、经济、军事、文化、外交、政治的各个层面，其揭露和讽刺之深刻与时代的节奏深相吻合。其文或庄或谐，或正或奇，嬉笑怒骂皆成文章。

其中《民国两现大皇帝》调侃了政体之变更竟同儿戏；《五百

---

① 陆士谔：《医学南针》自序。

270

金租一翎项》写民国以来，红顶花翎已抛去不用了，不意复辟之举突如其来，某司长知翎项为必需之物，遍搜箱匣，竟无所获，遂租一优伶之花翎代之；《闽神之门联》描写了张勋复辟后之民俗；《二本新审刺客》写民国二年三月，前农林总长宋教仁，拟由上海搭火车北上，方欲上车，突被刺客击中腰部，越再日逝世之事件；《新南北剧之黑幕》《新南北剧之第一幕》揭露了袁项城篡位总统和北洋军权之丑闻；《洪述祖之大枪花一》述中法和约告成，刘遣洪诣法军；《杜撰之灾祸与谶语》叙蔡锷起师护国，北军屡北，不得已取消帝制；《失败之大原公子》写洪宪帝既颁称帝之令，乃亟兴土木。在《疑而集诗》中，陆士谔曰：

> 政界之黑幕不外吹牛、拍马、利诱、威逼种种伎俩。此四者尽之……不意自民国以来，政治界幕中偏又添新色料，一曰阴谋，一曰暗杀。如总统之突然称作皇帝，浙江之忽然伪号独立，此均属于暗杀者。人心愈变愈阴，国势愈变愈弱。

10月，作《薛生白医案》，神州医学社新编，上海世界书局出版，1923年8月三版。序曰：

> 薛生白君，名雪，字生白，自号一瓢子。生白因母文夫人多病，始究心医术。其医与叶香严齐名，当时号称叶、薛。吾国医学，自明季以来，学者大半沉醉于薛院，使张景岳之说，喜用温补，所误甚多，独生白与香严大声疾呼，发明温热治法，民到如今受其赐……薛氏医案如凤毛麟角，弥见珍贵。临证之暇，特将先生医案分类校订，并附录香

271

严案以资对照，使读薛案者得于薛案外，更有所益也。

民国八年十月后学珠街阁陆士谔谨序于松江医寓

1919 年（民国八年　己未）四十一岁

从 1919—1924 年间，陆士谔在松江医寓先后写了十多种医书。至 1941 年止，先生共创作医著、医文四十多种：《叶天士幼科医案》、《陆评王氏医案》、《薛生白医案》、《叶天士手集秘方》、《医学南针初集》、《医学南针二集》、《王孟英医案》、《丸散膏丹自制法》、《增注古方新解》、《温热新解》、《奇疴》、《国医新话》、《士谔医话》、《叶香严外感温热病篇》、《李士材医宗必读》、《邹注伤寒论》、《陆评王氏医案》、《陆评温病条辨》、《医经节要》、《诊余随笔》、《基本医书集成》（主编）、《家庭医术》、《增注徐洄溪古方新解》、《内经伤寒》、《新注汤头歌诀》、《寒窗医话》、《医药顾问大全》、《论医》、《国医与西医之评议》、《中西医评议》、《小闲话》。医学论文多在《金刚钻》报发表。

元月，先生幼子清源（1919—1981）诞生，笔名海岑。毕业于立达学院。清源幼承庭训，博闻强识，其医学和文学皆颇有造诣。抗战期间，他辗转于福建长汀、泉洲、永安各地从事翻译、教学、编辑及行医等工作。并以行医所得创办了《十日谈》出版社，印行了不少文艺书籍，如德国苏特曼的戏剧集《戴亚王》（施蛰存译）等，行销于东南五省。抗战胜利后，清源回沪。其时陆士谔去世不久，他继承父业，挂起了"陆士谔授男清源医寓"的招牌，正式悬壶行医。新中国成立后，清源曾先后任平明出版社、新文艺出版社和上海文艺出版社编辑，从事英、俄文学翻译。主要译著有屠格涅夫的《三肖像》《两朋友》《多余人日记》、卡拉维洛夫的《归日的保加利亚人》、米克沙特的《英雄们》等。1979 年，他与施蛰存合作，根据西方独幕剧的发展历史编了一套《外国独幕剧选》（六册）。由于精通俄语，他负责选编苏联及东欧诸国的剧本。当第一集于 1981 年 6 月出版时，清源已于同年 4 月病故，未能见到此书的出版。

元月，作《叶天士幼科医案》，上海世界书局出版。陆士谔序曰：

> 叶香严先生，幼科专家也。而其名反为大方所掩。世之攻幼科者，鲜有读其书，是何异为方圆而不由规矩、为曲直而不从准绳。吴江徐洄溪，素好讥评，而独于先生之幼科，崇拜以至于极。一则特之曰名家，再则曰不仅名家而且大家。敬佩之情溢于言表。今观其方案，圆机活泼，细腻清灵，夫岂死执发表攻裹之板法者，所得同年而语耶？《冷庐医话》载先生始为幼科，虚心求学，身历十七师而学始大进，则如灵秘术其来固有自也。

民国八年十月后学珠街阁陆士谔谨序于松江医寓

是年，作《叶天士女科医案》。

1920 年（民国九年　庚申）四十二岁

元月，作《增注徐洄溪古方新解》共八卷。上海世界书局石印本 1922 年 6 月再版。

2 月，《叶天士手集秘方》，上海世界书局出版。陆士谔序曰：

> 秘方者师徒相授，从未著之简策者也。顾未著之简策，

273

后之人从何纂集成书？曰，秘方之源，非人不授，非时不授，故名之曰秘。岁月既久，私家各本所传各自记述。然方之秘难泄，而纂秘方者，大都不知医之人，所以秘方之书虽多，而合用者甚鲜也。叶天士为清名医，其手集秘方，大抵本诸平日之心得，较之《验方新编》等自可同年而得。顾其书虽善，体例已颇可议……因系先辈手译，未便擅自更张；方有重出者，亦未敢留就删节致损本来面目。唯逐细校雠，勘明豕亥，使穷乡僻壤有不便延医者按书救治，不致谬误，是则校者之苦心也。

7月，作《医学南针》初集，上海世界书局石印本。1931年七版。其师唐念勋纯斋氏序曰：

陆士谔，好学深思之士也。其于《灵》《素》《伤寒》《金匮》等书极深研几，历十余年如一日。昼之所思，夜竟成梦。夜有所得，旦即手录，专致之勤，不啻张隐庵氏之注《伤寒》也。顾积学虽富，性太刚直。每值庸工论治，谓金元四大家之方药重难用，叶香严、王潜斋之方药轻易使，陆子辄面呵其谬，斥为外道之言。夫病重药轻，无补治道；病轻药重，诛伐无辜。论药不论证，斥之诚是。然此辈碌碌，何能受教，徒费意气，结怨群小，在陆子亦甚不值也。余尝以此规陆子，而劝其出所学，以撰一便于初学之书，俾后之学者。得由此阶而进读《灵》《素》《伤寒》，得造成为中工以上之士，则子之功也。夫医工之力，不过能治病人之病；医书之力，则能治医工之病，于其勉之，陆子深韪余言，操笔撰述，及一载而书始成。其网罗之富，选才之精，立论之透，初学之书所未有也。较之

274

《必读》《心悟》等，相去奚啻霄壤。余因名之曰《医学南针》，陆子谦让未遑。余曰，无谦也，子之书不偏一人，不阿一人，唯求适用，大中至正，实无愧为吾道之南针也，因草数言弁之于首。

民国九年庚申夏历二月唐念勋纯斋氏序于珠溪医室

是年夏，作《孽海情波》，由上海沈鹤记书局出版。

1921 年（民国十年 辛酉）四十三岁

4 月，作《增评温病条辨》，（清）吴塘原著，先生增评。

5 月，作《王孟英医案》，上海世界书局出版。哈守梅序曰：

青浦陆君士谔，名医也。其治症，闻声望色，察脉问证，洞见藏府，烛照弥遗。就诊者无不叹为神技，而不知君固苦心得之也。余以善病喜读医籍，去年冬，购得《医学南针》，读之大好，因想见陆君之为人。与君畅谈医学并及近代名流，君于王孟英氏最为推服……因出其自编之孟英医案，分类排比，眉目朗然，余不禁狂喜，劝之发刊。君曰，孟英原案，犹《资治通鉴》，余此编，犹纪事本末，不过自备检查尔，何足问世。余曰初学得此，因证检方得见孟英之手眼，未始非君之功也。陆君颇韪余言，余因草其缘起，即为之序。

民国十年五月金陵哈守梅拜序

陆士谔自序曰：

　　《王孟英医案》有初编、续编、三编之分，编者不一其人，而《归砚录》则孟英自编者也。余性钝，读古人书，苦难记忆，而原书编年纪录检查又甚感不便，因于诊余之暇，分类于录，籍与同学讲解。外感统属六淫故，风温、湿温间有编入外感门者。夫孟英之学得力于枢机气化，故其为方于升降出入，手眼颇有独到；而治伏气诸病，从里外逗，尤为特长。大抵用轻清流动之品，疏动其气要，微助其升降，而邪已解矣。其法虽宗香严叶氏，而灵巧锐捷，竟有叶氏所未逮者。余尝谓孟英于仲夏伤寒论、小柴胡汤、麻黄附子细、辛汤诸方必极深穷研，深有所得。故师其意不泥其迹，投无不效。捷若桴鼓，读者须识其认证之确、立方之巧，勿徒赏其用药之轻，庶有获乎！

民国十年五月青浦陆士谔序于松江医室

农历六月，作《丸散膏丹自制法》。1932 年 5 月再版，由陆士谔审订。先生自序曰：

　　客有问此书何为而作也，告之曰，神农辨药，黄帝制方，圣王创制为拯万民疾苦。伊尹、仲景后先继起，孙邈有《千金》之著，王涛有《外台》之集，《圣济》《圣惠》各方选出，无非本斯旨而发未发光大之。自世风日下，业此者唯知鹜利，罔识济人，辄以己意擅改古方药名，虽是药性全非。医师循名用辄有误，良可慨也，本书之作意在

使制药之辈知药方定自古贤，药品之配合分量之轻重、制
法之精粗，丝毫不能移易。各弃家技一秉成规，庶几中国
有统一制药之一日，按病撰药无不利药病有桴鼓应之，斯
民尽仁寿之堂，是所愿也。有同道者盍兴乎，来客悦而退，
因讹笔记之以叙本书。

民国十年夏历六月陆士谔序

全书分为内科门四十一类、女科门九类、幼科门十一类、外科
门十类、眼科门六类、喉科门七类、伤科门、医药酒门……

是年，增补重编《叶天士医案》，上海世界书局出版。

是年，作武侠小说《血滴子》，又名《清室暗杀团》，二十回，
六万多字。现存民国十年（1921）六月上海时还书局铅印本一册。
卷首有民国十五年（1926）长沙张慕机序。此书在当时尤为风行，
还改编成京剧在沪上演。

1922 年（民国十一年　壬戌）四十四岁

元月，《绣像清史演义》序，写于松江医寓。

是月，《七剑三奇》，上海中华新教育社出版，共四十回。现存
民国十一年（1922）上海中华新教育社平装铅印本二册，二万多字，
首有作者序，卷后有李惠珍识语。

6 月，编《增注古方新解》。

约是年，撰侠义小说《七剑八侠》，共二十四回，由上海时还书
局出版发行。第二十四回中写道："种种热闹节目都在续编之中，俟
稍停时日，当再与看官们相会。《七剑八侠》正篇终，编辑者陆士谔
告别。"

1923 年（民国十二年　癸亥）四十五岁

10 月，《薛生白医案》第三版。

是月，《八大剑仙》第十版。

是月，《金刚钻》报创刊，陆士谔曾协助孙玉声编撰《小金刚钻》报。

1924 年（民国十三年　甲子）四十六岁

4 月，作《医学南针》二集，上海世界书局出版。首有先生自序题："民国十三年甲子夏历四月青浦陆守先士谔甫序于松江医寓"；亦有唐纯斋序曰：

> 陆君士谔名守先，医之行以字不以名，故名反为字掩。而君于著述自著，辄字而不名，故君之名，舍亲戚故旧外，鲜有知者。角里陆氏系名医陆文定公嫡系，为青邑望族，代有闻人。而以医学名世者，则自君始。君为午邑名儒兰垞先生哲嗣。先生学问经济名重一邑，而屡困场屋，以一明经终，未得施展于世。有子三人，俱著名当世。君其伯也，仲守经，字达权；季守坚，字保权，均驰声军政界，为世所重。而君之学尤粹。君以预防为主医学，极深研几，每发前人所未发，于五运六气、司天在泉，则悟地绕日旸。以新说释古义，语透而理确；于伤寒温热、古方今方，则以经病络病，一语解前贤之纠纷。盖君喜与经生家友，每借经生之释经以自课所学，故所见回绝恒蹊也。角里在松郡之西，青溪环绕，九峰远拥，地灵人杰。王述庵以经著名，陈莲舫以医术行世，惜莲舫之道、之行而未有著述；

述庵之学、之博而未曾知医。君今以经生之笔，释仲景之书，明经络之分治，导后学以准绳，湖山增色。吾闻君之《医学南针》共有四集，此其第二集也。以辨证用药读法为三大纲，较之初集进一步矣。其三集则专以外感内伤立论，四集则专释伤寒金匮，甚望其早日杀青也，是为序。

是月，清明节，刘绣、刘曼君、刘缙、刘厐《先父刘三收葬邹容遗骸的史迹》一文中曰：

1924年清明节，章太炎、于右任、张溥泉、章士钊、李印泉、马君武、冯自由、赵铁桥诸先生来华泾祭扫先烈邹容莹墓时，吾父权作主人，于黄叶楼设宴招待。章太炎先生与吾父所吟今尚能背诵。太炎先生诗云："落泊江湖久不归，故人生死总相违。至今重过威丹墓，尚伴刘三醉一回。"吾父缅怀亡友，追念往事，悲慨遥深地吟曰："杂花生树乱莺飞，又是江南春暮时。生死不渝盟誓在，几人寻冢哭要离。"

7月，《女皇秘史》由时还书局出版。此为《清史演义》之第四部。作者自序称于民国十三年（1924）七月，青浦陆士谔甫序于松江医寓。是月24日，江苏督军齐燮元、浙江督军卢永祥为争夺上海地盘酝酿战争。本县局势紧张。驻松浙军封船百余艘供军用，居民纷纷避迁。县议会及各法团电致北京及江浙当局，呼吁和平。

是月中旬，先生先遣其妻避上海，与长子清洁看守家门。

是月29日，先生避难第二次来沪。

9月30日，江浙战争爆发，史称齐卢之战。县城学校停学，商店多半歇业。

10月12日，浙江督军卢永祥兵败下野，江浙战争结束。松江防守司令王宾等弃城潜逃。先生第三次赴沪。在《战血余腥录》中先生叙述了他第三次来沪悬壶之情形。

先生避难来沪后，聊假书局应诊。民国十四年（1925）六月，他先是在英界四马路画锦里口老紫阳观融壁上海图书馆行医，民国十四年十一月十二日，后又迁移到英租界跑马厅汕头路23号新层；民国二十二年（1933）九月，他再次迁移到公共租界中央区，汕头路82号。

一日，有广东富商路过上海图书馆，恰巧看到士谔正为病家诊脉开方，就上去攀谈。一交谈，就觉得陆士谔精通医学，请陆出诊，为其妻治病。士谔在病榻边坐下，一看病人骨瘦如柴，气若游丝。原来已卧床一月有余，遍请名家诊治，奈何无灵。病情日见沉重，饮食不思，气息奄奄。富商请陆士谔来看病，也是"死马当活马医"。诊脉后，士谔开好药方说："先吃一帖。"第二天，富商又到诊所邀请，说病人服药后就安然熟睡，醒来要吃粥了。这样经过半个月的诊治，病人霍然而愈。富商感激不尽，登报鸣谢一月，陆士谔的医名由此大振。不久就定居于汕头路82号挂牌行医，每日门诊一百号。

12月27日，在《金刚钻》报"诊余随笔"，先生撰文谈小儿虚脱症及其疗法。

是年，先生修《云间珠溪陆氏谱牒》（不分卷），署"陆守先修"，其侄陆纯熙在《云间珠溪陆氏谱牒》中曰："士谔叔父就珠街阁近支先行编纂校雠，即竣，付诸石印，分给同宗俾珠街阁近支世系。已可按世稽查。"

关于《云间珠溪陆氏世系考》陆纯熙述曰：

守先谨按：吾宗谱牒世甚少，刊本相沿至今，即抄本亦复罕购，浸久散佚，世系将未由稽考，滋可惧也。此百数十年中急需修入者不知凡几。屡拟评加修订，而宗支散处，调查綦难，因商之，士谔叔父就珠街阁近支先行编撰。校竣，即付之石印，分给同宗，俾珠街阁近支世系已可按世稽查。

中华民国十三年十一月十八日纯熙谨识

1925年（民国十四年　乙丑）四十七岁

1—6月，《金刚钻》报连载其短篇小说《环游人身记》。

在其科幻短篇小说《寒魔自述记》和《环游人身记》中，作者通篇运用了生动贴切的比拟和比喻来说明病毒侵入人体之途径。如《寒魔自述记》叙述了"途"之六兄弟：风魔、寒魔、暑魔、湿魔、燥魔、火魔漫游人体之经历，从而感受到"此为世界风景之最"。在《环游人身记》中则记述了"余"挟暑风二伴"登女郎玉体"分道从"寒府"，人之汗毛孔和"樱唇"通过咽窍（食管）、喉窍、颃颡舌本、脾脏（少阴脉）、肾脏（阳阴脉）、胃府进入人之膏粱之体，它们环游人身一周。文中穿插了"余"与暑伴等之对话，辛辣地讽刺了那种不学无术的庸医，同时倍加推崇名医之医术医德。上述两篇，皆具有较强的故事性和情节化的特点，语言亦幽默风趣，读来引人入胜。

是年，作《今古义侠奇观》，该书演历代十四位男女义侠的故事。出版广告启曰："当行出色撰著武侠说部之老手陆士谔君，收集古今英雄侠义之事迹，仿今古奇观之体例，编成《今古义侠奇观》一书，以为配世化俗之工具。情节离奇，文笔紧凑，聚数千年来之侠义于一堂，汇数十百件之佳话为一编，前后合串，热闹异常……

281

写英雄之除暴，则威风凛凛；写义侠之诛奸，则杀气腾腾，可以寒奸人之胆，可以摄强徒之魂……洵足以励末俗，而挽颓风。"①

在《留学生现形记》封底，亦将其列为最新出版之小说名著：

吴趼人：《二十年目睹之怪现状》《九命奇冤》《电术奇谈》

李涵秋：《近十年目睹之怪现状》《自由花》

海上说梦人：《歇浦潮》《新歇浦潮》

徐卓呆：《人肉市场》

不肖生：《江湖义侠传》

陆士谔：《今古义侠奇观》《剑声花影》

以及名家译著：《十五小豪杰》等共二十二种。

是年，作《续小剑侠》，由上海时还书局出版。

4月，作《小闲话》连载。另有医学杂论《治病之事》《治病日记》。

8—12月，作《义友记》，连载于《金刚钻》报。

是年，《金刚钻》报登载《内科陆士谔诊例》一个月。

3月，《金刚钻》报记曰：

世界书局管门巡捕某甲，于正月二十一日晨正洗脸间，忽然仆倒，就此一蹶不醒，不及医治而死。及后该局经理沈知方叙之于先生，并研究其致死之由。先生曰，此则唯有"脱"与"闭"两症。"脱"则原气溃散，"闭"由经络

---

① 见于《红玫瑰》杂志第三十二期广告。

闭塞，闭则有害其生，脱则虽有神丹，难挽回也。沈君曰，死者全身青紫。越日，两医解剖其尸，则肺脏已经失去其半。先生曰，该捕平日必酷嗜辛辣而好之饮烧酒，不然肺何得烂，然其致死之因，虽由肺烂，而致死之果，实系气闭。因仆侧肺之烂叶遮住气管，呼吸不通，故遂死也。询之果然。

是月，《金刚钻》报载有一病人家属严寿铭感谢他的信曰："舍亲俞幼甫谈及避难来申之陆士谔，姑往一试，至四马路画锦里口上海图书馆陆寓，延之来诊。不意药甫下咽，胸闷既解，囊缩即宽。二诊而唇焦去、身热退。三诊而能饮半汤，四诊而粥知饥矣。"

是月，先生著《温热新解》。先是《金刚钻》报发表，1933 年 9 月又在《金刚钻月刊》重版。

5 月，先生在《金刚钻》报"读书之法"中曰：

先父兰坨公以余喜涉猎古史，训之曰，读书贵精不贵博，汝日尽数卷书，聊记事迹耳，其实了无所得。因出《纲鉴正史》曰，何如……余遂以刘三（小学家）读经之法，读秦汉唐各医书，而学始大进。辨论撰方，自谓稍易着手，未始非读书之益也。

5 月 27 日，先生曰："余自《医学南针》出版而后，虚声日著。远客搭车来松者，旬必有数起，均系久来杂病，费尽心机，效否仅得其余。及避难来沪，沪地交通便利，百倍松江。囊时远客，仅沿沪杭线各城镇，今则有由海道来者，有由沪宁线各站来者。"

6 月 12 日，《金刚钻》报《陆士谔名医诊例》：

所治科目：伤寒、湿热、咳嗽、妇科、产后、调经各种杂病。

时间：上午十时至下午三时门诊，午后三时出诊。

地址：英界四马路画锦里口上海图书馆。

11 月 12 日，先生迁移到英租界跑马厅汕头路 23 号新层。

1926 年（民国十五年　丙寅）四十八岁

3 月，《剑声花影》第五版刊行。

是月 31 日，在《金刚钻》报上登载《修谱余沈》曰：

今吾家新谱告成，自元侯通至士谔凡七十九世……原原本本，一脉相承，各支宗贤亦均分载明白。扬洲别驾分类，为吾二十六世祖，娄王逊为吾五十八世祖……

4 月 14 日，先生作《寒魔自述记》连载于《金刚钻》报。

12 月，《家庭医术》初版，上海文明书局印行。1930 年再版，署"辑选者陆士谔"。

1928 年（民国十七年　戊辰）五十岁

2 月，《顺治太后外纪》五版，由上海进步书局印行。

4 月，《绘图新上海》五版。

4 月，由范剑啸著、先生参与润文的小说《双蝶怨》由上海大声图书局出版。

9 月，《古今百侠英雄传》由上海时还书局出版发行，标绘图古今侠义小说。先生自序曰：

余嗜小说，尤喜小说之剑侠类者。所读既多，未免技痒。缘于诊病之余，摇笔舒纸，作剑侠小说。在当时不过偶尔动兴，聊以自遣，不意出版之后，竟尔风行，实出余意料之外。意者下里巴人，属和遍国中耶？

中华民国十七年八月十五日
青浦陆士谔序于上海汕头路医寓

是年，出版《北派剑侠全书》与《南派剑侠全书》。在《古今百侠英雄传》之末页，附南北两派剑侠全书总目：

北派：《红侠》、《黑侠》、《白侠》、《三剑客》（二册）。
南派：《八大剑侠传》、《血滴子》、《七剑八侠》（二册）、《七剑三奇》（二册）、《小剑侠》（二册）、《新剑侠》（二册）。

10月，作《新红楼梦》，由上海亚华书局出版。
是年，《金刚钻》报登载《内科陆士谔诊例》一个月。

1929 年（民国十八年　己巳）五十一岁

元月，作短篇《记平湖之游》①，作者于冬至日作平湖之游，其记曰：

平湖多陆氏古迹，此行得与二千年前同祖之宗人相聚，

---

① 于 1929 年 1 月 6—12 日连载于《金刚钻》报。

意颇得也……盖平湖支为唐宰相宣公系。宣公系三国东吴华亭候补丞相逊之后，而吾宗为选尚书王昌之后，王昌与逊在当时已为同曾祖姜昆，故吾宗与平湖陆氏，为二千年前一家。考诸家乘，信而有征也。此次邀余往诊者，为平湖巨绅陆纪宣君。甲子秋，余避难来沪，纪宣亦携眷来沪。其夫人患病颇剧，邀余往诊，遂相认识。由是通信，如旧识焉。

是年，作武侠长篇小说《江湖剑侠》，共四十回，由国华书局出版。回目前写有"陆士谔著、蔡陆仙评"。并有云间吴晚香之序言，写于上海。其序文称：

青浦陆士谔先生精"活人术"，复长于写武侠小说。形其形状，其状惟妙惟肖，可骇可惊。历次所作，阅者无不击节。盖先生于乱世触目伤心、愤激之余，发为奇文，非以投世俗之所好也，聊以鸣方寸之不平耳。

蔡陆仙先生第一回评曰：

叙武侠本旨如水清石出，历历可见。所谓探骊得珠，已白占足身份，况描写官吏之嚚顽、社会之黑暗、胥吏之残酷，无不细心若发，洞若观火，笔墨酣畅，尤有单刀直入之妙。

1930 年（民国十九年　庚午）五十二岁

2 月，作《龙套心语》，共三册，书末标社会小说。以龙公名义发表。由上海竞智图书馆出版。此书先是在《时报》连载，现上海图书馆存有《时报》版剪贴本和竞智图书版本两种。书前有龙公自序、答邮人书（代序），又有马二先生序。序曰：

> 《龙套心语》著者署名"龙公"，不知其何许人也。全书二十四回。著者自云"记载南方掌故，网罗江左佚文"。语虽自负，正复非虚。

篇末曰：

> 著者必为文章识见绝人之士，而沉沦于末寮者，故能巨细靡遗，滔滔不尽，若数家珍。虽曰诙谐以出之，而言外余音，固含有无限感慨，殆所谓伤心人别有怀抱者耶？

1984 年，文化艺术出版社在"中国史料丛书"中再版推出此书，更名为"江左十年目睹记"，并认为本书的作者是姚鹓雏，首页为柳亚子题序，1954 年 7 月 20 日写于首都。（是年 6 月 25 日姚鹓雏先生卒。）又增加了出版说明和常任侠序，并将其置于马二先生原序之前，同时亦保留了龙公自序。书后附吴次藩、杨纪璋增补的《龙套心语·人名证略》。《龙》书首页及封底皆为云间龙在空中飞舞，与陆士谔之《商界现形记》同。其书之目录"一士谔谔有闻必录"，作者自己充当书中之人物，亦与其小说风格一致。故据本人考证，此书作者应为陆士谔。[1]

---

① 可参见田若虹《陆士谔小说考论》第六章第二节：《〈江左十年目睹记〉著者考》。

3月，陆清洁编辑、陆士谔校订的《万病险方大全》由上海国医学社印行，国医学社出版，中央书店发行。次年7月再版。夏绍庭序曰：

> 青浦陆士谔先生邃于医学，莅沪行道有年，囊尝闻其声欬。审知为医学士，平生撰述甚富。著有《医学南针》一书，精确明晰，足为后学津梁。今其哲嗣清洁英台秉性聪慧，为后起秀。既承家学之渊源，又竭毕生之心力，广摭博采，罗致历年经验良方汇成一书。

民国十有九年暮春之初夏绍庭序于九芝山馆

陆清洁自序：

> 智者千虑，必有一失。愚者千虑，必有一得。故名医之处方，有时而穷，村姬之单方，适当则效，非偶然矣。谚称"单方一味，气死名医"。夫单方非能气死名医也，必单方神效，如鼓应桴始足当之无愧。本书各方，苦心搜访，南及闽粤，北至燕晋，风雨晦明，十易寒暑。而异僧奇士，秘而不宣人之方药，必有百计以求之。一方之得，必先自试用，试而有验，珍同拱璧。有历数月不得一方，有一日间连获数方。积之既久，乃编为十有三种。包罗有系，或谓余篇有仲景之验、千金之富、外台之博，则余岂敢。余编是篇，聊供乡僻之处，医士寥落、药铺未计所需耳。初无意问世也，平君襟亚热情殷殷，坚请付印，盛情难却，始从其议。然自审所编，挂一漏万，在所不免，知我罪我，

唯在博雅君子。

中华民国十九年三月陆清洁序于沪寓

4月15—30日，《小闲话》中以王孟英医书为题，论及当时医林之风尚：

> 海宁王孟英，为清咸同间名医。近世医者多宗医说，喜以凉药撰方，或谓近日医家之弊，孟英创之也，欲振兴古学，非废孟英书不可。余颇不然之。孟英当日大声疾呼，立说著书，无非为救弊补偏之计。源当时医者不认病症，不究病源，唯以温补药为立方不二法门，故孟英不得已而有作也。试观孟英医案，救逆之法为多，亦可见当时医林风尚之一斑。

1924—1936年，先生在《新闻夜报》副刊《国医周刊》上主笔介绍医药知识，亦公开为病家咨询。

6月，先生《家庭医术》再版。

是年，先生在如皋医学报五周汇选撰《中西医评议》，就中西医之汇通问题与余云岫展开论辩，双方交锋数月。先生认为："中西医学说，大判天渊。中医主张六气，西医倡言微菌；一持经验为武器，一仗科学为壁垒，旗帜鲜明，各不首屈。"然而两相比较，则"形式上比较，西医为优；治疗上比较，中医为优。器械中比较，西医为胜；药效上比较，中医为胜。为迎合世界潮流，应用西医；为配合国人体质，应用中医"。

是年，《金刚钻》报登载《内科陆士谔诊例》一个月。

1931 年（民国二十年　辛未）五十三岁

是年，清廉考入江苏省苏州中学高中部。"九一八"时，他积极参加请愿团宣传抗日，并与同学胡绳一起创办了社会科学研究会，宣传马列主义。

先生仍在上海行医，又任华龙小学校董。先生女婿张远斋任校长，女儿敏吟和清婉皆任教员。先生之剑侠小说约写于1916—1931年间，大多由时还书局出版。其历史小说以历史事件为基础，而根据稗官野史、民间传闻加以敷衍虚构而成，故曰："书中事迹大半皆有根据，向壁虚造，自信绝无仅有。"当时他曾摘诸家笔记中剑侠百人，别录成册，以备异时兴至，推演成书。后老友郑君彝梅见之，劝之付梓，先生辞不获，因草其摘取之。其剑侠小说为《英雄得路》、《顾珏》、《红侠》、《黑侠》、《白侠》、《七剑八侠》、《七剑三奇》、《雍正游侠传》、《剑侠》、《新剑侠》、《今古义侠奇观》、《小剑侠》、《江湖剑侠》、《古今百侠英雄传》、《新三国义侠》、《新梁山英雄传》、《八剑十六侠》、《剑声花影》、《飞行剑侠》、《八大剑仙》（又名《八大剑侠传》）、《三剑客》、《血滴子》、《北派剑侠全书》、《南派剑侠全书》二十四种。此外有评点《双雏记》和《明宫十六朝演义》两种。

11月，先生在《金刚钻》报撰《说部杖谈》曰：

> 他人作小说，而我为之评注，非易事也。下笔之初，必先研究作者之布局如何、用意如何，首尾如何呼应，前后如何贯穿，何为伏笔，何为补笔，何为明笔，何为暗笔，探微索隐，真知灼见，而后其评注乃不悖于本义。圣叹评《水浒》《西厢》，虽未都尽餍人意，要其心思之缜密，笔

锋之犀利，能发人所未发，则似亦不可没也。仆才不逮圣叹万一，更乌评注当代名小说家之杰作，而平江向恺然先生，即别署不肖生者，著《近代侠义英雄传》说部，乃由老友济群以函来嘱余为评，辞意颖颖，弗能却也。谬以己意为之评注，漏疏忽略无当大雅，固于《侦探世界》之辑余赘墨中，言之数矣。

是年，借《侦探世界》半月刊，在其杂文《说部杖谈》中提及：

他人作小说，而我为之评注，非易事……固于《侦探世界》之辑余赘墨中，言之数矣。

是年，《金刚钻》报登载《内科陆士谔诊例》一个月。

1932 年（民国二十一年　壬申）五十四岁

5 月，其医书《丸散膏丹自制法》再版。

是年，《金刚钻》报登载《内科陆士谔诊例》一个月。

1933 年（民国二十二年　癸酉）五十五岁

元月，作杂文《说小说》曰："近年小说之辈出，提及姓名妇孺皆知者，意有十余人之多。革新以来，各界均叹才难，只小说界人才独盛，此其中一个极大之原因在……"指出了小说之所以不同于诗赋等文学体裁之五种原因。

是月，作散文《雪夜》。作者在风雪之夜，斗室寂居，颇有感慨：

斗室之中，有一寂然之我也。由既往以识将来，百阅百年，此间更不知成何景象。是否变为崇楼杰阁、灯红酒绿之场，荒烟衰草、鬼泣鸦鸣之地，虽尚未能预测，而此日此时此地，未必恰有此风雪，可以决定，即使百年后之此日此时此地，未必恰有此风雪，无论如何，此斗室总已不复存在，此斗室中之我总已不复存在，可断言也。夫然则我之为我，原属甚暂，夫我之为我，即属甚暂，则此甚暂之我，对此甚暂之时光，何等宝贵①。

是月，作散文《快之问题》，慨叹时光之流逝曰："吾诚惧者，老死而犹未闻道，未免始终有失此时光耳。"

是月，在"民众医学常识"栏目谈医说药。从2月至8月连载。

2月，另作小品文《白话教本》《新文学》二种。

是月，作散文《春意》曰："春风嘘佛，春气融和，春色碧色，春水绿波，春花之开如笑，春鸟之鸣似歌，凡此种种，风也，气也，草也，水也，花也，鸟也，皆可名之曰春意……"②

是月，《金刚钻》报"全年订户之利益"栏目（二）推介《金刚钻小说集》一册曰：

小说集中所刊字文，俱夏戛独造之作。短篇数十种各有精彩，长篇三种尤为名贵。长篇一，程瞻庐之《说海蠡测》、海上漱石生之《退醒庐著书谈》……短篇，漱六山房《西征笔记》、陆士谔《猫之自序》……

---

① 《金刚钻》报1933年1月2日。
② 《金刚钻》报1933年2月14日。

3 月，在"医紧商榷""春病之危机"栏目连载医文。

4 月，作《温病之治法》《我之读书一得》《洄溪书质疑》等医学小品文。其曰："辨药唯求实用，读书唯在求知，知之为知之，不知为不知，如武进、邹闰阖之疏证，斯为得矣。"①

是月，"月刊启事"栏目编者曰："某人略谙医药，便自诩神仙。陆君擅歧黄术，将医药常识尽量贡献，神仙之道，完全拆穿；养生之道，十得八九。是医生应该多读读，可以祛病延年；不是医生也可以增进学识。"②

5 月，作《清郎中门槛》《医海观潮》《钟馗嫁妹》等小品文。

9 月，谈"人参之功用""脚湿气方"，在"医经节要""答言"栏目谈医说药。

是月，作小品文《马桶》《四库全书》《僵先生（二）》等。

是月，编辑《青浦医史》。

是月，迁移到公共租界中央区汕头路 82 号。

10 月，先生续汪仲贤的小品文《僵先生》第一集，载于《金刚钻月刊》。全书共三集：其一《僵先生》汪仲贤著；其二《僵先生打开僵局》陆士谔续；其三《僵先生一僵再僵》汪仲贤著。

11 月，先生连载在《金刚钻》报上的短篇小说《寒魔自述记》与《环游人身记》结集重版于《金刚钻报月刊》。

是月，作笔记体小品文《鉴古》。

是年，《绣像清史演义》五版。撰医书《奇虐》等。

是年，《金刚钻》报登载《内科陆士谔诊例》一个月。

---

① 《洄溪书质疑》，《金刚钻》报 1933 年 4 月 15 日。
② 《诊余随笔》，《金刚钻》报 1933 年 4 月 24 日。

1934 年（民国二十三年　甲戌）五十六岁

是年，作《国医新话》，并继续在公共租界英法租界出诊。

公共租界：中央区西至卡德路、同孚路，东至黄浦滩，北至苏州路，南至洋泾浜。

法租界：西至白尔部路、横林山路、方浜桥路，南至民国路，北至洋泾浜，东至黄浦滩。在"陆士谔论医"栏目中提及《国医新话》及其所著有关医书：

丞曰：士翁先生通鉴，久仰鸿名，恨未瞻韩，晚滥芋商途，公余，常求医学。然以才短理奥，毫无所得。数年前得大著《医学南针》，指示之深如获至宝。余力诵读，只得一知半解，先贤入门之作，均无此中明显，初学宝筏真为稀有。三、四两集屡询津中世界书局分局，出书无期，去岁秋得公著《国医新话》及《医话》，理论精微，断诊明确，并指示种种法门，开医药之问答，能于百忙之中行此人所难能者。仁心济世，景慕益殷，夫邪说乱政，自古已然，海通以还，西术东来，尤甚于古。当此国人遭医劫之秋、后学失南针之日，吾公雄才大辩，融会今古，绍先圣之正脉，开启后进；障邪说之狂流，挽救生民，天心仁爱，降大衍公也……而敬读尊著，几无一日可离，然除得见者外，如《钻》报之发行所《医经节要》《邹注伤寒论》《新注汤头歌诀》《寒窗医话》未知何家代印发行，统希赐示，俾得购读，使自学得明真理。

民国二十六年五月十九日

是年至次年，由陆清洁编辑、陆士谔校订的《医药顾问大全》（共十六册），由上海世界书局陆续印行。

此书有八篇他序（夏序、丁序、戴序、贺序、蔡序、汪序、杨序、俞序）和一篇作者自序。

俞序曰：

> 陆君清洁，性谨厚，工厚文。其尊翁士谔先生，为青浦珠街阁名医，精岐黄术。为人治病，常切中病情十全八九，又擅长文学。所著《医学南针》，传诵医林，实天土灵胎第一人也。清洁幼承庭训，学有渊源，而于医学造诣尤深。处方论病，广博精湛，深得其尊翁医学之精髓。

是年，组织中医友声社，在电台轮值演讲中医常识，先生主讲"医学顾问大全"。

3月，在"谈谈医经""小言"栏目谈医说药。

10月，谈中医研究院问题曰：

> 缘眼前医界，有伪学者，有真学者。所谓伪学者，乃是说嘴郎中，全无根底，摇笔弄墨，居然千言立就，反复盘问则瞠目不能答一语，此等人何能与之群？此一难也。真学者中又有内经派、伤寒派之分……①

是年，先生于《杏林医学月报》发表《国医与西医之评议》，此文针对当时中医改良思潮而发。

---

① 《金刚钻》报1934年10月9日。

是年，先生发表《国医之历史》《释郎中》两种医书。

是年，《金刚钻》报登载《内科陆士谔诊例》一个月。

1935 年（民国二十四年　乙亥）五十七岁

《金刚钻月刊》记曰：

> 青浦陆士谔先生，来沪已有十载，凡伤寒、温热、妇
> 科各症，经先生治愈者，不知凡几。且素抱宏志，开拓吾
> 学，治愈之各种奇症。自撰医话，刊布《钻》报，方案原
> 原本本，足供《医学南针》。唯手撰医书十种在世界书局出
> 版者，均系十年前旧作。近来因忙于酬应，反无暇著书，
> 未竟之稿，未能继续，徒劳读者责问耳。先生常寓公共租
> 界中央区汕头路82号，门牌、电话九一八一一。①

该期还刊登了先生《著作界之今昔观》。此文揭露和抨击了古今
那种喜出风头，贯于剽窃成文、据为己有，或以本人名微，辄托前
代名人"学者"之不正文风。

元月，先生的《七剑八侠》续编十三版，由上海时还书局出版
发行。正、续编二册，定价二元六角，续编共二十回。

4月，先生的《八大剑侠传》亦由上海时还书局出版发行。第
二十一版篇末曰："是书草创之始，原拟撰稿二十回，不意撰述至
此，文义已完。增书一字，便成蛇足。陡然终止，阅者谅之。"

1936 年（民国二十五年　丙子）五十八岁

1—10月，先生在《金刚钻》报连载《按王孟英医案》。

---

① 《金刚钻月刊》第二卷第一集。

2月26—27日，先生在《金刚钻》报"医林"栏目发表《论藏结》上、下篇。

4月28—30日，陆清源在《金刚钻》报发表《伤寒结胸与痞之研究》一至三篇。

7月，作《士谔医话》曰："自撰医话，刊布《钻》报，方案原原本本，足供《医学南针》。"由世界书局发行。在1924—1936年间，先生常在《金刚钻》报的"诊余随笔"及"管见录"上撰文。《金刚钻》报编辑济公（施济群）曰："陆士谔先生在本报撰'诊余随笔'颇得读者欢迎，后因诊务日忙而轰，近先生复以'管见录'见贻，发挥心得，足为后学津梁。"①

7月8—15日，先生在"医药问答"栏目解疑答难。

7月19—20日，作《黑热病中医亦有治法吗》，发表于《金刚钻》报。

8月20—21日，作医学论文《微菌》上、下篇，发表于《金刚钻》报。

8月31日—9月1日，先生在《金刚钻》报发表《论学术之出发点》上、下篇。

10月，《清史演义》第四部《女皇秘史》重版。

《清史演义·题词》丹徒左西山曰："金匮前朝尚未修，鸿篇海内已传流。编年一隼温公体，杂说原非野乘傅。笔挟霜天柱下握，版同地编枕中收。吾家曾作《春秋》传，愿附先生文选楼。"

10月1—6日，先生长子陆清洁发表《驳章太炎先生伤寒论讲词》1—7篇。

10月2—7日，在《金刚钻》报"医林"栏目发表《江西热疫

---

① 《金刚钻》报1925年5月18日。

之讨论》1—6篇。

1936年11月13日--1937年1月19日，作杂文《南窗随笔》一、二、三、四集。

11月15日，在《金刚钻》报"医林"栏目发表《经验》上、下篇。

12月1—2日，作杂文《南窗随笔》上、下篇。

12月13日，先生之子陆清源在《金刚钻》报登载启事：

> 清源秉承庭训研读伤寒，一得之愚，未敢自信，刊诸"医林"，广求磋切。正在学务之年，未届开诊之日，辱荷厚爱，有愧知音。自当奋勉研攻，以期不负知我，图报之日，请俟他年。现在，尊处贵恙，期驾临汕头路82号诊室就治可也。

12月17日，在《金刚钻》报发表《中西医之辨证法（一）》。

1936年12月—1937年1月27日，陆清源在《金刚钻》报连载《伤寒小柴胡汤之研究》。

12月20—23日，在《金刚钻》报发表《再论辨证》谈中医问题。

1937年（民国二十六年 丁丑）五十九岁

1月11—12日，在《金刚钻》报发表论文《落叶下胎辨》上、下集。

1月13日，在《金刚钻》报"医林"栏目发表医学论文《中医之学术》道："做了三十年来中医，看过百数十种医书，觉得中医的短处，就在理论的话头太多。虽然中医书也有不少罗列证据的，拿它归纳比较，终觉理论占据到十分之六七，证据只有十分之三四，断断争辩，公说公有理，婆说婆有理……究其实在，有何用处？"

1月15—16日，在《金刚钻》报发表医学论文《研读叶氏温热篇》上、下集。

1月18日，在《金刚钻》报发表中医理论文章《辨证》。

1月19日，在《金刚钻》报发表短文《邹氏书之销数》。

1月—3月24日，先生在《金刚钻》报连载《叶香严温热病篇》。

1月23—24日，先生作杂文《中医要自力更生》曰：

> 要知道自己的长，先要知道自己的短。中医的短处就好似古代传流的理论，叫作医者意也，讲的都是空话。说长道短，口若悬河，嘴唇两爿皮，遇到病症，便如云中捉月、雾里看花地胡猜乱道，一个病都用医者意也的法子诊治。……中医的长处，也就是古代传流的辨证法，叫作症者证也……

1月26—28日，先生作杂文《医者意也之谬》在《金刚钻》报连载。

2—3月，陆清源在《金刚钻》报连载《伤寒阐疑》。

3月，由陆清洁编辑、陆士谔校订的《大众万病顾问》，于是年三月初版。民国三十五年（1946）十一月新三版，编者自云："是书也，四易其稿，历三寒暑。约二十万言，以疗治虽不言尽美，然比较完备，可断言也。……民国二十四年（1935）六月，青浦陆清洁序于杭州板桥路医庐。"

戴达夫为其序曰：

陆君守先，青邑人也。为明文定公嫡裔。博通经籍，妙用刀圭。二十四番风遍栽杏树，八千里余纸抄录奇书。女子亦识韩康，士夫群推秦缓。哲嗣清洁，毓灵毓秀，肯构肯堂，飘飘乎横海之鱼龙，乎缑山之鸾鹤。况能志勤学道，训禀经畲，勉受青囊。精言白石，待膳侍寝之暇，博极群书。闻诗礼之余，耽窥奥衍。餐花梦里，贮锦胸中。摇虎毫而成文，不愧云间才调。喜龟蒙之继德，依然郁石清风。爰著万病验方大全，而丐序于余……

岁次上章敦牂春莫馀干戴达夫序于上海医学会

汪寄严先生序：

清洁同志，英敏多才，国医先进陆士谔先生哲嗣也。幼承庭训，家学渊源，宜乎头角峥嵘，矫然特异。其编撰是书，都二百万言，阅十寒暑始成。浸馈功深，洵巨制也。伏而读之，内外兼备，妇幼不遗。其于病理之叙述推阐靡遗，而于诊断治疗，则多发人所未发。骎骎乎摩仲圣之垒，驾诸家而上之。附方分解，以明方药效能，绝非掇拾者所可比。特开辟调养一门，俾病者于新愈时，知所避忌。其努力以发挥国医功效，谠微备至，是开医学之新纪元，尤足为本书生色。国医当此存亡绝续之交，得是书而振起之。同道可精作他山石，后进得奉为指南针，岂仅社会群众之顾问而已哉。

民国二十三年十月新安汪寄严寄于沪江医寓

4月1—31日，先生在公共租界（中央区西至卡德路、同孚路，东至黄浦滩，北至苏州路，南至洋泾浜）、法租界（西至白尔部路、横林山路、方浜桥路，南至民国路，北至洋泾浜，东至黄浦滩一带）出诊行医。时间：下午二时至六时。每日上午在上海英租界跑马厅，汕头路82号寓所看门诊，时间上午十时到下午二时。

《金刚钻》报继续登载《内科陆士谔诊例》一个月。

4月20日，在"医书疑问"栏目中，病友王道存君提出疑问数点，请陆先生解答。先生次子陆清洁先生一一代为解答。

4月22—23日，上海医界春秋社请杭州光圭君回答"痹节痛风"之疑问，沈君转请陆清洁君回答。

4月26日，湖南湘潭李佩吾君，为其夫人之病函曰：

> 先生出版《国医新话》《医学南针》，指明应读各种方书，佩吾皆一一购备……感将贱内病状敬为先生详陈之。

4月29—30日，作《叶香严外感温热病篇》，刊载于《金刚钻》报。

5月4—24日，《小金刚钻》继续报载《内科陆士谔诊例》。

5月19日，在"论医"栏目，天津景晨君曰："敬读尊著，几无一日可离。然除得见者外，如《金刚钻》报之发行所《医经节要》《新注伤寒论》《新注汤头歌诀》《寒窗医话》，未知何家代印发行，统希示，俾得读。"

5月21日，先生在《南窗随笔》中谈读书体会曰：

> 读古人书须要放出自己眼光，不可盲从，始能得益。
> 倘心无主宰，听了公公说，就认为公有理；听了婆婆说，

就认为婆有理，纵读破万卷书，绝无用处。如柯韵伯之为伤寒大家、吴鞠通之为温热大家，任何人不能否认，但柯韵伯心为太阳之说，吴鞠通温邪处在于太阴经之说，不可盲从也。

5月25日，在"论病"栏目答李佩吾君第二次求医信。

5月28—29日，继续在"论医"栏目中答医解难。

5月30日，在"论医"中提到："南针三、四集，现方在撰述中。"

是月，先生主编《李士材医宗必读》，由上海世界书局出版。

6月1日，先生在《小金刚钻·南窗随笔》撰文，为捍卫祖国医学不遗余力。

6月3—30日，继续在《金刚钻》报登载《内科陆士谔诊例》。

6月8日，在"南窗随笔"中先生阐明中西医之所长曰：

中医重的是形，形易见而神难知，此世俗所以称西医为实在欤。

7月2—30日，在《金刚钻》报继续刊登《内科陆士谔诊例》。

7月16日，先生三子清源在《金刚钻·国医三话》自序中曰：

清源待诊以来，亲承庭训，研读古书，每遇一方，必究其组织之法。为开为合，疗治之道，为正为反。趋时者则笑源为守旧。源亦知假借他人门阀，足以增光蓬荜……所以守草庐，不愿阃阅，奉久命编辑《国医三话》毕，因述其意为述。

302

7月20—22日，先生在《金刚钻报·论病》中答李佩吾君第三次来函。

7月25日，先生在《中医教育之我见》中谈中医教育曰：

> 中医之学术，重实验，不重理论；中医之教育，现代都有两途：一是各别教育，一是集团教育。中医学校是集团教育，师徒授受是个别教育。个别教育重在实验，集团教育重在理论。

7月26日，续曰："据余之经验，中医之教育，以个别为适，集团为不适，敢贡献于主持中医教育者。"

8月1日，陆清源在《金刚钻》报上写《国医三话》后序。

8月3日，先生在"论病"栏目中答程君、宝君致函求医。

8月9—13日，陆清源以《桂枝人参汤》为题谈医说药。

1938年（民国二十七年　戊寅）六十岁

秋，刘三病故。陆灵素整理刘三遗稿编成《黄叶楼诗稿尺牍》多卷，交给柳亚子校正刊印，不料太平洋战争爆发，文稿遗失于战火。灵素在痛惜之余，又以惊人毅力收集残稿，刊印出油印本分赠亲友。

是年，撰《内经伤寒》。

1938—1943年，先生悉心行医，整理医学著作。以其医术精湛，医德高尚，而被誉为上海十大名医之一。

1939年（民国二十八年　己卯）六十一岁

1—10月，先生次子清廉任中共晋城县委书记。发动群众减租、减息，组织反扫荡，完成扩军任务。

1940 年（民国二十九年　庚辰）六十二岁

3 月，清廉下太行山开展平原游击战争。至冀鲁豫区留在党委机关工作，后又担任地委宣传部长、清风县委书记、地委书记、区党委副秘书长等职。1949 年，随刘邓大军南下，8 月任西南服务团第一支队队长……1955 年 8 月，在中央高级党校学习，结业后任冶金工业部华东矿山管理局局长。1958 年 8 月 20 日，在北京开会返宁途中，因飞机失事不幸遇难，时年四十五岁。后经江苏省人民委员会追认为革命烈士。①

1941 年（民国三十年　辛巳）六十三岁

是年，《金刚钻》报主编施济群编辑《医药年刊》，在其中"中医改进论"栏目中有先生两篇医学论文：《病名宜浅显说》《陆氏谈医》。后者包括：《病家最忌性急》《说病与认证》《中医之药方》《中医之用药》《膜原之病》《脑膜炎》《小白菜戒白面瘾》《鼠疫治法之贡献》《睡眠病之研究》《黑死病之探讨》。在《医药年刊》之"国医名录"中记载：

陆士谔：内科，跑马厅汕头路 82 号，（电话）九一八一一。

陆清洁：内科，吕班路蒲柏坊 35 号，（电话）八六一四二（杭州迁沪）。

1943 年（民国三十二年　癸未）六十五岁

是年冬，先生中风。

----

① 参见《青浦县志·人物》第三十四篇。

1944 年（民国三十三年　甲申）六十六岁

3 月，先生因中风卒于汕头路 82 号寓所。据传先生中风当日，全家人正共进晚餐，忽闻汕头路 82 号（先生诊所）起火，并见其西厢房上空红光闪烁，原来并非起火，而是一颗陨石坠落。先生亦于是时中风。其长子清洁为其致"哀启"，所叙述的都是关于医药方面之事，于历年来所撰小说只字不提。《金刚钻》报副总编辑朱大可先生为陆士谔写挽词赞曰：

> 堂堂是翁，吾乡之雄。气吞湖海，节劲柏松。稗史风人，医经济世。抵掌高谈，便便腹笥。仆也不敏，忝在忘年。式瞻造像，曷禁泫然。

先生在中医学上的卓越贡献和在通俗小说创作方面的建树不可磨灭，树立了发愤图强的样板，并以"稗史风人，医经济世"为后人所崇敬。

图书在版编目(CIP)数据

八剑十六侠 / 陆士谔著. — 北京 : 中国文史出版
社, 2019.3

(民国武侠小说典藏文库·陆士谔卷)

ISBN 978 - 7 - 5205 - 0930 - 5

Ⅰ. ①八… Ⅱ. ①陆… Ⅲ. ①侠义小说 - 中国 - 现代
Ⅳ. ①I246.5

中国版本图书馆 CIP 数据核字(2018)第 276216 号

点　　校：袁　元
责任编辑：薛媛媛

出版发行：**中国文史出版社**

社　　址：北京市海淀区西八里庄 69 号院　邮编：100142

电　　话：010 - 81136606　81136602　81136603（发行部）

传　　真：010 - 81136655

印　　装：廊坊市海涛印刷有限公司

经　　销：全国新华书店

开　　本：720 × 1020　1/16

印　　张：20.25　　字数：302 千字

版　　次：2019 年 3 月第 1 版

印　　次：2019 年 3 月第 1 次印刷

定　　价：68.80 元